Einige der Figuren in diesem Buch sind frei erfunden, andere gibt es wirklich, bei wieder anderen habe ich nur den Namen geändert und hoffe, dass das kein Problem ist. Niemand wird beleidigt oder schlecht gemacht, und falls es jemandem doch so vorkommen sollte: es war nicht meine Abbsicht und ich bitte um Verzeihung.

Leipzig habe ich so beschrieben, wie es in meiner Erinnerung ist und nur beim Pilsener Urquell absichtlich geschummelt – ich weiss natürlich, dass es nicht in Reudnitz ist.

I.H., Montevideo, September 2016

Impressum
©2016 Inga Heilmann
Herstellung und Verlag
BoD – Books on Demand, Norderstedt
ISBN 978-3-7412-9355-9
Bibliographische Information der
Deutschen Nationalbibliothek
Die Deutsche Nationalbibliothek
verzeichnet diese Publikation in der
Deutschen Nationalbibliographie;
detaillierte bibliographische Daten sind mi
Internet über www.dnb.de abrufbar.

John 1

John
Die verdammten Meerschweinchen haben schon wieder auf meine Tastatur geschissen. Das geht zu weit, ich weiss, aber ich brings echt nicht übers Herz, die Biester abzuschaffen.

John war furchtbar schlecht darin, etwas zu ändern, und je grundlegender die Veränderungen aussahen, desto schlechterund unfä higer war er darin, sie anzupacken. Er war ein herzensguter Mensch, weshalb die Meerschweinchen weiterhin in seinem Zimmer wohnen durften, zwischen Kabeln, Steckern, Aschenbechern und Klappstühlen. John machte sich seufzend mit Küchenpapier an die Arbeit, damit er danach den Skript für Wolf zu Ende programmieren konnte.
"Verpiss dich Alter", murmelte John, als einer der pelzigen Mitbewohner der Enter Taste gefährlich nahe kam. Sein jahrelanger Auftraggeber Wolf war ungefähr so wölfisch wie eine freundliche Zahnarzthelferin und hätte, seiner Frisur nach zu urteilen, allenfalls Fuchs oder Wildpferd heißen können. Wenn Wolf ihn also auch noch nie zähnefletschend angefahren hatte, so legte er doch Wert auf Pünktlichkeit, und John hatte nicht vor, ihn zu enttäuschen. Es war gerade mal 17 Uhr, in einer Stunde würde er den Skript geschafft haben und dann mit Sepp ein Bier trinken gehen. Oder die anderen im Park treffen, oder im Park ein Bier trinken, bei dem schönen Sonnenschein... Muss mein Single Dasein ausnutzen, solange

Alexa noch in Italien ist, dachte John und haute gutgelaunt in die Tasten.

John saß auf dem Dach wie eine große schwarze Krähe. Er war vor einer Woche von Hamburg nach Leipzig umgezogen und fühlte sich schon fast wie zu Hause. Ines hatte ihm diese Dachwohnung besorgt, die kleinere der beiden, bestehend aus Wohnschlafzimmer, Klo auf halber Treppe und einer abgefahrenen Duschkabine in der ohnehin schon winzigen Küche. Klo und Dusche waren gewöhnungsbedürftig, meine Herren! Zudem hatte der Vormieter eine geblümte Gardine von außen rund um die Duschkabine angebracht, weshalb sich John jedesmal als Hippie fühlte, wenn er nackt hinter den Blumen verschwand.
Fehlte nur noch´n Joint, dachte John, aber wer raucht schon beim Duschen, irgendwo muss auch mal Schluss sein.
Vom Treppenhaus konnte man durch eine Luke aufs Dach klettern, und dort saß John und kam sich zur Abwechslung mal vor wie der alleinige Herrscher der Welt. Das Dach gehörte ja praktisch zu seiner Wohnung, und niemand sonst kam auf die Idee, sich mit dem Rücken gegen den Schornstein auf die roten Schindeln zu setzen. Noch nicht mal der Typ, dem die zweite Dachwohnung gehörte. John holte sein Zippo aus der Hosentasche und freute sich. Stiegen die Leute in Hamburg auch aufs Dach? Na höchstens sich gegenseitig, und in seinem alten Haus bestimmt nicht. Während er eine Abendzigarrette paffte, wurde ihm so recht bewusst, wie froh er war, dem

ganzen Scheiß entronnen zu sein, und er seufzte behaglich. Ja. Ines war cool. Gut, dass sie an ihn wegen der Wohnung gedacht hatte. Und Sepp war ein Idiot, dass er sie damals hatte gehen lassen. "Also wenn ich so eine Freundin hätte", sinnierte John, "hä tte ich mich ein bisschen mehr um sie bemüht. Hätte ich."
Er verscheuchte eine Fliege, die auf seinem Knie beharrte, und dachte an seine eigene Freundin, von der er sich kurz vor dem Umzug getrennt hatte. Diesmal ganz bestimmt endgültig, solange sie nicht hier auftauchte und er wieder schwach wurde. Es war ein Elend mit der Beziehung zu Alexa, die John seit drei Jahren wie eine chronische Krankheit verschleppte. Er kam einfach nicht von ihr los. Bis letzte Woche.

Da war Alexa energiegeladen und erfüllt von Kunst, Geschichte und Antipasti aus Italien wiedergekömmen, wo sie in Rom für zwei Semester studiert hatte, um jetzt an der Hamburger Uni ihr Lehramtsstudium fortzusetzen, zu beenden, zu arbeiten, ihr Leben zu gestalten, zu genießen, Schüler wachzurütteln, eine Aufgabe zu haben - und er, John, was hätte er das Jahr über gemacht? John saß bloß da, überfahren von dieser geballten Portion Alexa und in dem Bewusstsein, dass ihr Leben genauso verlaufen würde, wie sie es sich vorstellte, und er sagte: "Nichts. Ich hab nichts gemacht." Alexa ging ihm fast an die Gurgel. Er mache sie wahnsinnig, schrie sie, er könne doch nicht immer so lethargisch sein, er müsse doch was aus seinem Leben machen, so eine

Verschwendung, "Jetzt raff dich doch mal auf, Kerl!" rief sie am Ende, woraufhin John, der sowieso einen absolut schlechten Tag hinter sich hatte, genau das tat: Er raffte sich auf und machte Schluss mit Alexa, noch bevor er erst wieder mit ihr anfangen konnte.
Gottseidank sind wir nicht gleich in die Kiste gestiegen, dachte John dabei. Danach fühlte er sich so gut, als hätte ihm jemand 1000 Mark in die Hand gedrückt, mit denen er nun machen könnte, was er wollte. Alexa stand auf und knallte die Tür zu, und dann klingelte das Telefon. Ines sagte, sie wäre gerade in Hamburg, ob John Lust auf ein Bier im Max hätte. "Jo", sagte John, "warum nicht!" Danach saß er noch eine ganze Weile still im Sessel. Lethargisch, dachte er, klingt besser al träge, und genoss es, dass alles um ihn herum passierte, ohne dass er sich groß darum bemühen geschweige denn bewegen musste. Eigentlich hab ich bloß die Tür auf gemacht und den Hörer abgenommen, dachte John, und schon hat mein Dasein eine andere Perspektive.
Das war ein schöner Gedanke. Und Dasein klang auch viel besser als Leben.

John nahm die Fahrt gerne in Kauf. Von Bergedorf bis Sankt Georg war man mit der S-Bahn gut eine halbe Stunde unterwegs, und vom Hauptbahnhof musste man dann nochmal fünf Minuten bis zum Max & Konsorten laufen. Unterwegs las John in den Bild Zeitungen seiner Mitreisenden die überschriften, bewertete vorbeiflitzende Graffities - unbewusst, denn er machte sich eigentlich nichts aus dieser ganzen Sprayer-Kiffer-Dosenklauer-Gemeinde, aber der kleine Bruder von Sepp hing daürnd über einem Zeichenblock und probierte und malte und kiffte, schlich mit anderen schwarzkapuzten Zwergen auf Abstellgleisen herum, um Züge zu verschönern, oder stapfte nachts durch die Büsche und setzte seine tags so, dass vorüberfahrende S-Bahnfahrer wie John sie gut auf der Strecke sehen konnten.

Hat auch schonmal besser gezeichnet, dachte John und freute sich, dass der Tag allem Anschein nach schön zu Ende ging. Es hatte bestimmt nicht danach ausgesehen, weiß Gott nicht! Morgens spät aufgewacht, weil er nachts zu lange am Rechner gesessen hatte, kein Frühstück gefunden, weil er das Einkaufen vergessen hatte, Ärger mit Muttern gekriegt, die eine Etage unter ihm wohnte, der kleine Halbbruder hatte nervenaufreibend gebrüllt und sich seine Neurodermitis aufgekratzt, und nach Halloumi als Frühstücks- und Mittagsersatz hatte sein Vermieter ihm mit Rausschmiss gedroht, falls dieses und falls jenes, woraufhin John ausfallend geworden war, was er jetzt auf dem Weg ins Max nicht mehr so gut fand. Später noch der Stress mit Alexa... es war wirklich ein Tag gewesen, der ihm zuviel Schlechtigkeit beschert hatte. Aber ich bin immer noch da, dachte John und stieg aus. Da war auch Ines. Sie saß mit einem halbvollen Weizen im Halbdunkel des Max, hatte fast gar nicht auf John zu warten gebraucht und ein rundum angenehmer Abend begann.

Das Max wurde schnell noch dunkler und die Ker-

zen heller, die große Arbeiterskulptur aus Messing auf dem Weinfass, das als Tisch diente, reflektierte matt den Kerzenschein an den Stellen, wo sie noch blank war und war wie das Götzenbild der Kneipe. Hinten wurde Billiard gespielt und Erbseneintopf gegessen, das einzige, was es nach Küchenschluss noch gab, und John und Ines tranken ein zweites Weizen als Ines sagte, John bräuchte vielleicht einen Orts- und Tapetenwechsel.
"Geh doch weg, wenn alles Mist ist! Hamburg ist ja nicht die einzige Stadt!"
"Bist du deshalb auch nicht mehr hier oder was?" fragte John, der wusste, dass Ines in Leipzig wohnte.
"Nö, da bin ich wegen dem Studium hingezogen. Berlin wär auch gegangen oder Bonn, aber das eine war mir zu groß und das andere zu klein. Leipzig ist cool."
"Was studierst du nochmal?"
"Sport und Germanistik auf Magister, voraussichtlicher und angestrebter Abschluss 2000, oder 2001", leierte Ines herunter.
"Prost."
"Komm doch auch nach Leipzig! Laipsch."
"In´n Osten."
"Bah! Sei doch nicht so affig, das ham die aus meiner Volleyballmannschaft auch gesagt, was willst du denn bei den Ossis. Sowas blödes, echt."
John sah Ines an, die ihr Weizen austrank, guckte zur Theke, zu den Sitzabteilen aus dunklem Holz an der Fensterfront und wieder auf ihren eigenen Tisch, denn viel konnte man vom Max gar nicht

sehen, es war alles kneipenschummrig und voller Menschen, die froh waren, im Max zu sein. John fühlte sich gut aufgehoben, regelrecht geborgen, und er lehnte sich zurück und verschränkte die Arme hinter dem Kopf.
"Aber so cool wie Hamburg ist Leipzig bestimmt nicht."
"Du musst schon wissen, was du willst." Ines zuckte mit den Schultern. "Wenn du hier zuviel Stress hast... kannst ja nicht ewig im Max sitzen bleiben. Ich denke, du arbeitest am Computer, und auch noch von zu Hause aus? Da bist du doch geradezu predästiniert für einen Umzug! Schnapp den Computer und schließ ihn woanders wieder an!"
"Warum willst du bloß, dass alle immer umziehen! Nur weil du weg gezogen bist!"
"*Ich* musste auch mal aus allem raus, da kam das mit dem Studienplatz gerade recht. Die Beziehung zu Sepp war auch echt Mist, das ging nicht mehr."
"Ah! Daher weht der Wind! Du bist nach Leipzig gezogen, weil du dich von Sepp trennen wolltest!"
"*So* würde ich das nicht nennen."
"Klingt für mich aber so."
"Quatsch!"
"Ist das da im Osten so´ne Art Nest für gebrochene Herzen oder was!"
"Oh Mann John, ich bin schon seit drei Jahren da, und es ist immer noch gut! Und, aber, haste nicht gesagt, du hättest mit Alexa Schluss gemacht? Dann passt du ganz toll dazu! Theoretisch. Na vielleicht reden wir besser von was anderem."
"Gehn wir Billiard spielen?"

"Ok."

Wieso ist Ines eigentlich nichts für mich? überlegte John, während er zusah, wie Ines den Billiardtisch umkreiste, sich vorlehnte und mit dem Qüü die weiße Kugel anvisierte. Am Nachbartisch beugten sich ein paar Jeans-Holzfällerhemd-Typen in unmöglichen Posen über das grüne Tuch, streckten ein Bein nach hinten, spielten mit dem Queue im Rücken, lachten sich kaputt und strichen lange Haarsträhnen hinters Ohr.

Also wenn Frauen Billiard spielen, ist der Anblick schöner, sinnierte John und wandte den Blick ab, um wieder Ines zu zu gucken. Und dabei ist Billiard auch noch voller sexueller Konnotationen, man darf gar nicht dran denken. Man muss sich bücken, man muss stoßen und einlochen - ach du scheiße das ist doch ein Mistspiel. Voll primitiv.

"Du bist dran", sagte Ines.

Jeh, nun muss ich da durch, seufzte John in Gedanken und war froh darüber, dass er so schlecht spielte, wobei man vom primitiven Billiardspielen natürlich nicht auf andere Fähigkeiten schließen sollte, schlecht im Billiard, schlecht im Bett oder was - weiß prallte auf blau, blau schoss sonstwohin, und Ines war wieder an der Reihe. John rauchte, hielt sich am Queue fest und beschloss, dass Ines nichts für ihn war, weil sie zu sportlich war.

Aber ansonsten ist sie ja nett, dachte John, sieht auch gut aus, überdurchschnittlich sogar, aber für mich zu sportlich.

Er entspannte sich. Die Holzfäller verzogen sich,

eine Schar fröhlicher Popper-Mädchen übernahm den frei gewordenen Tisch, und es war beinahe schade, dass Ines ihre Partie schon gewonnen hatte, denn jetzt war hier im Hinterraum vom Max alles voll mit engen Hosen und ausgefüllten H&M Tops in verrenkten, vorgebeugten Billiardposen.
"Willst du noch zugucken", grinste Ines.
"Nee muss nicht sein", grinste John zurück.

Vier Tage später hatte Ines ihren Rucksack voll gepackt mit Sachen aus der elterlichen Hamburger Wohnung und war mit der Bahn zurück gefahren bis in den größten Kopfbahnhof Europas, zurück nach Leipzig. Fünf Tage später klingelte bei John das Telefon.
"Hi."
"John, hallo hier´s Ines, du, bei uns im Haus ist die Dachwohnung frei geworden! Willst du die nicht haben! Jetzt oder nie!"
John, der in den letzten drei Tagen wieder absolut nichts getan hatte, war von dieser grundlegenden Aufforderung (oder war es als Frage gemeint?) vollkommen überfordert. Er war unausgeschlafen, hatte Kopfschmerzen, und sollte in diesem Zustand über seine Zukunft entscheiden, augenscheinlich sofort... Wenn er "nie" sagte, hatte er für alle Ewigkeit bei Ines verschissen, so klang sie jedenfalls, und wenn er die Alternative "jetzt" wählte, könnte das furchtbar anstrengende Konsequenzen haben...
"Ich helf dir auch beim Umzug!" jubelte Ines, die ein "nie" gar nicht erst in Erwähgung zog.
"Nächste Woche kutschiert ein Kumpel von mir

eine Ladung football-Ausrüstung nach Leipzig, da packst du deinen Kram einfach mit dazu!"
"Nächste Woche?!" fragte John stirnrunzelnd.
"Ja, sonst ist die Wohnung weg."
"Kostet?"
"Zweihundert Mark warm, Gas extra."
"Ok", sagte John und konnte kaum glauben, was er da gerade gesagt hatte.

"Du musst dich abmelden", sagte Johns Mutter, nachdem er ihr von dem bevorstehenden Umzug berichtet hatte.
"Wo denn eigentlich?" fragte John, der mit seinem kleinen Bruder auf dem Teppich hockte und beim Bob der Baumeister - Puzzle half.
"Auf dem Bezirksamt, glaube ich. Ist hinter der Kirche. Und wie kommst du dahin, nach Leipzig?"
"Ich werd abgeholt."
"Das ist ja richtig gut organisiert!" Johns Mutter stemmte verwundert die Hände in die Seiten. "Und was ist mit deinem Viehzeugs? Zieht das auch mit um?"
John hatte den Bagger fertig gepuzzelt, während sein kleiner Bruder den Puzzleteilen mit zuviel Gewalt zu Leibe ging. Aber, erinnerte sich John, zu den Meerschweinchen war er immer sehr lieb.
"Also eins schenke ich euch", verkündete er, "das fette braune."
"Dickie?" Sein kleiner Bruder strahlte, John nickte, und bevor seine Mutter protestieren konnte, hatte er gleich noch eine gute Idee.
"Ozzy behalte ich, und die anderen setz ich bei Hagenbeck aus!"

"Du bist verrückt. Das schaffst du nie!"
"Doch", nickte John grinsend, "ich frag Johanna und Timo und die anderen, ob sie mir helfen."
Die Abmeldung auf dem Bezirksamt war ein Kinderspiel, womit John nicht gerechnet hatte, und wo er gerade so gut in Schwung war, rief er auch gleich bei der Telekom, seiner Krankenversicherung, den Hamburger Wasserwerken und seinem Onkel Helge an, mit dem er sich immer gut verstanden hatte. Schwieriger dagegen erwies sich das Gespräch mit Wolf, der irgendetwas gegen Leipzig hatte und sich erst beruhigte, als John ein fiktives Datum nannte, an dem er garantiert mit Telefon- und Internetanschluss ausgestattet sein würde. Wolf glaubte, ohne ein gewisses Maß an Verkabelung schwebte der Mensch haltlos im Universum, und das wäre ja gar nicht gut. Nach diesen so geistig erschöpfenden wie abgehakten Anstrengungen riss John das Fenster seiner Noch-Wohnuung auf und drehte sich in der Abendsonne einen Joint. Bin´n echter Naturbursche, dachte er, aber nicht mal sich selbst konnte er belügen. Anschließend klemmte er sich erneut hinters Telefon.

Sein Hilfeanruf war, wenn auch langwierig, so doch sehr erfolgreich und trommelte für Freitag eine Truppe zusammen, die John seine besten Freunde nannte. Mit Johanna hatte er eine geschlagene Stunde telefonieren müssen, denn Johanna redete viel und gerne und lachte laut und ansteckend, und sie war mit Timo zusammen, den brauchte er also nicht extra anzurufen. Julia,

Gerri, Frank, Markus und Anett waren schneller organisiert, die quatschten alle nicht so lange. Anett rief allerdings gleich wieder zurück, sie hatte sich im Datum geirrt, am Freitag arbeitete sie ganztags, aber Markus wäre in Topform, der gelte fast für zwei. "Ist o.k.", sagte John grinsend zum Telefonhörer. Anett wachte mit Argusaugen über das Aussehen und die Fitness ihres Freundes, wobei sie sich allerdings auch einiges an Schweiss abverlangte, aber Markus schien Spaß daran zu haben. "Sie will einen Adonis zum Freund", hieß es von den beiden. Aber selbstverständlich würde Adonis zwei Meerschweinchen tragen können! Am Abend stand plötzlich Frank bei John vor der Wohnungstür.
"Hast du Sepp angerufen?" fragte er.
"Oh nee, den hab ich vergessen, den ruf ich morgen an."
"Du sollst deine Mitmenschen nicht vergessen!" rügte ihn Frank, hob den tätowierten linken Arm und machte ein Kreuz in die Luft. "Amen."
"Was is´n mit dir los." John wollte keine Heilszeichen in seiner Wohnung, schon gar nicht von einem tätowierten Krankenpfleger mit Schnurrbart, halbrasiertem Schädel und Birkenstockpantoffeln. Mit Sportsocken.
"Schon gut, John, is nix. Haste noch was da?"
"Nee ich hab vorhin den letzten geraucht."
"Na dann bis Freitag."
John hatte keine Lust, sich über Franks Seelenheil Gedanken zu machen, klar war nur, dass Frank nicht mehr so klar sah, seitdem er nicht mehr mit Julia zusammen war. Aber deshalb

konnten ihm trotzdem alle beide bei der Hagenbeck Aktion helfen. Planlos fuhr er sich mit den Händen durch die schwarzen Haare, bis er genauso aussah wie Ozzy, das Rosettenmeerschwein, schlurfte zur Anlage, schob die alte "Violator" CD von Depeche Mode rein und ging schlafen, damit der Tag zu Ende wäre. Vorher Zähneputzen - John putzte *immer* die Zähne. Zum einen hatte er wahnsinnige Angst vor dem Zahnarzt beziehungsweise dessen Eisenbahnbohrer, zum anderen bildete er sich was auf seine ungewöhnlich weißen Zähne ein.
Hab ja sonst nicht so viel, dachte er noch beim Schaumausspucken, und dann hatte er endlich Ruhe für Depeche Mode und sein Bett.

Tatsächlich besaß John so wenig, dass all seine Besitztümer in drei Kartons passten, die er bei Aldi ergattert hatte. Ein Karton für Klamotten und Schuhe, einer für Bücher und CDs, und einer für Kleinkram und oben drauf Bettwäsche und Handtücher. Computer und Anlage extra. Anschließend inspizierte seine Mutter die Wohnung.
"Und die Küche?"
"Was?"
"Na die Küche! Du musst wohl mindestens Topf und Pfanne mitnehmen, oder meinst du, im Osten wird dir alles nachgeschmissen?"
"Oh Mann, Kochsachen... voll vergessen. O.k., dann pack ich noch was in´ne Tüte."
"Möbel brauchst du wohl nicht?"
"Nä! Die neue Wohnung ist halb möbliert! Stehen nur halbe Möbel drin! Na Quatsch. Sind schon Sa-

chen da, gut was?"
Seine Mutter zog anerkennend die Nase kraus, was eigentlich beides heißen konnte: Versiffte Matratze vom Vorgänger oder Oh, echtes Schnäppchen geschlagen!
"Und wo willst du heute schlafen? Hast ja schon alles abgebaut und eingepackt!"
John grinste. "Bei euch auf´m Sofa, geht doch."
"Na du bist witzig! Schmarotzer bist du!"
"Ach Mutter die eine Nacht. Nachher kommen die anderen wegen den Meerschweinchen und morgen früh bin ich dann auch weg, dann fährt der Typ mit dem Lieferwagen hier vorbei."
"Na ist schon gut. Trinken wir noch´n Bierchen zusammen. Und ich mach Frikadellen zum Abendbrot."
"Super."
Johns Mutter war nur achtzehn Jahre älter als er.

Freitagmittag ging John Halloumi essen und besorgte bei Aldi noch einen großen Karton, den er dick mit alten Zeitungen auslegte. Auf dem Nachhauseweg rupfte er ein paar Grashalme ab, ließ beim Obststand einen Apfel mitgehen und war richtig stolz auf den Meerschweinchentransportkäfig. Vor seiner Haustür stand Gerri, ebenfalls ausgerüstet mit einem Karton.
*Schuh*karton, dachte John entrüstet. "Hi!"
"Hi John", sagte Gerri, "gib mal eins von den Viechern rüber, ich will schon los."
"Hä ? Wieso?"
"Ey ich fahr doch nicht S-Bahn, ich bin doch nicht verrückt, mit all den Assis da drin. Ich fahr Rad,

der Karton hier passt genau in den Rucksack."
"Bis du da bist ist es dunkel!"
"Ich hab´n Kumpel bei Hagenbeck, Claas, dem geb ich den Karton über´n Zaun und fertig."
John brachte seinen Karton nach oben und kam mit einem Meerschwein und einem zerrissenen T-shirt wieder. Beides kam in den luftlöchrigen Schuhkarton, der kam in den alterslöchrigen Rucksack und weg war Gerri. Wenn das man gut geht, dachte John mit Unbehagen, der Idiot hat noch nicht mal´n anständiges bike, bloß so´n stinknormales Herrenrad - wenigstens hatte er keine Bierdose auf dem Gepäckträ ger klemmen.
Aber Johns Sorgen waren unbegründet. Gerri war ein unerschütterlich gut gelaunter und zuverlässiger Typ, dessen Hemden nie zu den Hosen passten, die er trug, aber das störte niemanden in dem Seniorenpflegeheim, wo er als Gärtner und Hausmeister arbeitete.
Von den anderen trudelte etwas später Sepp als erster ein. Groß und schlaksig, unscheinbare Brille, lange rote Haare, Klamottenfarbe schwarz. Sie rauchten auf den Eingangsstufen.
"Ich bring eben das bike in´n Keller", sagte Sepp.
"Jo", sagte John und überlegte, ob er Sepp sagen sollte, dass er nach Leipzig ziehen und in demselben Haus wie dessen Ex-Freundin wohnen würde.
"Warum sollen die Viecher überhaupt weg?" erkundigte sich Sepp, als er wieder hoch kam.
Je nun, dachte John, raus mit der Sprache! Also erzählte er kurz, was anlag, und betonte mindestens dreimal, dass er nicht wegen Ines nach Leip-

zig zöge, die wäre überhaupt nicht sein Typ und da liefe rein gar nichts.
"Du musst dich doch nicht rechtfertigen, Alter", meinte Sepp achselzuckend, "vielleicht will *sie* ja was von *dir*!"
"Ach nee." John erschrak. So ein Hin und Her und Vielleicht lag ihm nicht. "Nee so´ne Tratschgeschichte, echt Sepp, so ist das nicht. Jetzt sei mal´n Kumpel und nimms einfach so hin, wies ist."
"O.k. John", sagte Sepp und sie rauchten weiter.
Zehn Minuten später waren noch fünf Mountainbikes in den Keller gewandert und Frank, der als letzter kam und mit meckerndem Lachen eine quietschende Halbkurvenbremsung hinlegte, fragte, wieso sie nicht gleich eine Fahrradtour gemacht hätten. "So wie Gerri?" meinte John, nachdem er den Transportkarton mit den acht Tieren aus der Wohnung geholt hatte. "Und wer trägt das hier dann?" Bis sie sich geeinigt hatten, was besser und angenehmer gewesen wäre für Mensch wie für Tier, waren sie zu Fuß am S-Bahnhof Bergedorf angelangt und eine weitere Diskussion erübrigte sich, denn jetzt konnten sie auch genauso gut einsteigen. "Gerri ist schon cool drauf", brachte Sepp das Gerede auf einen Punkt, gegen den es keine Einwände gab. Während der Fahrt breitete sich ein wohliges Zusammengehörigkeitsgefühl aus. Alle saßen im selben Wagen, Johanna alberte herum und stritt sich mit Timo und Sepp, zum Spaß, die Schweine im Aldikarton scharrten und stießen gegen die Wände, und Frank meinte, wenn schon keine Fahrradtour, dann eben eine Klassenreise, das wäre

doch auch was Feines. Sie mussten in die U-Bahn umsteigen und rauchten auf dem Bahnsteig. Julia kaufte Schokolade. Neben dem Hagenbeckparkhaus stellte John den Karton hinter einen Busch und verteilte die Insassen: Jeder einen und er zwei.

"Ooch meins ist ja so klein, das setz ich mir auf die Schulter wie´ne zahme Ratte und häng die Haare drüber!" freute sich Julia, sicherte das Schweinchen noch mit ihrem Halstuch und tatsächlich schien das zu funktionieren. "Vielleicht behalte ich´s auch..." überlegte sie.

"Lass uns das bloß schnell erledigen", sagte Johanna, die ihren Gast in die Umhängetasche gestopft hatte, "sonst pisst der mir noch alles voll."

"Gut dann spendier ich jetzt ´ne Gruppenkarte", sagte John und sah in die Runde. "Alles klar?"

Sepp, Frank und Timo sahen an verschiedenen Stellen merkwürdig ausgebeult aus, je nachdem, wo sie ihr Meerschweinchen hingesteckt hatten, in den Jackenärmel, die Innentasche, in die Kapuze im Nacken... Nur Markus war unglücklich mit dem Tier unterm T-shirt, das sich normalerweise eng um seine Muskeln spannte und jetzt keinen Zweifel daran ließ, wen er da unerlaubt im Kleintiergehege aussetzen wollte.

"Bei dir erstickt es ja!" rief Johanna. Timo und Sepp haten angefangen, zu lachen, Julia bewegte sich nur noch in Zeitlupe, um ihren neuen Schulterbewohner nicht zu gefährden, einzig Frank war hilfreich und lieh Markus seine Schirmmütze. Der erwies sich als erstaunlich patent, klappte die Mütze über dem Meerschweinchen zusammen und behauptete, das wäre jetzt eine Herrenhandtasche. "Mann jetzt lacht doch nicht so!" fuhr er Sepp und Timo an, die schon ganz rote Köpfe hatten. John, der einfach seinen Gürtel ein Loch enger gezogen und zwei Meerschweinchen oben in den Overall gesetzt hatte, Jacke drüber, fertig, kam mit der Gruppenkarte wieder und einem legitimen Eindringen in den Zoo stand nichts mehr im Wege. Timo jammerte noch, der alte Eingang mit den Elefantenköpfen wäre viel schöner gewesen, da waren sie auch schon durch den neuen chinesischen Tempel gegangen und suchten auf dem Orientierungsplan nach dem richtigen Gehege. In diesem Moment verdüsterte sich der Himmel, ganz Hagenbeck wurde schattig, und John fand, dass auch sie ein ziemlich düsterer Haufen waren, schwarz überwog 4:3. Nur Timo, Markus und Frank waren grau-weiß-grün. John selbst trug seit Jahren nichts anderes als strapazierfähige schwarze Overalls, sommers wie winters ("Strampelanzug", wie Alexa missbilligend sagte), und dazu Springerstiefel. Das ließ sich mit beliebig vielen Kleidungsschichten kombinieren und man konnte das Overall-Oberteil auch leicht über den Gürtel nach unten klappen, dann lief er oben ohne, falls es in Hamburg mal heiß sein sollte.

Na ja, sind wir halt besser getarnt, schoss es ihm noch durch den Kopf, denn den Eindruck einer fröhlichen Klassenreise mit unschuldigen Absichten machten sie nun wirklich nicht.

Am Kaninchen- und Meerschweinchenfreigehege waren weder Zoowärter noch Besucher zu sehen, weshalb die Aussetzung Johns tierischer Mitbewohner erfreulich sang- und klanglos von Statten ging. Sie sahen sich kurz um und verschwanden dann im Gewusel ihrer Artgenossen. Timo schüttelte kommentarlos ein paar braune Knicker aus seinem Jackenärmel. Merkwürdig unschlüssig und verloren standen danach alle da.

"Gehn wir - äh - gehn wir Cornetto essen und gucken wir uns die Schlangen an!" schlug Johanna in die Stille vor, und sechs Meerschweinchenfreunde trotteten hinter ihr her.

Später, kurz vor Ende der Besucherzeit, hatten der Zoo und seine Tiere schwarz wie grau-weiß-grün Gekleidete gleichermaßen friedlich gestimmt, und sie stießen auf der gutbürgerlich-eleganten 60er Jahre Sonnenterrasse am Flamingobecken auf Johns Umzug an. Einzig Johanna war bei Eis geblieben, die anderen tranken Bier, freuten sich über die Gläser, richtige Biertulpen, manche Tiere schrien, manche äugten zu ihnen herüber, die Zebras zum Beispiel, und John fand, dass die teure Gruppenkarte eine sehr gute Investition gewesen war.

"Wahrscheinlich werd ich dich sogar vermissen", erklärte Timo plötzlich. Julia und Johanna warfen mit Bierdeckelkonfetti, und Sepp meinte: "Jo, lass mal aufbrechen."

"Wars schön im Zoo?" fragte Johns Mutter abends, als sie am Küchentisch um eine Schüssel Frikadellen saßen, während Johns Freunde bei Sepp eingefallen waren und dort das Sofa besetzten. Sein kleiner Bruder spielte Angeln im Glas mit der letzten Silberzwiebel, John quetschte

Senf auf den Teller und meinte "Ja", wär schön gewesen, die Meerschweinchen würden sich da bestimmt wohl fühlen.

Und ich mich in Leipzig? dachte er und seine Mutter stellte prompt dieselbe Frage, woraufhin John spontan feststellte, er wäre ja anpassungsfähig, außerdem müsste er mal seinen Horizont erweitern. Seine Mutter lachte und glaubte ihm weder das eine noch das andere. "Wird schon schief gehen Baby!"

"Schief ist auch ein Zustand", konstatierte John seufzend, "und eigentlich ist so ein Umzug ganz cool, ich hab schon richtig Spaß dran. Endlich passiert mal was. Und falls Alexa auftaucht, was ich bezweifle, aber für alle Fälle: Sag ihr nicht, wo ich bin. Sag, ich bin nicht da. Stimmt ja auch."

Seine Mutter lachte mit vollem Mund. "Hast recht, Umzug macht Spaß."

Am nächsten Morgen schaute sie bewundernd auf den Umzugshelfer ihres Sohnes. Ines´ Bekannter und Lieferwagenfahrer Mike war fast zwei Meter groß, durchtrainiert und sonnenstudiobraungebrannt. Mit Leichtigkeit trug er zwei Kartons auf einmal nach unten, und John kam sich neben ihm klein, blass und mickrig vor. Im Handumdrehen saßen sie im Auto, in dem auch noch Platz für Johns Fahrrad gewesen war, ein Schuhkarton mit Ozzy stand zwischen Johns Füßen, eine Cypres Hill Kassette rutschte ins Kassettenfach, es ging los. Johns kleiner Bruder winkte, seine Mutter rauchte. Ab Magdeburg machten sie die Musik aus, der Lieferwagen rollte auf den Parkplatz einer desolaten Raststätte, zu deren ungunsten Mike seine Provianttüte hervor holte, sie aßen selbstgeschmierte Brötchen und tranken Saft. Jeder eine ganze Flasche, auf Ex. John kämpfte, wollte sich vor Mike jedoch keine Blöße geben.

"Säft, für die Kräft", grinste Mike, und setzte die uncoolste Sonnenbrille auf, die John jeh gesehen hatte.

"Boah was is´n *das* für´n Teil!"

"Nicht gut?" Mike nahm die Brille wieder ab. "Hat meine Freundin mir geschenkt."

"Na solange man nicht von der Brille auf die Freundin schließen kann..."

Mike gab Vollgas, sie schossen zurück auf die Betonplatten-DDR-Autobahn, Ozzy quiekte erschrocken und Mike meinte, seine Freundin hätte rein gar nichts mit einer uncoolen Sonnenbrille gemein.

"Schon gut Mann", sagte John beschwichtigend, "Meine Ex-Freundin hat mir mal´n Playboy Kalender geschenkt, da hatte auch eins nichts mit dem anderen zu tun."

"Oder ein*e* nichts mit den ander*en*?" warf Mike ein. "Und wer war dabei uncool?"

"Na meine Ex natürlich", stellte John klar.

"Playboy ist aber auch nicht wirklich cool", schüttelte Mike den Kopf, "also *meine* Freundin ist auf jeden Fall cooler als Playboy."

"Beneidenswert! Dann ist es ja auch egal, ob sie uncoole Sonnenbrillen verschenkt oder nicht!"

"Yeah", sagte Mike und warf die Brille aus dem Fenster. Sofort fuhr krachend ein LKW drüber. Beide grinsten zufrieden, John schraubte seine

Rückenlehne nach hinten und hätte am liebsten die Füße hoch gelegt, aber Mike war nicht der Typ, in dessen Lieferwagen man soetwas durfte.
"Woher kennst du Ines?" erkundigte er sich stattdessen.
"Die Ine? Die ist bei mir in Sporttheorie. Und wie kennt ihr euch?"
"'N Freund von mir ist ihr Ex. Wir trinken ab und zu mal'n Bier zusammen, wenn sie in Hamburg ist, oder war, jetzt bin ich ja weg. Man kann ganz gut mit ihr reden. Sie ist so *nett*! Das kommt ja selten vor bei Frauen."
"Stimmt. Und jetzt wohnt ihr sogar in demselben Haus."
"Da ziehe ich aber nicht wegen ihr ein, wieso denken das bloß alle."
"Och, wär doch verständlich. Soviel ich weiß, ist die Ine aber in einen aus der Uni-Hockeymannschaft verknallt."
"Jo." Mehr gab es im Moment nicht dazu zu sagen.
Später tauchte Leipzig vor ihnen auf, ziemlich unspektakulär von der Zufahrstraßenseite aus betrachtet, und dann waren sie in der Stadt Lessings und Goethes, wo es Auerbachskeller gab und den Thomaner Chor in der Bachkirche, das massige Völkerschlachtdenkmal und das Gewandhaus, die Stadt, wo der LFC spielte und wo 1989 mit den Montagsdemonstrationen die Deutsche Wiedervereinigung ins Rollen gebracht worden war. Und es gab die Leipziger Universität, eine der allerältesten Deutschlands.
"Studierst du eigentlich dasselbe wie Ines?" fragte

John, als sie am Neuen Messegelände vorbei fuhren.
"Fast. Sport, Sportwissenschaften und Soziologie. Kann ich Coach mit werden. Oder Vorsitzender, oder Trainer der 2. Jugendmannschaft von Hinterfurzhausen. Ey wir sind gleich da. Die Uni ist im Zentrum. Dein neues Viertel ist hier im Nordosten. Hat sogar 'n eigenen Ratskeller. Im Rathaus natürlich. Im Sommer ist da Biergarten."
"Schön."
Nordosten, Biergarten, Sport - John guckte aus dem Fenster und sah bloß Stadt, und konnte keinen Vergleich zu Hamburg herstellen. Sieht so aus wie? Nein, ging nicht. Das war also Leipzig. Eine schrottige Mischung aus Dorf und Metropole? überlegte John, als er die bröckelnden Fachwerkfassaden neben einer brandneuen Filiale der Deutschen Bank sah. "And here we are!" freute sich Mike und parkte am Bürgersteig. John stellte erleichtert fest, dass es in seiner neün Straße nichts Dörfliches mehr gab. Stattdessen unverschnörkelte Gründerzeit und alle Stile, die danach kamen, ohne Baulücken, überwiegend grau-dunkelrot und an die fünf Stockwerke hoch. Die ganze breite Straße ein Tunnel ohne Dach - John guckte um die Ecke - und die Nebenstraßen auch.
"Ist´n ganz cooles altes Viertel", bemerkte Mike, wä hrend er die Hintertür des Lieferwagens öffnete und Johns Kartons herauszog. "Und auch nur vereinzelt pastellfarben."
"Hä ?"
Mike lachte. "In manchen Vierteln ist schon alles

durchsaniert worden, alle Häuser pikobello renoviert und gestrichen, in hellgrün, hellblau, hellbeige, hell*rosa* mein Gott! Die Leipziger lachen schon darüber. Alles pastellfarben. Total sanft und schick und so. Na hier ist nur teilsaniert - siehste ja. Aber von Innen sind die Wohnungen ok."
John stellte den Karton mit Ozzy auf den Bürgersteig und half beim Entladen. In einer Minute waren sie fertig.
"Falls du in die football-Mannschaft willst", sagte Mike und kritzelte auf eine alte Rechnung, "hiers meine Nummer."
"O.k. Danke, dann machs gut", verabschiedete sich John, der ein mulmiges Gefühl im Bauch hatte, so inmitten seiner Habseligkeiten, von aller Welt verlassen, da drückte Mike zehntausend Mal auf die Hupe, brauste davon und aus der Hofeinfahrt kamen eine alte Dame und Ines. Gerettet! dachte John.

Frühstück. Die beste Zeit des Tages. Noch war die Welt still und neu und die Luft frisch und sauber. John drückte das Dachfenster fünf Zentimeter auf und setzte sich wieder an den Küchenklapptisch vor seinen Kaffeebecher und das Glas Marmelade, das Frau Matthes, die Hausbesitzerin, ihm zum Einzug geschenkt hatte. Selbstgemacht, natürlich, gelb, und aus - John las das adrette Etikett nochmal, obwohl er es längst wusste - Spillingen. Nie gehört das Wort. Er hatte es auch noch unberührt gelassen, sein Einzugsmarmeladenglas, denn er aß zum Frühstück Nutella. Brot mit Nutella, Kaffee und danach

Orangensaft. Bei der feierlichen Schlüssel- und Marmeladenübergabe hatte John Frau Matthes sofort in Gedanken den Treueid geschworen, weil sie so überwältigend großmütterlich war und so blaue Augen hatte. Sie sprach, wenn sie überdurchschnittlich aufgeregt war, ein sehr starkes Sächsisch, von dem fast alle Hausbewohner nur ein Drittel verstanden, aber John hatte sich trotzdem von ihr willkommen gefühlt, gelächelt und weiße Zähne gezeigt, Frau Matthes hatte ihn einen "symphatischen, jungen Mann" genannt, Ines hatte sich lachend umgedreht, und nun saß er frühmorgens unter dem noch dunklen Leipziger Himmel, der durchs Fenster in den schrägen Küchenwänden zu ihm hereinguckte, und fand sich selber komisch, weil er sich mit Spillingen hatte kaufen lassen. Man soll Treueeide nicht vorschnell leisten, dachte John und schob das Marmeladenglas etwas weiter weg, obwohl es bisher ja nicht verkehrt gewesen ist. Ines hatte ihm erzählt, dass Frau Matthes für alle Bewohner ihres Hauses die Großmutter war. Alle passten sie ein bisschen auf die alte Dame auf, deren Mann vor Jahren gestorben und deren Kinder kurz nach Mauerfall in den Westen gezogen waren, was ihnen die Mutter bis heute verübelte. Und Frau Matthes passte natürlich auf ihr Haus und auf alles auf, was darin kreuchte und fleuchte.
"Sie ist aber ganz lieb und nicht aufdringlich oder so", sagte Ines. "Mann wieso hast´n *du* Marmelade gekriegt!"

KATJA
"Hi Hecki. Hi. Wie - nee, nein, alles o.k. Du ich wollte dir nur sagen, du brauchst die Wohnung nicht mehr anzupreisen. Gestern ist hier so´n neuer Typ eingezogen. Freund von Ines. Ich kling überhaupt nicht komisch! Ach... Wann? Ja, gut. Na schräg eben. Nur schwarze Sachen, Nasenpiercing, und dann hat der sein bike in die Wohnung hochgeschleppt, weil die Matthes vergessen hat, ihm den Keller zu zeigen hihi... Nein ich beobachte den überhaupt nicht! Du bist echt bescheuert Hecki. Ich und Ines haben beim Einzug geholfen, so ist das! Was - nee der hatte gar kein Bett. Ich hab bloß so´n Schuhkarton getragen, ich wette, da war ´ne zahme Ratte drin! Was? Nee sein Drogenvorrat nicht, der hätte sich ja nicht bewegt, Drogen bewegen sich doch nicht... Hihihi ey ja... Logo. Ja, geb ich ihm. Also übermorgen im Prager Frühling. Chau...

FRAU MATTHES
Ein reizender junger Mann. Er hat sich sogar für die Marmelade bedankt! Ich weiß das zu schätzen, manche junge Leute sind heut zu Tage so unhöflich. Dabei kostet es gar nichts, auf kleine Gesten zu achten. Also ich achte da sehr drauf. Ich muss jetzt daran denken, dass ich den Treppenhausputzplan erneuere! Alles muss seine Ordnung haben, dann kann jeder tun und lassen, was er will. Die jungen Leute aus dem Westen haben so etwas Frisches, so etwas Individuelles, würd ich mal sagen... Vom äußeren auf die Person zu schließen habe ich mir ja *ganz*

abgewöhnt. Die Mädchen werfen mir zwar vor, ich wäre zu gutgläubig, aber ich denke, viel wichtiger als das Aussehen ist doch die Körperpflege. Wenn jemand hier ankommt und unangenehm riecht, ja wenn er stinkt, ungepflegt aussieht, dann kann er gleich seine Sachen packen, so einer kommt mir nicht ins Haus! Und der Bekannte von der Ines, dieser John, der hatte nun wirklich blendend weiße Zähne! Und gestunken hat er auch nicht, da ist es mir ganz egal, was er sonst mit sich anstellt oder wie er aussieht. Dass er gleich die Miete für ein halbes Jahr im Voraus gezahlt hat, will ich ihm auch hoch anrechnen. Ja, ich denke, er hat die gute Spillingemarmelade verdient. Ach je und ich habe ihm gar nicht den Keller gezeigt! Das ist das Alter, jünger wird man ja leider nicht.

John
Mich laust der Affe. "Halb möbliert" bedeutet: drei Garderobenhaken, Klapptisch und Klappstuhl, und ein selbstgebautes Regal, das an der Rückseite mit dermaßen vielen unterschiedlichen Streben und Leisten zusammengehalten wird, auch mit Brettern, einem grünen und einem lackierten, dass es beinahe künstlerischen Wert hat. Wenn ich meine Sachen da reinstelle, fängt die ganze Konstruktion garantiert an zu wackeln, und ich muss auch irgendwo ein verstärkendes Brett an nageln - Wahnsinn! Jeder neue Mieter hinterlässt eine Spur an diesem Mistregal, wann hat das bloß angefangen? Vielleicht liegen hier sogar Hammer und Nägel rum... Das Dumme ist

nur: es gibt kein Bett. Oh und Moment, die Küche ist möbliert. Kühlschrank, Gasherd und Spühle sind da. Richtige Möbel sind das ja aber eigentlich keine. Na ich will nicht meckern. Mir steht eine harte Nacht bevor, auf dem roten Dielenboden... Nee das bring ich nicht. Bin nicht so'n Survival-Typ, was tu ich bloß... Ah! Genial! Ich schmeiße alle Klamotten auf den Boden, die paar Handtücher auch, und baue mir ein Nest. Bin'n Nestbauer.

Als John eine Woche später bei Wolf anrief, sah es in seiner Wohnuhng schon etwas anders aus. John war hervorragend im Verkabeln und hatte es geschafft, sich binnen kürzester Zeit mit Telefon- und Internetanschluss auszustatten. Zwar standen Telefon, Computer und Anlage noch immer auf dem Dielenboden, alles andere im Grunde auch, und John schlief auch noch immer in seinem Klamottennest, aber dafür hatte er nun einen neuen Programmierauftrag. Der merkwürdigen Regalkonstruktion seiner Vormieter traute er keine rechte Belastbarkeit zu, aber das Bord in der Küche war stabil, weshalb John es schnell mit seinen wenigen Kochutensilien, Nutella, Nescafe und allem anderen überlebenswichtigen vollgestellte, was er in dem Laden eine Straße weiter entdeckte. "Ein *Kon*sum ist gleich um die Ecke", hatte Frau Matthes ihm erklärt, und John war auf gut Glück hingegangen, denn unter *Kon*sum konnte er sich herzlich wenig vorstellen. Der winzige Supermarkt, der sich in einem Genossenschaftbacksteinbau versteckte, vesorg-

te ihn dann aber tatsächlich mit vielen erschwinglichen Konsumgütern, und die nette Kassiererin konnte außerdem noch weiterhelfen:
"Ein Schlachter ist rechts um die Ecke."
John grinste und sagte, mehr zu sich selbst: "Hiers wohl alles um die Ecke..."
"Wie meinen?"
"äh, in diesem Viertel gibt es wohl alles?"
Die Kassiererin starrte ihn erst groß an, fügte dann aber verträumt hinzu: "Also eine Tierhandlung gibt es leider nicht..."
"Ach Tiere sind auch das letzte, was ich brauche, ´n Tier hab ich schon."
"Oh Sie haben? Was für eins denn?"
Schon halb zur Tür raus antwortete John: "Ein Rosettenmeerschwein", und wunderte sich zehn Minuten später, dass er noch immer mit der Dame an der Kasse quatschte, die ihn schließlich mit stark geschminkten Augen anplinkerte und gehen ließ. "Chaui, bis die Tage!" Oh mein Gott wie grausam, hat sie das wirklich gesagt? Sagen das hier etwa alle so? John wäre fast über seine Konsumeinkaufstüte gestolpert, rette sich rechts um die Ecke und bewunderte das fette Schwein, das über dem Schaufenster des Schlachters hing und ein Messer im Rücken stecken hatte. "Deutsches Qualitätsfleisch, boah watt´n Zungenbrecher", las John, als er die Tür aufdrückte und beim nun wahrnehmbaren Duft sofort Stammkunde wurde. Mittagessen gab es hier auch! Einkaufen machte wahnsinnig hungrig, und John bestellte dasselbe, was die Bauarbeiter löffelten, die um den einen der Stehtische standen.

"Eine Soljanka, bitteschön, dazu Brot?"
"Ach ja, bitte", antwortete John, trug seine dampfende Plastikschüssel zum zweiten Stehtisch und nahm sein Brot entgegen. Toastbrot. Egal. Soljanka, noch ein neüs Wort!
Anderes Bundesland, andere Sprache, dachte John, und anderes Essen! Wurstsuppe. Ja genau, wenn da Wurst drin war, war es Wurstsuppe. John war nicht wirklich Fleischfan, aber diesen Schlachter liebte er und kaufte, bevor er ging, ein halbes Pfund Salami und drei Frikadellen. Dann stand er wieder vor seinem Haus. Hierher konnte man die Leute auch um die Ecke schicken. Zum Bä cker nämlich, der sich links im Erdgeschoss befand. Rechts waren der Eingang und die Hofeinfahrt, links um die Ecke der Bäcker. Es war ja ein Eckhaus. John stand mit seinen zwei Tüten an der Straßenkreuzung und fühlte sich wie das Zentrum des Universums. Ein kleiner Punkt inmitten seines neuen Viertels, der Stadt, des Landes, der großen weiten Welt... in Gedanken sah er sich sekundenschnell zu Satellitenhöhe aufsteigen, raste wieder zurück und war John vor der Bäckereifiliale, in sich ruhend, zufrieden und gelassen.
Gefällt mir hier, dachte er und nahm sich vor, beim *Kon*sum nie wieder geschnittenes Brot zu kaufen.

Ines und ihre Mitbewohnerin Katja aus Potsdam hatten es sich in Johns Schlaf-Wohnzimmer gemütlich gemacht. Sie saßen mit dem Rücken gegen die Wand auf dem Fußboden, zwischen sich eine mitgebrachte Flasche Rotwein und zwei

Gläser, quatschten und lachten, als Ozzy über ihre ausgestreckten Beine sprang.

"Also doch keine zahme Ratte", sagte Katja, "und Drogen auch nicht, oder hat der Kleine alles aufgefressen, was in dem ominösen Schuhkarton war?"

"John nimmt doch keine Drooogen, der weiß *gar* nicht, was das ist, trinkt ja noch nicht mal Rotwein..." Ines sah kopfschüttelnd zu, wie Ozzy in der Küche verschwand. "Braucht er keinen Käfig?"

"Doch, doch er hat einen", erklärte John, der sich über den Mädchenbesuch amüsierte. "Für diese wunderschöne neue Wohnung hab ich ihm exra einen Käfig aus drei Obstkisten gebaut. Man kann die so ineinander stecken, hat mich selbst überrascht, wie gut das ging. Aber er darf auch mal rumlaufen, sonst wird er noch zu fett und das ist ja gar nicht gesund."

"Wie´n Gesundheitsfanatiker siehst du aber nicht aus", stellte Katja zweifelnd fest.

"Ich fahr doch Rad!" entrüstete sich John.

"John ist Informatiker. Richtig?" fragte Ines.

"Mhm."

"Informatiker", grübelte Katja, "das sind doch alles kranke Typen". Sie hatte Johns CDs neben der Anlage entdeckt und ließ stirnrunzelnd die Hüllen klacken. "Was is´n *das* für´n Zeug. Chevy Devils. Banda Bassotti. The Burial, The Maytals, The Skatalites. Ah, Depeche Mode, Nine Inch Nails - Böse Onkelz! Das ist doch scheiße, die sind doch echt daneben - ey was sind denn das hier für Bands! Freiwild. Hörsturz. Broilers!"

"Du kannst meinen Kram auch in Ruhe lassen", befand John.
"Stehst du auf rechts oder was." Katja trank ihr Glas leer und stand unbeholfen im Zimmer.
"Nee auf links", sagte John, "und jetzt ist der Besuch zu Ende, ich muss noch arbeiten."
"Schweinehund", grinste Ines und stand auf. "Die Gläser kannste behalten, Einzugsgeschenk."
"Oh, vielen tausend Dank, Rotweingläser haben mir noch gefehlt in meinem Sortiment..."
"Tschüß", sagte Ines, "Chau", sagte Katja, dann waren sie weg und John jagde Ozzy in seinen Käfig.
"Alter du köttelst mir die Bude voll, hier herrschen andere Sitten als in Hamburg, gewöhn dich dran!" Dann spühlte er artig die Gläser ab und setzte sich vor den Rechner.

An einem schwülen Sonntagmorgen nach einer verregneten Nacht faltete John seine schwarzen Overalls und alle anderen Klamotten zusammen, packte sie in einen der Kartons, die noch immer nutzlos die Wohnung verstellen, suchte seine Lieblings CD von Laurel Atkins heraus und drehte sich einen Joint. Katja hatte ihm vor ein paar Tagen einen Zettel unter der Tür durch geschoben, als er gerade unterwegs war. Einen Zettel mit der Telefonnummer von einem gewissen Hecki, der einen mit allem möglichen versorgen könnte. Viele Grüße, Katja. Er versuchte, nachzudenken und eine Lösung für sein inexistentes Bett zu finden. In ein Bettenhaus kriegten ihn keine zehn Pferde, ein dänisches womöglich. John hasste helles Holz. Sollte er eine Hängematte aufhängen? Aber davon bekam man bestimmt einen krummen Rücken. Er kletterte auf die Spühle und reckte sich zum Dachfenster, auf dessen Rahmen man so gerade eben noch seine Arme und auf die dann seinen müden Denkerkopf stützen konnte.

Rentnerpose, dachte John. Er drückte das Fenster auf so weit es ging und starrte wie gebannt auf die andere Straßenseite. Der gegenüberliegende Bürgersteig war noch knapp in seinem Blickfeld, und dort standen - John rieb sich die Augen - zwei Holzpaletten. Hastig sog er an dem Joint, bis es nichts mehr zu inhalieren gab, schüttelte sich ungläubig angesichts eines solchen Glücksfalls (Zufall, ach Quatsch! Einfall und Glück zusammen ergab einen echten Glücksfall!), und rannte die Treppen runter ins Erdgeschoss und durch die Hofeinfahrt ins Freie. Da, da lehnte es immer noch gegen die Wand, sein zukünftiges Bett! Zweiteilig und eurogenormt, und abartig schwer, wie John feststellte, als er die erste Palette so eben mal über die Straße tragen wollte. Er fluchte. Weder Nutella noch der Joint hatten ihm heute morgen Bärenkräfte verliehen, aber er wollte diese Paletten um jeden Preis haben.

"Ätzend." John schnaufte und versuchte, das Gewicht auf die Schulter zu verlagern, was auch bis zur Hofeinfahrt klappte, danach tat ihm alles weh. Inzwischen hatte er vier Splitter in den Fingern und schauderte bei dem Gedanken an die drei Treppen, die bis zu seiner Wohnung vor ihm lagen.

"Brauchst du Hilfe? Wo soll´n das Ding hin?"
John blickte auf. "Eh. Hi!"
"Du bist der Typ von ganz oben? Ich fass mit an."
John dankte dem Haus im Stillen, dass es so fürsorglich Hilfskräfte für ihn hervorzauberte, und sagte das auch: "Danke Danke Danke, diese Paletten sind verteufelt schwer!"
"Ach was, alles eine Frage der Technik. Hier fass oben an, ich unten, eine Strebe auf die Schulter, untergreifen..."
Auf halber Treppe schickte Johns freundlicher Retter ihn wieder nach unten, er solle sich lieber die andere Palette sichern, hier im Treppenhaus rumstolpern könne er auch alleine, und John tat, wie ihm geheißen. Und schämte sich dabei ein bisschen, weil er so gar nicht stark war. Er probierte eine neue Rückentragetechnik und wäre beinahe unter der Last begraben worden, aber er riss sich zusammen und schleppte die zweite Palette wenigstens wieder bis zu den Briefkästen am untersten Treppenabsatz.
"Alles eine Frage der Technik", wiederholte der Retter, der gutgelaunt herunter gesprungen kam, "und auch der Fitness."
Die zweite Palette machte sich auf den Weg, scheinbar mühelos getragen durch Fitness und Technik, wohingegen John sich am Treppengeländer festhalten musste und hinterher stapfte. Vor seiner Wohnungstür saß der starke Nachbar und machte zu Johns Erleichterung eine Verschnaufspause.
"Geil", sagte John, "hätte ich alleine *nie* geschafft."

"Ja."
"Willst du was trinken? O-Saft?"
"Nee lass man, ich muss eigentlich los. ähm, du brauchst nicht zufällig eine Matratze? Hab gerade zwei über, weil meine Freundin einen Futon wollte. Und aus den Paletten soll ja wohl'n Bett werden?"
"Echt? Du hast 'ne Matratze über? Ja super, ich brauch tatsächlich eine. Die Wohnung war nämlich doch nicht so möbliert, wie sie sein sollte."
"Na cool, dann hol dir eben die eine. Ich muss los."
Wie sich auf den nächsten zwei Treppen abwärts herausstellte, wohnte Michael mit seiner Freundin Anja im ersten Stock, gegenüber der Wohnung von Frau Matthes. "Und jetzt ham wa'n Futon. Chau, man sieht sich", grüßte Michael und verschwand. John zerrte die Matratze nach oben und baute dann sein Bett in einer Ecke des Zimmers auf. Paletten, Matratze, Bettwäsche, Anlage daneben; sah richtig einladend aus. John machte Probeliegen. Er dachte noch, wie lustig es wäre, wenn er morgen einen Schreibtisch auf der Straße fände, dann schlief er ein.
Von Ozzys Gequieke wurde er gegen Mittag wieder wach. "Ja scheiße", sagte John, "du hast kein Futter mehr. Ich auch nicht. Ist keins mehr da." Er grübelte kopfkratzend und beschloss dann, Futter zu schnorren. "Das Haus ist freundlich zu uns", erklärte er dem Meerschwein, in der Hoffnung, dass das auch auf den Bewohner der anderen Dachwohnung zuträfe. John klopfte.
"Hi, Morgen", brachte er noch heraus, als die Tür

aufging und das dahinter strahlende Licht ihn traf, ihn blendete und nur einen sehr großen Nachbarn erahnen ließ, der da im Türrahmen stand. John taumelte instinktiv in den Schatten, während der andere "Guten Morgen" antwortete. "Ja?"
"Ich bräuchte mal´ne Mohrrübe."
"Wie bitte?"
Mist, ganz schlecht gelaufen, John hätte sich ohrfeigen können. So ging das nicht. Sein Nachbar schien sich ernstlich zu amüsieren. Er steckte in Badelatschen, Boxershorts und Pullover, war augenscheinlich auch noch nicht lange auf den Beinen und lächelte John an wie ein Lehrer den dümmsten Schüler der Klasse. John zwang sich, nicht länger auf die Knie unterhalb der Boxershorts zu starren und stattdessen in das unrasierte Gesicht, und fing nochmal von vorne an.
"Hi. Ich bin John. Ich wohne da auf der anderen Seite unterm Dach. Mein Meerschwein hat Hunger, und bevor ich los fahre und Futter kaufe, wollte ich fragen, ob ich bei dir eine Mohrrübe bekommen kann."
"Darfs auch ein Apfel sein?" erkundigte sich der große Nachbar.
"Ja, natürlich, Apfel geht auch."
Die Boxershorts wanderten in die Wohnung und John linste vorsichtig hinterher. Zu viel Licht! Die Mittagssonne knallte direkt in die Fenster.
"Hier, echter Boskopp. Ich bin übrigens Angelo."
Sie schüttelten sich die Hände zum Beginn einer langen, freundschaftlichen und schnorrigen Nachbarschaft. Ozzy fiel über den Apfel her, als hätte er sein Lebtag noch nichts Frisches bekomnmen,

John schwang sich aufs Fahrrad und hätte auch problemlos die nähere Umgebung auskundschaftet, um eine Tierhandlung oder einen tollen 24-Stunden-Supermarkt mit Kleintierfutterabteilung zu finden, wenn er nicht mit einem Trabbi zusammen gestoßen wäre.

Zunächst radelte John durch Altbaustraßenschluchten mit spärlichem Baumbestand, er entdeckte ein italienisches Restaurant, einen arabischen Lebensmittelladen, einen chinesischen Schnellimbiss und eine Videothek mit dem unsinnigen Namen "Brummy". Doch dann durchquerte er den Park und kam am Fußballclub vorbei, und von dessen Parkplatz schoss es plötzlich unheilvoll hervor, machte eine halbe Drehung und erwischte John voll an der Breitseite, wie ein Tennisschläger, der einen Ball ins Netz haut. Er wurde von dem Trabbi samt Fahrrad an den nächsten Baum geschleudert, fühlte Schmerz an Bein und Kopf, es waren gewaltvolle, Adrenalin geladene Sekunden, dann rutschte er am Baumstamm herunter und kam knapp neben einem alten Hundehaufen wieder zur Besinnung.
Ey das bike ist ja heil geblieben, war das erste, was er dachte, und freute sich noch, als Stimmen laut wurden von Leuten, die aus dem Clubhaus gelaufen kamen. Der Fahrer des Trabbi lief jammernd um sein Auto herum und begutachtete den Schaden, den er selbst verschuldet hatte. In der Vordertür waren deutlich die Spuren von Johns Fahrrad zu sehen: Lenkerknauf, Pedale und Achsenschraube, und dazu noch eine Delle

von Johns Knie. Das rieb er sich jetzt, murmelte "Scheiße, ach Scheiße" und hätte vor nachträglich einsetzendem Schreck beinahe ein bisschen geweint, aber dann genügte es doch, sich mit den Händen übers Gesicht zu reiben, hochzuziehen und aufzuwachen. "Du verdammtes Arschloch!" rief er Richtung Trabbi, dessen Fahrer schon wieder hinter dem Steuer klemmte und durch heruntergekurbelte Fenster von den Mitgliedern der Altherrenmannschaft beschimpft wurde, während die A-Jugend sich um John versammelt hatte.
Der Torwart drückte ihm ein Bier in die Hand. "Ey du bist doch bekloppt Toschi, er kann doch jetzt kein Bier trinken! Muss er nicht zum Arzt?"
"Wieso", verteidigte sich der Torwart, "Spiel ist doch vorbei!" Umgeben vom Stimmengewirr zum Thema Bier oder Arzt süffelte John das Glas leer und dachte dabei, dass er wirklich keinen Arzt wollte, sowas stresste immer nur. Eine Trillerpfeife rief die Altherren zurück auf den Fußballplatz, der Trabbi tuckerte davon und John hatte plötzlich eine schöne Frau im Arm beziehungsweise sie ihn. "Süßer", sagte sie, "komm mit rein", und John kam. Während Diana, die Thekenkraft des Clubhauses, ihn über den Parkplatz bugsierte, verzog sich der Nebel in Johns Kopf und er dachte, dass er eigentlich Anzeige erstatten müsste. Sollte der Idiot so ungeschoren davon kommen? Diana setzte ihn auf einen Barhocker, ein Mann in Trainingsanzug und Arztsachen in einem Werkzeugkoffer untersuchte das Knie und die fette Beule an der Schläfe und tröstete mit einem Käl-

tepack.

"Ich flick hier alle wieder zusammen", erklärte er dabei und John für fast unversehrt.

"Ach na Gott sei Dank, wär doch Schade gewesen", freute sich Diana, und John, der bisher nur brummende Geräusche von sich gegeben hatte, fragte jetzt laut und deutlich nach der Toilette.

Erstmal Klo, dachte er, und dass er noch nie in einem Clubhaus gewesen war. Spießig sportlich war es hier, aber Diana war wirklich schön. Als er zurück kam, überredete sie ihn, keine Anzeige zu erstatten und stattdessen auf Kosten des Trabbifahreres Freibier zu trinken.

"Hier und immer?" staunte John.

"Genau", sagte Diana, und "Was muss der Jürgen mit seiner rollenden Pappschachtel auch so einen Staub aufwirbeln, der gehört mal bestraft", urteilte der Vereinsarzt. "Lass den Kältepack mal noch ein bisschen drauf."

John wunderte sich, dass ihm das alles passierte, und bestellte dann ein Wasser, auf eigene Rechnung, und Diana lachte.

John
Sie lacht - wunderschön. Ich bringe Frauen gerne zum Lachen. Fühlt sich gut an, als hätte man sie glücklich gemacht, mir wird schon ganz warm ums Herz. Na wenn man lacht ist man ja auch glücklich. Ach ist das Wasser schön prickelnd! Ich hab aber auch einen Durst! Das macht die Aufregung. Hätte auch ins Auge gehen können, der kleine Stunt da draußen! Wahrscheinlich kann ich froh sein, dass nichts gebrochen ist, oder dass ich

noch lebe! Eigentlich fühle ich mich hundeelend, echt... aber nur einerseits. Andererseits gehts mir abartig gut, normal ist das nicht... Ich sitz hier wie ´n Fremdkörper inmitten der Fußballer. Vielleicht gibts auch Fußballerinnen? Na egal. Von einer wütenden Fußballspielerin möchte ich ja nicht umgerannt werden, sowas ist sicher unschön. Ach guck jetzt kommen die alten Herren wieder, Zeit, sich zu verdrücken, ich mach mal den Thresen frei. Uff, der unterschied zwischen Kneipe und Clubhaus? Hier riechts nach Sportlerschweiß. Adé, Diana - Süßer nennt sie mich. Ich werde hier ganz bestimmt mal ein Freibier trinken, am besten nur, wenn alle frisch geduscht sind. Ja. So wird es gehen.

John schob sein Rad zurück durch den Park nach Hause. Leicht lädiert und mit dem Erstehilfebier intus wollte er kein Risiko eingehen. Die folgenden Tage fühlte er sich miserabel. Darüber konnte ihn auch sein neues Bett nicht hinwegtrösten, aus dem er überhaupt nicht mehr herauskam. Clubhaus hin oder her, so ein Unfall war ein Angriff auf die Privatsphäre und ging einem näher, als man zugeben mochte. Außerdem schmerzte das Knie doch sehr, es war ordentlich grün-blau geworden, im Gegensatz zur Beule am Kopf, der nach zwei Tagen aufgehört hatte, zu pochen und zu dröhnen. Ines erschrak trotzdem nicht schlecht, als sie bei John klopfte und ein käsiges, dünnes Gespenst mit Bartstoppeln und abstehenden Haaren öffnete, das außer Wollsocken und Unterhose nichts anhatte und sofort zurück unter die Bett-

decke schlüpfte, kaum dass die Wohnungstür wieder zu war.
"Wie siehst du denn aus!" Ines war zunächst ehrlich betroffen, änderte dann aber ihre Meinung, als sie die ganze Geschichte hörte.
"Nu´ sei mal kein Waschlappen! Vielleicht hattest du sogar eine Gehirnerschütterung, und die hast du selbst auskuriert, wies scheint... kannste froh sein. Zeig mal das Knie."
"Ey werd nicht intim!" John ärgerte sich über Ines´ Sportlernatur und ihre Unfähigkeit, irgendwelche Schwächen ernst zu nehmen.
"Ich zieh dir die Decke weg."
"Nein Scheiße! Ich -"
"Wir haben Durchblutungssalbe bei uns im Bad, so´n Schmerzgel, das hol ich eben mal."
"Bei dir darf man nicht krank sein, was? Alle müssen immer topfit und gutgelaunt rumspringen, wie nervig ist das bitte!"
Wider Willen musste John sich eingestehen, dass lautes Schimpfen ihn belebte, er fühlte sich schon nicht mehr ganz so miserabel.
"Du bist doof John, echt doof", protestierte jetzt Ines. "Von mir aus kannst du so krank sein und bleiben, wie du willst, helfe ich dir eben nicht! Ich bin auch schon wieder weg. Du kommst ja wunderbar alleine klar."
"Nein, nein nein warte!" John merkte, dass er nicht allein sein wollte. "Ich will ja eure Salbe."
Ines nickte wortlos und verschwand. Dafür streckte Ozzy den Kopf um die Küchentür. "Yeah", sagte John, "Damenbesuch du Schwein. Jetzt muss ich mir was anziehen. Hier muss doch ir-

gendwo 'ne Shorts rumfliegen..."
In abgeschnittenen Militärhosen und einem langärmeligen schwarzen T-shirt versorgte John sein Meerschwein mit frischem Wasser und trank selbst auch einen halben Liter, putzte sich die Zähne und humpelte zurück zum Bett, als Ines auch schon wieder kam.
"Bittesehr. Einschmieren. Und nicht mit den Fingern in die Augen!" Sie sah zu, wie John sein Knie bearbeitete.
"Das lustigste ist ja", erzählte sie dabei, "dass du den *Trabbi* demoliert hast. Bloß gut, dass er dich mit der Tür getroffen hat, andere Teile sind bestimmt etwas härter."
"Ja der Tür*griff* zum Beispiel", grinste John. "Rollende Pappschachtel..."
"Manche stehen hier ja sooo totaaal auf ihre Trabbis, kann man ja auch verstehen, wenn 'se zig Jahre drauf gewartet haben, aber die meisten DDR-ler haben sich wie wild auf die neuen Autos gestürzt. Deshalb ist hier auch alles so voller neuer Kleinwagen. Na im Endeffekt ist'n Fahrrad doch das beste."
"Guck was dein blöder Osten mit mir angestellt hat", brummte John, während er den Salbenrest zwischen den Fingern an seinen Socken abwischte.
"Boah tut mir *furchtbar* leid, dass ich dich gezwungen habe, nach Leipzig zu ziehen."
Ines warf einen Blick in die Küche. "Irgendwie stinkts hier. Du musst den Ozzykäfig mal sauber machen."
"Ja Mama", sagte John nölig, obwohl er wusste,

dass es absolut schlecht war, das zu sagen, und wirklich starrte Ines ihn zwei Sekunden lang ungläubig an und knallte dann die Wohnungstür hinter sich zu. John ließ sich seufzend zurückfallen. Was für´ne verfahrene Situation! Erst diese halberotischen Anwandlungen - Ines hatte ihn natürlich noch nie in Unterhosen gesehen, und dann auch noch im Bett. Wer konnte wissen, wie sie darüber dachte! John stellte sich gerne vor, was andere sich wohl vorstellten, und wenn es für Männer das Normalste der Welt war, in Unterhose und Socken durch die Wohnung zu laufen, so sahen Frauen das vielleicht ganz anders. Alleine die *Vor*stellung, Ines könnte beim Anblick seines nackten Oberkörpers halb unter der Decke an irgendetwas anderes als sonst gedacht haben, fand John interessant. Vorstellen kann man sich viel, dachte er, aber geredet hab ich eigentlich Mist. Ja. Schöner Mist. Ich geh jetzt duschen.

Als er sich im Spiegel sah, musste er lachen. Also wer bei einem Typen wie ihm erotische Anwandlungen bekam, musste ja selber krank sein! John schnitt sich ein paar Haarsträhnen ab, die ihm zu lang erschienen, fuhrwerkte mit dem Rasierapparat über Kinn und Wangen, als obs ihm richtig Spaß machte, und stieg dann endlich hinter den Blümchenvorhang unters heiße Wasser, wo er Unmengen Shampoo und Duschgel verbrauchte, um danach als neuer Mensch wieder zum Vorschein zu kommen. Er salbte sein Knie aufs Neue, zog einen frischen Einteiler an und kümmerte sich um Ozzy. Als der wieder in einem sauberen Obstkistenkäfig saß und erwartungsvoll in allen Ecken nach Futter suchte, was es dort nicht gab, überlegte John ernsthaft, wenn auch nur kurz, ob er nochmal bei Angelo Mohrrüben schnorren sollte, entschloss sich aber dann für die zweite Notlösung. Er würde im Park ein bisschen Gras rupfen und anschließend eine Tierhandlung finden.

Auf der großen Parkwiese kam er sich reichlich blöd vor, denn das Gras war kurzgemäht und er kniete sich zum Rupfen hin, was weh tat, fand auch eine Stelle mit Klee, aber albern wars doch. Während er noch dachte, *wie* blöd und albern er hier aussehen musste, stand plötzlich ein kleiner Junge neben ihm.

"Hast du was verloren?" erkundigte er sich mit hoher Kinderstimme.

Also jetzt wirds richtig albern, dachte John, da kann ich mich auch mit den Zwergen unterhalten.

Er setzte sich hin und zeigte dem Kleinen seine Ausbeute. "Nee hier guck, ich rupf Gras für mein Meerschweinchen, das hat nämlich Hunger."

"Mama!" schrie der Junge los. "Mama krieg ich auch ein Meerschweinchen!"

"Du hast doch schon'n Fußball", bemerkte John, da war auch schon Mama erschienen.

Uh, hundert Pro unsymphatisch! hatte John noch Zeit zu denken, da musterte sie ihn auch schon von oben bis unten und fand ihn allem Anschein nach so abartig und abstoßend, dass sie nur "Komme jetzt, Maiki!" zischte und dessen Fußball in die gewünschte Fluchtrichtung kickte. Mit ekligen Billigturnschuhen, wie John feststellte und noch rätselte, was so schlimm gewesen war,

irgendetwas hatte fast eine Allergie bei ihm ausgelöst - ah! Jetzt hatte er es wieder im Ohr: Komme, mit ausgesprochenem E! Grauenhaft! Armer Maiki. John ging schnell nach Hause, nahm ebenfalls etwas Gras zu sich und brach dann zu einer erneuten Erkundungstour auf.
Im ersten Stockwerk klingelte er bei Frau Matthes. Die wusste Rat und schickte ihn hinter die Schrebergartenkolonie links vom Rathaus. Ob er da zu Fuß hin laufen wolle? Sei das nicht zu weit? John pustete Luft aus. "Tja ich mach grad´ne Pause mit dem Rad. Muss mich auch mal anders bewegen."
Frau Matthes legte den Kopf schief. "Also wenn sie da schon hin gehen, John, ob sie mir wohl Blumendünger mitbringen würden? Flüssigdünger, den gibt es dort nämlich, und für mich ist der Weg doch etwas umständlich."
"Das werde ich so gerade eben noch schaffen", versicherte John, nahm zwanzig Mark in Empfang und deutete eine Verbeugung an. Dabei sah Frau Matthes seine Beule an der Schläfe.
"Ach du liebe Güte, John, wo haben Sie denn diese Beule her! Das ist ja ein gewaltiger Höcker!"
"Ja wissen Sie, Frau Matthes, ich hatte einen kleinen Zusammenstoß mit einem Trabbi."
"Ach Sie Ärmster! Mein Gutster! Waren Sie denn beim Arzt!"
"Nein", gestand John, "aber Ines hat mir eine Salbe gegeben. Ich will dann mal los, der Weg ist ja weit, nicht."
"Ja. Passen Sie bloß auf sich auf! Auch mit den Produkten der ostdeutschen Personenbe-

vörderungsindustrie ist nicht zu spaßen!"
John lachte. "Da haben Sie recht. Tschüß."
Frau Matthes lächelte und schloss die Wohnungstür.
Nachdem er eine Viertelstunde gegangen war, hatte das Dorf ihn wieder. Die Häuser waren immer kleiner geworden, der letzte Genossenschaftsbau am Parkanfang nur noch drei Stockwerke hoch, und um das Rathaus herum scharten sich Einfamilienhäuser mit Garten, halbverfallene, halbbewohnte Abbruchhäuser und andere bröckelnde Gebäude, die zum Teil so mit Kabeln und Stromleitungen behangen waren, dass es nur verständlich war, wenn der sandartige Putz sich dagegen wehrte. John ging dicht am Straßenrand, um das Risiko eines Totschlags durch Fassadenabbruch möglichst zu vermeiden. Fahrradladen, Fotostudio, Staubsaugerersatzteilhandel, Frisörsalon (mit ö), und das Rathaus. Ein sehr schönes Rathaus, mit Burgturm, großer hölzerner Tür und Drogenberatungsstelle. Toll, alles da, dachte John und marschierte weiter Richtung Schrebergärten. Jetzt hatte ihn doch tatsächlich Ines´ blöder Entdecker- und Pfadfindergeist gepackt.
"Mal was Neues sehen, mal rauskommen..." murmelte er und gestand sich ein, dass er Spaß hatte. In Hamburg hatte er *nie* eine neue Umgebung auskundschaften müssen, alles war immer das Alte gewesen, logisch. Umsehen muss man sich nur, wenn man umzieht, dachte John.
Er hatte die erste Schrebergartenlaube erreicht und guckte verwundert über den Zaun. Das war ja ein Bauernhof in Kleinformat! Hier wurde richtig

produziert! Durfte man hier durchgehen? Nein. Hier stands auf dem Schild: Nur für Mitglieder der Klein"bauern"kolonie. John umrundete die Gärten und fand endlich das Geschäft, zu welchem Frau Matthes ihn geschickt hatte. Tier - und Pflanzenbedarf, ganau richtig! Und richtig was los war hier auch! Für Pflanzen und Tiere konnte man erstaunlich viel Geld ausgeben, und obwohl er sehr versucht war, sich die schöne, glänzende Axt und eine Zimmerpalme zu kaufen, beschränkte er sich dann doch lieber auf drei Kilo Kaninchenfutter und eine Flasche Flüssigdünger. Außerdem ließ er sich noch auf eine längere Diskussion über Zierfische ein, obwohl er davon keine Ahnung hatte, aber eine der anwesenden Damen hatte ihn zum Diskussionspartner auserkoren und sprudelte ihr gesamtes Wissen hervor, ohne auf andere Rücksicht zu nehmen, und John verteidigte sich, so gut er konnte. Bevor man auch noch seine Meinung zum Thema Schneckenplage hören wollte, entwischte er in einem günstigen Moment und machte sich auf den Heimweg. Während ihm die pralle Tüte mit Kaninchenfutter langsam schwer unterm Arm wurde - der Dünger hatte in der Hosentasche Platz gefunden - überlegte John, wie merkwürdig es war, dass die Leute immer mit einem reden wollten. Man betrat einen Laden, schloss sich unwillkürlich der dortigen Gemeinschaft an, wurde als Gleichgesinnter betrachtet und angesprochen. Auf der Straße hätte die Zierfischexpertin garantiert kein Sterbenswörtchen mit ihm gewechselt und wahrscheinlich eher so geguckt wie Maikis Mama. Na ja, dachte John, total

egal.
Als er beim Rathaus mit dem dazugehörigen Keller vorbei kam, meldete sich der Hunger. Ein umwerfender Duft entströmte einem der Ratskellerfenster und John sagte sich, grammatikalisch korrekt aber haarsträubend: Komme John, setze dich doch! Draußen am Eingang hing in einem Holzrahmen die Tageskarte, Johns Portemonnaie für ratskellertauglich erklärend. Teuer war das hier nicht. Umso besser, nichts wie rein. Es ging ein paar Steinstufen nach unten um die Kurve, John sah Wappen an den Wänden und alte Stühle an alten Tischen im renovierten, hellen Ambiente, fühlte sich wohl und setzte sich an den erstbesten Platz an der Seite. Wie aus dem Nichts materialisierte sich ein graublonder, schnurrbärtiger Kellner vor ihm, der die Freundlichkeit in Person war und nach Johns Wünschen fragte: "Was darf ich Ihnen bringen?"
Eine Speisekarte brauchte John nicht. "Ein kleines Bier, bitte, und dann noch das, was hier so gut riecht."
Im Gesicht des Kellners ging die Sonne auf. "Sehr wohl der Herr, einmal Böhmische Knödel mit Wildragout. Und ein Ur-Krostitzer."
Er schwebte noch an den anderen drei mit Pärchen und Rentnern besetzten Tischen vorbei und John fragte sich, ob das jetzt ein alter oder ein junger Kellner gewesen war. War vierzig alt? Ziemlich nichtssagendes Alter. Noch schlimmer eigentlich als dreißig, um das so einen Wirbel gemacht wurde. John, der die dreißiger Grenze noch nicht überschritten hatte, freute sich über sein

frischgezapftes Bier mit schöner Schaumkrone und Bierdeckel, und verwarf den Gedanken, es sei peinlich, als Mittzwanziger mit einer Tüte Kaninchenfutter neben sich im gutbürgerlichen Ratskeller zu Mittag zu essen. Mir ist überhaupt nichts peinlich, dachte John, nie. Blöd ist höchstens, dass ich hier alleine sitze. Mit Freundin wär schöner.

Alexa hätte ihn ausgelacht und gefragt, ob er sich verlaufen hätte. Der Kellner brachte die Böhmischen Knödel, John seufzte wohlig und horchte bei den ersten Bissen in sich hinein. Gabel im Mund, vermisste er Alexa? Nee. Fleisch aufgespießt, keine Gefühle mehr? Auch nee. Eigentlich merkwürdig, dachte er beim Kauen, drei Jahre, und nichts ist übrig geblieben.

Also Alexa definitiv nicht. Sepp hätte es hier gefallen. Der hätte seinen schwarzen Rucksack voller CDs, Reclamhefte und Kippen auf die Bank geschmissen, die langen Beine unter den Tisch gestreckt und sich über das gute Essen gefreut. Und dann hätten sie ein bisschen philosophiert, um am Ende doch wieder über Frauen zu reden. Es war ein Elend. John bestellte noch ein kleines Bier und versuchte, sein Single-Dasein zu genießen, was er genau zehn Minuten lang schaffte, danach bezahlte er eilig, sprach dem Kellner sein Lob aus und flüchtete zurück in seine Single-Wohnung, um die letzten Ausgaben durch konzentriertes Programmieren wieder wettzumachen. Und um sich abzulenken.

KATJA
Hedwig, hi, was machst´n so. Och nö, nur so. Du, ich - ach ja? Cool, erzähl mal! Doch, will ich wissen! Aha - hehe - gut! Und wieso? Na, na denn... Nee der war nix. Aber hier ist einer eingezogen, den solltest du mal sehen. Jaaa - sieht vielleicht ´n bisschen fertig aus, aber irgendwie steh ich voll auf den, weiss auch nicht. So halb Punker halb Zecke, nur in schwarz, aber ich weiss echt nicht, wie der so drauf ist. Bisschen komisch. Hat dieselbe Frisur wie sein Meerschweinchen. Haha, lach doch nicht! Dienstag? Nee Dienstag kann ich nicht, da hab ich Seminartreffen. Mittwoch ist besser. Jetzt hilf mir doch mal was soll ich´n machen wegen dem Typ! John. John heißt der. Einladen?! Bist du verrückt, das mach ich nicht! Ich geh doch nicht in die Offensive! Oh Mann, irgendwie schon... Nein auf die Party lad ich den auf gar keinen Fall ein! Kannste vergessen! Das ist irgendwie nicht so sein Ding. Ja doch, denk mal, so gut kenne ich den schon! Lass mal Schluss machen Hedwig, wir sehen uns dann Mittwoch ok? Chau.

FRAU MATTHES
Der Putzplan ist wichtiger, als manch einer denkt. Ich will mal sagen, er fördert die Hausgemeinschaft. Hier kehrt nicht nur jeder vor der eigenen Tür, sondern vor allen. Ich will auch nicht verheimlichen, dass ich an jedem Putztag ein paar Treppen kontrolliere. Das ist ungemein aufschlussreich über die jeweilige Person! Herr Angelo zum Beispiel fegt nicht nur das Treppenhaus, er wischt

auch das Geländer sauber! Vorbildlich, muss ich sagen. Michael und Anja dagegen teilen sich die Arbeit; er fegt, sie putzt die Fenster im Flur. Ein problemloses Pärchen, diese beiden. Fleißig. Echte Leipziger. Aber dann der zweite Stock, ach jeh, mein Sorgenkind. So sehr ich die Ines auch schätze, sie putzt in einem Tempo, als hinge ihr Leben davon ab! Und da bleibt so manches Staubkrümelchen bei liegen. Und Katja nimmt noch nicht einmal die Fußmatten hoch, obwohl ich sie mehrmals darauf hingewiesen habe, sie macht das also mit Absicht nicht. Was soll man davon halten, junges Mädchen und lässt die Fußmatten liegen! Da hat der nächste im Putzplan die doppelte Arbeit. Nein, gut ist das nicht. Wenn die Nachbarn von Katja und Ines, also die anderen aus dem zweiten Stock, wenn die mit Putzen dran sind, erfährts immer das ganze Haus. Dass das nicht auch leise von statten gehen kann! Ein Gerufe und Geschreie, ich verstehe die Sprache ja auch nicht. Spanisch. Herr Fermín kommt aus Argentinien, und Gloria aus Chile, das habe ich mir gemerkt, nur wo Newet herkommt, das bringe ich immer durcheinander. Wars nun Polen oder Bulgarien? Ich frage mich auch, welche Sprache das Baby sprechen wird, wenns mal da ist. Eine Mischung aus Spanisch und Polnisch wäre ja doch kurios. Na lange kanns nicht mehr dauern, die arme Gloria stöhnt schon mit ihrem dicken Bauch, das zarte Geschöpf... Bei so schlanken Frauen sieht ein Babybauch immer gleich riesig aus. Nun ja. Wenn das Kind da ist, werden sicher nur noch Herr Fermín und Newet putzen, das gibt sicher ein Chaos.

John stand vor den Briefkästen, die von Frau Matthes auf Hochglanz gebracht worden waren, und stierte missmutig auf den Treppenhausputzplan daneben. Er war dran. "Na schön, aber vorher geh ich zum Bäcker", murmelte er vor sich hin und schlurfte durch die Hofeinfahrt ins Freie. Kalter, morgendlicher Wind traf ihn auf dem Bürgersteig, er bog um die Hausecke und rettete sich in den Windschutz der kleinen Bäckereifiliale, wo es glücklichmachend nach Kaffee und Brötchen duftete. John beschloss, gleich vor Ort zu frühstücken, und weil die Bäckerei keine Nutellabrote verkaufte, holte er sich zum Kaffee Schokostreuselkuchen von gestern und eine Moonschnecke. Wie alle aus dem Haus war John Fan vom Kuchen von gestern, seit er Zeuge eines Gespräches zwischen Verkäuferin und Kundin geworden war:
"Und da fragt mich die Dame, Ja ist der denn noch gut? Und ich sage, Ja wenn Sie zu Hause Kuchen backen, dann schmeißen sie den nach einem Tag doch auch nicht weg!"
Und die Kundin mit Inbrunst: "Nee!"
"Ebend. Und dann gibts den Kuchen von gestern auch noch zum halben Preis!"
Genau, hatte John überzeugt gedacht und festgestellt, dass mancher Blechkuchen nach einem Tag sogar noch besser schmeckte, weil er einen Hauch matschiger geworden war. Er frühstückte mit Genuss, nahm noch ein halbes Mischbrot für die nächsten Frühstücke mit und raffte sich auf,

um Ein-Mann-Putzkolonne zu spielen.
Besen, Lappen und dergleichen waren hinter der Kellertür verstaut. John hängte seine Brottüte an den Türgriff. Er stieß lustlos den Putzeimer um. Also Scheuern war zu viel verlangt. Ein paar kurze Dehnübungen, knackende Gelenke, es lebe die Hausgemeinschaft!
Er fing an, zu fegen. Arbeitete sich von unten nach oben, merkte vor der Wohnung von Michael und Anja, dass das Mist war, absolut kontraproduktiv, fing schon an, über sich selbst zu lachen, weil er sich unpraktisch anstellte, und wurde dabei auf die Geräusche hinter der Tür aufmerksam. Auf den Besenstiel gestützt lauschte er, legte den Kopf schief, konnte erst nicht glauben, was er da hörte, und stellte sich dann entspannter hin. Jetzt wurde es lustig. Anja und Michael waren lautstark damit beschäftigt, den Futon einzuweihen. Na die gehen ja ab, dachte John und amüsierte sich über Anjas lautes Stöhnen und quiekendes Schreien. Er merkte gar nicht, dass jemand von oben die Treppe herunter gekommen war und jetzt neben ihm stand.
"Hä?" machte John, den Unschuldigen spielend.
"Hallo", sagte Fermín.
"Hi."
"Viel Spasss?" Der Argentinier fragte mit kurzem A und dreifachem S.
"Ja, der Besen ist super", entgegnete John und erklärte Fermín, der um die fünfzig sein mochte, einen sorgfältig gestutzten Bart trug und dazu Jeans und Cordjacket: "Er hat ihr´n neues Bett gekauft. ´N Futon."

Fermín lachte keckernd. "Vaya, they fuck on Fúton!"
"Jjja, hört sich ganz so an", stimmte John zu, "ich putz dann mal weiter."
Fermín beugte sich Richtung Tür. "Ja, heute sehr gut", und mit Seitenblick auf John, "Gut?"
Was jetzt, dachte John, will er wissen, ob ich die Geräusche gut finde oder gehts jetzt in die Einzelheiten? Wer ist der Typ überhaupt.
"Ist o.k.", sagte er nichtssagend. "Und du bist?"
"Fermín. Ich wohne in der zweiten Etage."
"John, ich wohne ganz oben."
"Hola John", sagte Fermín todernst, "Gut?" Seitenblick auf die Tür.
"Mann hau ab, du stehst in meiner Putzbahn!" wehrte John ab, Fermín keckerte albern und sprang die Treppen runter.
So ein Spinner, dachte John und klopfte probehalber Anjas und Michaes Fußmatte aus. Ba! Nie wieder, wie das staubte! Hochnehmen und drunter fegen musste reichen. Als er sich an Ines´ und Katjas Tür vorbei gefegt hatte, waren die Futonliebhaber verstummt, und John konnte in aller Ruhe das Treppenhaus zu Ende abarbeiten. Vor seiner Wohnungstür kam ihm die Idee, den einmal aufgekommenen Schwung für die eigenen vier Wände auszunutzen, fegte sich übergangslos durch Küche und Wohnzimmer und lief dann mit dem Besen ins Erdgeschoss, um ihn gegen Handfeger und Schaufel auszutauschen. Vor jedem untersten Treppenabsatz sammelte er den zusammengefegten Staubhaufen ein, trug die volle Schaufel wieder nach unten, schnappte sich seine

Brottüte, die noch immer am Kellereingang baumelte, und machte den Weg durchs Treppenhaus zum sechsten Mal an diesem Morgen. Mittlerweile ärgerte er sich maßlos, weil er die Arbeit unpraktischer kaum hätte erledigen können.
Er schloss sich im Klo ein.

Auf dem Klo saßen zurselben Zeit auch Torben und Jens, Johns Freunde aus Hamburg und Delmenhorst. Torbens Klotür wurde mit Fußtritten bearbeitet, er hatte eine Rasierklinge in der Hand und atmete schwer. Jens lackierte sich, während er so bequem wie erleichtert da saß, die Fingernägel schwarz.

JOHN 2

Sex, dachte John, der seit knapp zehn Minuten die Inschriften seiner Toilette auf halber Treppe entzifferte, kann auch anstrengend sein. Diesbezüglich hatte hier jemand seine Betrachtungen verewigt, allerdings fast auf Fußleistenhöhe, weshalb John sich zum Lesen ziemlich verdreht hatte und nun ächzend hoch und wieder auf dem Klo zu Sitzen kam. Aber was war schon einfach im Leben. Vieles, dachte John verächtlich und betätigte die Spühlung. Eine neue Wohnung bekommen, das war sehr einfach gewesen. Jetzt fehlten ihm nur noch ein paar neue Freunde, oder wenigstens Bekannte, mit denen er allerdings erst noch bekannt werden müsste...

"Muss mal wieder unter Leute kommen", beschloss John und lud als ersten Schritt Ines zum Essen ein. Nicht, weil er mit ihr Sex haben wollte oder etwas in der Richtung plante. Er wollte einfach mal nett zu ihr sein, und zwei Straßen weiter gab es diesen Italiener, Don Filippo.

Ines kannte das Restaurant auch. Sie schien nicht mehr böse zu sein und bestellte fröhlich Tiramisu.

"Nur?" fragte John, der zwischen Canelloni und Ravioli schwankte.

"Ja nur, die Tiramisu ist super hier, sowas Leckeres... könnt ich mich reinsetzen. Außerdem brauch ich Kohlehydrate, ich hab nachher noch Training."

John zog die Augenbrauen hoch und entschied sich für Canelloni. Das Don Filippo war angenehm untypisch italienisch, wenn typisch italienisch das war, was man sich im Ausland eben als italienisch vorstellte. Kitschige Adriaposter fehlten zum Beispiel vollkommen, ebenso Weinranken, Madonnenstatuen und Fresken jeder Art. Stattdessen gab es rot-weiß karierte Tischdecken und rote Kerzen, eine große Italienflagge und jede Menge Weinflaschen.

"Cooler Laden", bemerkte John.

"Mhmmm", lächelte Ines mit Tiramisu im Mund. "Abends wirds hier richtig voll. Und wenn Neapel spielt, stellen sie einen Fernseher auf die Theke und alle Gäste müssen Neapel-Fans sein".

"Was trainiertst du nochmal?"

"Volleyball. Aber ich überlege, ob ich auch Hockey spielen gehe."
"Ah!" strahlte John. "Wegen dem Typen aus der Uni-Hockeymannschaft!"
Ines blieb der Löffel im Mund stecken. Dann zog sie ihn durch die Lippen und stieß ihn zurück in den Berg aus Sahne, Schokolade und nassem Biskuit wie König Artus das Schwert in den Stein.
"Mike! Das hat Mike dir erzählt! Einmal lässt man euch Männer zusammen Auto fahren, und schon geht das Getratsche los!"
"Reg dich doch nicht so auf! Ist doch nichts dabei!"
Ines versuchte, John böse anzufunkeln, musste aber wider Willen grinsen.
"Läuft da nix oder was? Musst du erst Hockeyspielen lernen, damit er dich beachtet?"
"Sieht ganz so aus..."
John freute sich über alles; die Canelloni, das Tischtuch, die rot gewordene Ines, die jetzt in ihrer Schüssel herumrührte und sich dann den Tiramisumatsch rasend schnell in den Mund stopfte.
"Frustessen!" diagnostizierte John, war blendender Laune und fand Ines lustig.
"Wie sieht er denn aus?" erkundigte er sich.
"Heiko? Och so besonders toll sieht der gar nicht aus. Aber ich glaube, der ist total lieb. So´n ganz Lieber."
"Willst du mich verarschen?! Darauf stehst du? Du verknallst dich in einen, weil er ganz lieb ist?"
"Ja soll er *nicht* lieb sein", gab Ines entrüstet zurück.

John stutzte. "Na dann lass mal hören, worauf stehen denn Frauen? Ich hab vielleicht gar keine Ahnung!"
"Spendierst du auch´n Grappa?" fragte Ines.
"Ja. Nu´ man los, erzähl mal!"
"Alsooo... der Hintern ist sicher wichtiger als das Gesicht. Und Mundgeruch ist natürlich fatal. Und dann... also ich gucke auch noch auf die Hände und die Augen. So dicke Quadratfinger, von denen möchte ich nicht angefasst werden..."
Jahn war fasziniert. Er hatte sich ganz andere Vorstellungen davon gemacht, was Frauen wohl toll fanden. Er bat den Kellner an der Theke um zwei Grappa und ahnte schon, was jetzt kommen würde.
"So jetzt bist du dran", sagte Ines auch ganz wie erwartet. "Worauf stehen Männer?"
"Po, schönes Lächeln, lange Beine... nix Neues! Und nett sollen sie natürlich zu uns sein, die Frauen."
"Siehst du!" rief Ines triumphierend. "Ist doch dasselbe wie lieb!"
"Und die Stimme ist wichtig", fuhr John ungerührt fort.
"Genau, finde ich auch", sagte Ines. "Heiko hat eine schöne Stimme."
"Mann du bist ja regelrecht in den verschossen bist du ja!"
"Und was ist mit Busen?"
"Och, Brüste hat doch jede."
"Po und Beine hat auch jede."
Ines lehnte sich nach dem Grappa zurück, Hand auf dem Tiramisu gefüllten Bauch und rülpste lei-

se. "Ups."

John dachte, dass er eigentlich gar nichts dachte, was ein angenehm luftiges Gefühl im Kopf war, woraus als Gedankenneustart allerdings entweder Bedrücktheit oder Coolness entstehen konnte.

"Letzte Frage zu dem Thema, warum warst du dann eigentlich mit Alexa zusammen? Irgendetwas stimmt doch nicht mit deiner Wunschliste für die Traumfrau."

John starrte die gutgelaunte Ines böse an. Mist. Mist als Gedankenneustart war neu. Das hatte er nun davon, weil er gesellig sein wollte.

"Das ist doch irgendwie alles Mist, dieses worauf stehe ich was finden andere toll."

"*Du* hast zuerst gefragt!" schnappte Ines und John beendete seine Aussage: "Denn im Grunde zählt sowieso nur die Ausstrahlung. Willst ja auch kein riesengroßes Paket mit Schleife drum geschenkt kriegen und drin ist dann bloß Luft."

"Wieso bist du jetzt so fies drauf? Guck doch nicht so böse. Soll ich dir mal was Lustiges erzählen? Zwei lustige Sachen weiss ich sogar..."

"Na?"

"Katja quasselt mir in letzter Zeit nur noch die Ohren voll, weil sie dich scheinbar vergöttert, und ihren sämtlichen Freundinnen hat sie auch schon von dir vorgeschwärmt, am Telephon, da biste also schon in der ganzen Stadt bekannt, unbekannterweise natürlich!"

Sie lachte, John war wieder fröhlich, und Ines beichtete weiter:

"Und dann ist nächstes Wochenende unsere

Wohnung leer, weil Katja zu einer Party fährt, in irgendeinen Wald, ich steig da auch nicht ganz durch, wie das da abläuft, aber sie´s schon ganz hibbelig deswegen, und ich quartiere mich bei Enit und Hellen ein, ich hab nämlich Einsamkeitsangst. Siehst du, du lachst, ich hab doch gesagt, das wär was Lustiges!"
"Und ich dachte schon, du wärst perfekt oder sowas in der Art."
John freute sich richtig darüber, dass Ines eine persönliche Schwäche zugab, hatte aber selbst nicht vor, ebenfalls von seinen Macken zu erzählen und erkundigte sich stattdessen nach Enit und Hellen.
"Enit? Oder Edith?"
"Nein nein, Enit, mit N, wie Tine rückwärts. Tine dürfen wir nicht mehr sagen, weil ihr Vermieter Tino heißt und den können sie nicht ausstehen, und Tine und Tino, wie klingt denn das."
"Aaah ja."
"Halt Freundinnen von mir, aus Würzburg und aus Kiel", erzählte Ines weiter. "Die sind beide ganz cool drauf, kannste ja mal kennen lernen! Die Enit arbeitet mit behinderten Kindern auf einem Reiterhof, sie macht da Reittherapie oder wie das heißt, hier außerhalb von Leipzig, und Hellen studiert Englisch und Theologie. Bisschen verdreht die Kombination... und sie jobbt bei Eddi im Studentenservice."
Draußen wehte ein herbstlicher Wind durch die Straße. Er ließ vereinzelte leere Plastiktüten wie kleine weiße Heißluftballons von unten nach oben steigen, bis sie sich irgendwo verhedderten und

ihnen die Luft ausging.

Theologie und Pferde, dachte John, bestimmt sind das solche emanzipierten Ökotanten.

"Ich muss mich fertig machen, John", sagte Ines in seine Gedanken hinein, "lass mal gehen. Warst du eigentlich noch gar nicht im Zentrum? Hast du dir noch nichts angeguckt?"

"Doch", meinte John und bezahlte, "ich kenn schon den Fußballclub und den Ratskeller. Aber du hast recht, so langsam könnte ich mein Einzugsgebiet mal erweitern."

Auf der windigen Straße hatte Ines es plötzlich eilig. "Boah ich bin spät dran, Mist, machs gut John, und Danke auch für die Einladung."

Sie strahlte ihn an, drückte kurz seinen Arm und weg war sie. John zog den Kopf zwischen die Schultern, um windschnittiger zu werden, und stapfte zurück Richtung Eckhaus, wobei er beschloss, seinem Geselligkeitsdrang heute voll nachzugeben und bei Mike anzurufen. Und bei Timo in Hamburg. Die alten Freunde wollte er nicht vernachlässigen, und wenn er ehrlich zu sich war, fehlten sie ihm auch, beziehungsweise die Möglichkeit, unangekündigt bei ihnen auftauchen und abhängen zu können, ohne viel Protokoll und unnnötiges Geschwafel. Unverbindliche, feste Freundschaften waren das in Hamburg, die sich alle durch Timo ergeben hatten und auf die man sich trotz aller Unverbindlichkeit verlassen konnte. Von den *ganz* alten Kumpels war wirklich nur Timo übrig geblieben, der bei seinen Eltern hinterm Deich wohnte und wie John mit dem Rad unterwegs war. Timo war klein und

stämmig, muskulös und norddeutsch blond, und früher hatte er richtig gefährlich ausgesehen, wenn er nicht ständig gelacht hätte... Timo war mit Johanna zusammen, die kannte Sepp und Julia, und Frank, Gerri, Markus und Anette waren sowieso immer da...
"Timo alter Knabe", sagte John fast wehmütig und sah ihn vor sich, als sie siebzehn waren. Mit fast kahlgeschorenen Schädeln, Springerstiefeln, dreimal hochgekrempelten Jeans und Bomberjacken. Und wechselnden Aufnähern, es war nicht leicht gewesen, die richtige Gruppierung zu finden, und dennoch war Timo nach zwei Jahren rausgeflogen, weil er einfach nichts ernst nehmen konnte, und John hatte allen Spaß an der Sache verloren. Wenn sein Freund vor die Tür gesetzt wurde, wollte er mit dem Verein auch nichts mehr zu tun haben, die konnten ihn mal kreuzweise. Kaum auf der Straße waren sie dann von einer Gruppe radikaler Anarchistenpunks zusammengeschlagen worden, sechs gegen zwei, da halfen ihnen ihre Red Skin Aufnäher soviel wie ein Stopschild vor einer rasenden Büffelherde. Als ihnen die Flucht gelang, waren sie übel zugerichtet, aber Timo hatte schon wieder gelacht und "So´ne Scheiße" gesagt. Damit war das Kapitel Skinhead für sie abgeschlossen, und John hatte in einem Laden für Industrieausrüstung die schwarzen Einteiler entdeckt. Hatte auch sein Nasenpiercing reaktiviert, sich mit den Hamburger Punks aus der Hafenstraße angefreundet, war Programmierer geworden und sparte für das Mountainbike, das er unbedingt haben wollte.

Timo hatte eine Ausbildung angefangen und ging arbeiten, und so hätte ihr Leben immer weiter verlaufen können, wenn sie nicht Alexa und Johanna kennengelernt hätten. Die brachten neue Freunde mit, es gab keinen besseren Ort als Hamburg-Bergedorf und es jagte so lange auf der Wohlbefindlichkeitsskala ein Höhepunkt den nächsten, bis es nicht mehr höher ging, absackte und grauer Alltag wurde, bis John alles zum Hals raus hing und er Schluss mit Alexa machte. Dann kam der Umzug nach Leipzig und die Sonne ging wieder auf. Nur, Freunde waren Freunde, so einfach verschwanden die nicht. Vielleicht würden sie ihn sogar besuchen kommen, wenn erstmal einer seine neue Telefonnummer hätte... Ich ruf erst Timo an und dann Mike, dachte John und knallte im Treppenhaus mit Katja zusammen, die eben um den Eckpfosten des Treppengeländers geschwungen kam.
"Ey!"
"Hepp!"
"Mann ey..."
"Sorry."
"Kannste nicht -"
John trat zur Seite und machte Platzanweiserbewegungen. "Nach ihnen, die Dame."
Katja war rot geworden, was sie verquollen aussehen ließ, und ging die letzten zwei Stufen nach unten. "Wie gehts Ozzy?"
"Äh, keine Klagen! Wohnt in 'ner Villa und ist nicht tot zu kriegen, und live wie immer ein Tier", damit ließ er Katja stehen und machte sich beschwingt an den Aufstieg unters Dach.

Die Frau hat irgendwie fiese Schweinsaugen, dachte er dabei, wohingegen Katja zu Hedwig fuhr und berichtete, sie hätte ersten Hautkontakt mit John gehabt.

Timo war nicht da. Dessen kurzangebundenem Vater diktierte John seine neue Telefonnummer samt Vorwahl und rief dann bei Mike an. 15 Uhr, konnten Studenten da zu Hause sein? Sie konnten, wenn sie nur nah genug an ihrem Fakultätsgebäude wohnten. Mike freute sich über den Anruf, gähnte allerdings mehrmals so laut, dass er John damit ansteckte, weshalb sie sich kurz und bündig für 20 Uhr verabredeten und dann auflegten, um schlafen zu gehen. 20 Uhr Moritzbastei - erst jetzt fiel John ein, dass er keine Ahnung hatte, wo das war, und schlurfte schicksalsergeben über den Flur zu Angelo.
"Hallo John!"
"Hi. Du hast nicht zufällig einen Stadtplan?"
"Do-hoch!"
"Dürfte ich den wohl mal konsultieren?"
"Heute keine vegetarischen Knabbersnacks?"
"Nein, nein Danke, nur den Stadtplan, bitte..."
"Kommt sofort."
Vielleicht sollte *ich* ja mal was Gesundes knabbern, überlegte John, irgendetwas, was gut für die Zähne ist...
"Hier, ein ADAC-Stadtplan. Und ein Apfel."
"Ssssubba", sagte John und biss hinein.
"Der sollte ja eigentlich für dein Haustier sein!" sagte Angelo beleidigt. "Teilt ihr immer euer Essen?"

"Nee des is nur 'ne Ausnahme", grinste John mit vollem Mund. "Du weisst doch bestimmt, wo die Moritzbastei ist?"
"In der Mitte. Und viel Spaß noch." Immer noch beleidigt machte Angelo John die Tür vor der Nase zu. Aah, Saftsack, dachte John ohne einen Anflug von schlechtem Gewissen, schenkte Ozzy das Kerngehäuse, was der grandios fand, und breitete den Stadtplan auf dem Fußboden aus, um die Mitte sehen zu können. Sehr hübsch, dachte John, richtig sternförmig, schönes rundes Zentrum - ach und wie treffend, die Ringstraße drumherum. Der Ring. Was Grünes ist auch da, und wie heißen die Flüsse? Elster und Pleisse. Na. Reimt sich auf - ach ist ja auch egal. Und wo bin ich, wos meine Straße... So ein Stadtplan war eine feine Sache, fand John und bekam Knieschmerzen von der ungewohnten Haltung. Nachwehen des Trabbiunfalls. Er studierte noch lange Straßennamen und das Straßenbahnnetz, fand den Leipziger Zoo, wunderte sich über großflächige, undefinierte Stellen im Süden und fing an zu lachen, als er den Namen eines Viertels las, das irgendwo zwischen ihm und dem Zentrum lag: Anger-Crottendorf. Karottig grottig. Haha, vor Wut im Grottendorf... war das nicht ein Uralthit, sowas diskomäßiges? *Anger, left behind you, just don´t let it find you*? Was für'n lustiger Name, richtig schön. Er guckte weiter im Norden und lachte weiter. "Toll! Abtnaundorf! Das Albtraumdorf! Ist auch nicht weit weg, ich muss demnächst mal systematisch auf Fahrradtour gehen. Aber nach Dölitz-Dösen fahr ich nicht, wie

klingt´n das..."
John stand ächzend auf, um sich ein paar Nudeln zu kochen, hörte Sisters Of Mercy in mieterfreundlicher Lautstärke und vertraute anschliessend im Bett darauf, dass er um 19 Uhr wieder aufwachen würde.

Nachdem er die Eisenbahnschienen überbrückt und es tatsächlich bis Anger-Crottendorf geschafft hatte, ging John die Orientierung veloren. Er konnte sich nicht mehr vorstellen, wo er jetzt auf dem Stadtplan sein müsste, den er zu Hause liegen gelassen hatte, um nicht wie ein fahrradfahrender Tourist auszusehen.
Na ja, das fördert nur die Kontaktaufnahme zu den Einheimischen, hoffte John, unschlüssig, ob er verwundert oder betroffen sein sollte angesichts der kaputten Fabrikanlagen, vor denen er stand. Er sah sich nach Einheimischen um, echten Crottendorfern, aber die schienen sich nicht dafür zu interessieren, ob kaputt, alt und backsteinig nun hässlich oder fotogen war. Zwei Straßen weiter war mehr los, und John fragte einen Mann mit Zeitung unter dem Arm: "Wo gehts denn hier zum Zentrum?" Augenblicklich wusste er, dass ihm diese Frage bekannt vorkam, woher bloß?
"Würdsch da lang fahrn", erklärte der Mann mit der Zeitung, "und dann nach rechts, irgendwann."
"Dankesehr", nickte John und trat in die Pedale.
Dort, wo "irgendwann" war, wurden die Häuser höher und der Gebäudeverfall geringer, und John fasste einen Obdachlosen ins Auge, der es sich

auf der Bank vor einem blumengeschmückten Denkmal gemütlich gemacht hatte.
"Verzeihung, wo gehts denn hier zum Zentrum?"
"Da nach rechts, denn links ist der Penny, und wo Penny ist, kann nicht das Zentrum sein."
"Richtig, richtig", murmelte John, dem die Frage-Antwortsätze schon wieder so bekannt vorkamen, dass er sich am liebsten hingesetzt und gegrübelt hätte, während der freundliche Obdachlose indessen das Gespräch fortsetzte.
"Obwohls nadürlisch auch im Zentrum einen Penny geben könnte. Gibts ja ooch, mehr da, wo die Medizinerfakultät ist, oder auch im Hauptbahnhof, da ist ja sozusagen fast alles, möcht ich mal sagen, auch wenn der Hauptbahnhof eigentlich nicht mehr zum Zentrum gehört, liegt ja außerhalb des Ringes, aber zentral gelegen isser, nadürlisch..."
Was quatscht´n der soviel, dachte John befremdet und in seinen Gedankengängen gestört. "Ja Danke auch", verabschiedete er sich und fuhr nach rechts. Eine Straßenbahn ratterte an ihm vorbei, es wurde langsam dämmrig, und John sah auf die Uhr. Zehn vor acht, nu´ aber los! Probehalber folgte er der Straßenbahn und entdeckte dann zu seiner Rettung ein Verkehrsschild, Zentrum und Pfeil, na bitte, das war doch mal eine klare Aussage! Er hielt erst wieder an einer sechsspurigen Kreuzung an, über die auch noch mehrere Schienen verliefen und die ohne jeden Zweifel zur Ringstraße gehörte. Auf der gegenüberliegenden Seite befand sich ein sehr großer Platz, eingerahmt von sehr großen Gebäuden

verschiedener Stilrichtungen, links ein zackiges Hochhaus - der Platz sah aus wie gerade erst eingeweiht. John schob sein Rad bei Grün über die Kreuzung und steuerte probehalber die rechte Seite an, auf der ein gigantischer, flacher Teller mit Wasserfontäne einen Springbrunnen bildete, der von fröhlichen Kindern auf BMX-Rädern durchkreuzt wurde. Dahinter stand die Oper, wie John an den Plakaten erkannte. "Wo die Oper ist, kann nicht die Moritzbastei sein", schlussfolgerte er und ging auf die linke Platzseite. Inzwischen war es dunkel geworden, aber die Stadt hatte für diesen Fall mehrere topfartige Beleuchtungselemente angeschaltet, die neben den Straßenlaternen milchiges Licht verbreiteten. "Gewandhaus", las John auf einem Schild. Was soll'n das sein. Ach so die Musikhalle. Guck hier ham'se auch'n Springbrunnen. Roter Monolith, Engel, nackte, kämpferische Frauen und steigende geflügelte Pferde... auch o.k.
"Wo ist denn hier die Moritzbastei?" erkundigte er sich, seinem Fragestil treu bleibend, bei ein paar Mädchen, die sich vor den Kupferpferden fotografierten.
"Die mb? Da um die Ecke, hinter dem Uniriesen, siehste von hier aus fast schon..."
Sie guckten ihn interessiert an, John sagte lächelnd "Chau, Danke und Aufwiedersehen", die Mädchen kicherten und er schob die letzten Meter an dem zackigen Hochhaus vorbei und hatte die Moritzbastei erreicht. In den unterirdischen Gewölben der ehemaligen Festungsanlage von 1553 war Platz für Tanzflächen unterschiedlichster Be-

schallung, zwei Bühnen, drei Theken, Restaurant- und Cafébetrieb und sommers Biergarten. John hatte Mike oben an den Fahrradständern getroffen und ließ sich jetzt von ihm durch die Gewölbe führen, steinerne Stufen rauf und runter, staunend und angenehm überrascht.
"Die mb ist eigentlich ein Studentenclub", erklärte Mike. Um 20 Uhr sassen hier überall Milchkaffee trinkende Studenten über Zeitungen, Kopien und Ringheften, in einer Ecke war eine lautstarke spanische Diskussion in Gange, es wurde geraucht und gelacht und Mike meinte, spätestens in einer halben Stunde würden hier alle zu Bier und Rotwein wechseln, und ab 23 Uhr würde schlagartig die Musik lauter.
"Jo", sagte John, "lass mal was zu trinken holen." Nach drei Stunden wurde die Unterhaltung schwieriger, Mike ging auf dem Weg zur Toilette verloren und John streunte auf eigene Faust durch die dunkle Festungsanlage, die sich mitlerweile in einen Nachtclub verwandelt hatte. Alle Ringhefte und Kaffeetassen waren verschwunden. John entdeckte die kleinste und abgeschiedenste der Tanzflächen, wo drei einsame Gestalten Spaß zu Industrial hatten, während gleich um die Ecke Pearl Jam gespielt wurde. Wie war das, überlegte John, sind bei Pearl Jam nicht immer die hübschesten Mä dchen? Vielleicht traf das nur auf Konzerte zu, hier in der mb hüpfte auf jeden Fall alles wild durcheinander, alle Stile und Schönheitsgrade waren vertreten. John war kein guter Tänzer, er machte sich in dieser Hinsicht nichts vor, und falls ihn die Musik doch zu sehr

und unwiderstehlich mitreißen sollte, musste es dafür schon sehr dunkel sein. Das war es auf der nächsten Tanzfläche, an der er vorbei kam. Die Tänzer waren überwiegend schwarz gekleidet, soweit man das erkennen konnte, der Raum war dunkel, die Musik düster - Hier bleib ich, dachte John und kam sich in seinem Einteiler fast unsichtbar vor. Mike stöberte ihn nach einer Stunde trotzdem auf.
"Ey Mann Alder auf sonne Mucke stessu?"
"Heh Mike, du bist ja hacken!"
"Isso dunkel hier, kannse ja nix sehen Mann", meinte Mike und torkelte gegen eine mehr Loch- als Netzstrumpfhosenträgerin in Korsett und Stiefeln, aber bevor die noch aufbegehren konnte schob John Mike nach draußen, beinahe hätte er ihn untergehakt, sie erklommen mühsam viele Steinstufen und standen schließlich in der kalten Herbstluft. Besonders nüchtern war auch John nicht, doch der plötzliche Temperaturunterschied ermöglichte ihm einen klaren Gedanken: Das bike, wo hatte er das angeschlossen? Als er es gefunden hatte, war Mike schon weitergelaufen, scheinbar zielsicher, wenn auch in Schlangenlinien. John rannte hinterher.
"Ey wo gehts hin!"
Mike blieb tief einatmend stehen und sagte "Nach Hause", er ginge jetzt nach Hause.
"Soll ich dich hinbringen?" fragte John, der sich selbst insgeheim fragte, wie er in der Dunkelheit jemals *sein* zu Hause finden sollte.
"Bissu schwul oder was." Mike guckte, als verstünde er die Welt nicht mehr, pustete laut-

stark seine Alkoholluft aus und verlor beim nächsten Schritt das Gleichgewicht. Ein Laternenpfahl rettete ihn, und danach hatte er nichts mehr dagegen, von John nach Hause begleitet zu werden. Sie brauchten mindestens 30 Minuten für die 10 Minutenstrecke einmal quer durch die Innenstadt und über die Ringstraße, dann waren sie am Ziel und Mike puhlte mühsam seinen Haustürschlüssel aus der Hosentasche. Er war inzwischen schon wieder so fit, dass er John für einen Absacker in die Wohnung beorderte und keinen Widerspruch duldete. Erdgeschoss mit Fenster zum Hof - bei erster Etage oder höher hätte John sich gewehrt, aber so... Mike ging zum Kühlschrank, John aufs Klo, und als er wieder raus kam, schnarchte Mike auf dem Bett, zwei ungeöffnete Bierflaschen auf dem Boden daneben.
"Jo", sagte John, und dann wurde ihm die Sorge um den dunklen Heimweg abgenommen, als er an der verschlossenen Haustür rüttelte.
"Ey Mike du Sack", rief John Richtung Schlafzimmer, "haste abgeschlossen oder watt."
Der Schlüssel war nicht zu sehen. Also entschied John sich fürs Sofa. Nur um gleich wieder kehrt zu machen. Zurück ins Bad. Er schmierte seine Zähne mit Elmex ein und spühlte lange nach, vermied dabei, in den Spiegel über dem Waschbecken zu gucken und fühlte sich endlich fertig für eine Nacht auf dem Sofa. Halbe Nacht, kam etwa schon das Morgengraün? Mikes Sofa war mit einer Art weichem Flickenteppich zugedeckt, das war praktisch, fand John, wickelte sich darin ein und schlief.

Was wirklich nur von kurzer Daür war, zu kurz für jemanden, der gerne noch länger auf dem erstaunlich bequemen Sofa gelegen hätte.
Es war halb 10, als ein Schlüssel die Tür öffnete, jemand Licht im Flur anknippste und die Tür dann krachend ins Schloss fallen ließ. John war mit einem Schlag hellwach, was nicht gut für die Befindlichkeit war, und dachte voller Schrecken: Das Grauen, das Morgengrauen!, als Mikes Freundin Tatjana im Wohnzimmer erschien. "Hi." Sie strahlte Dominanz und Selbstvertrauen aus, erfasste die Situation mit einem fremden Typen im Wohnzimmer ihres Freundes auf einen Blick und verschwand grinsend in Mikes Schlafzimmer. "Hi", sagte John in Ermangelung anderer zu sich selbst und überlegte, ob man "das Morgengraün" sagte, wenn der Himmel und überhaupt alles am Morgen grau war, und ob "die Morgenröte" im Gegensatz dazu einen schönen Tag verhieß. Bisher tendierte er eher zu grau, aber ganz sicher war es noch nicht. Er hörte Stimmen von nebenan, reckte und streckte sich, froh darüber, gestern nicht so abgestürzt zu sein wie Mike, dem jetzt allem Anschein beziehungsweise Anhör nach eine Standpauke gehalten wurde.
Bevor Domina zurück kommt, stehe ich besser auf, dachte John, schüttelte die Sofadecke aus, deckte es wieder ordentlich zu und sah, dass er im Halbschlaf wohl noch Zigaretten, Feuerzeug und Portemonnaie auf dem Fußboden deponiert haben musste. Jetzt freute er sich über nicht zerknautschte Zigaretten und steckte eine an. Tatjana kam. "Kaffe dazu?" An der Tonlage konnte

man nicht erkennen, ob sie das höhnisch oder freundlich sagte, weshalb John vorsichtshalber mit einem netten "Gerne" antwortete, lä helte und es ehrlich meinte. Dann zuckte er zusammen, als Tatjana ins Schlafzimmer schrie, es gäbe hier keinen Zimmerservice, er solle jetzt endlich raus kommen, was sei Mike doch manchmal für ein Waschlappen! Apropos waschen, dachte John und schlich unbemerkt ins Bad. Fünf Minuten
später sassen sie zu dritt am Tisch vor dem Fenster zum Hof, auf dem Mikes Lieferwagen parkte, tranken Kaffee, hörten Radio, und John musste sich das Lachen verkneifen, denn Mike sah wirklich mitgenommen aus.
"Kannstes ruhig laut sagen", forderte Tatjana.
"Nein nein", grinste John, schließlich war Mike ein Kumpel.
"Entspann dich, Hase", murmelte Mike in seinen Kaffeebecher, was sie klugerweise auch tat und sich von der Moritzbastei erzählen ließ. Um 11 Uhr fand John, der Tag sei trotz allem morgendlichen Grau auf dem Wege, ganz o.k. zu werden, vielleicht sogar schön, und verließ die einträchtige, teilverkaterte Dreierrunde.
"Nimm eine von den Brücken über den Ring, und dann fährst du am besten parallel zu den Gleisen, gleich hinter dem Hauptbahnhof, und dann wirste dich schon wieder auskennen."
John befolgte Tatjanas Rat, so gut er konnte, schimpfte über die Stufen der Ringbrücke, schimpfte auch über die vielen Taxen, die den Bahnhof belagerten und bekam unbändigen Frühstückshunger, als er schon fünf Minuten lang

den Gleisen gefolgt war. Richtig elend fühlte er sich mit einem Mal, Kaffee und Zigaretten brauchten unbedingt Unterstützung, sonst wurde das hier nichts. John hielt an und sah sich um. Lieblos sanierte Altbauten, einstürzende Altbauten, unvermietete Altbauwohnungen und zugeparkte Straßenränder, kein einziges Geschäft weit und breit, nur eine Versicherungsgesellschaft igitt... "Vergiss die Gleise", ermunterte er sich selbst und bog nach rechts ab. Wie von Zauberhand wechselte die Stimmung, die Gebäude schienen wärmer zu sein und das Herbstlaub niemanden zu stören, er fühlte sich an sein eigenes Viertel erinnert und fuhr in die freundliche Mariannenstraße. Trotz quälendem Frühstücksbedürfnis hätte er den Bäcker fast übersehen, weil das Schaufenster winzig und die Brezel über den drei Stufen so unscheinbar war. Dann aber konnte er sein Rad gar nicht schnell genug abschließen, denn es öffnete sich die Ladentür, ein Mann trat auf den Bürgersteig und mit ihm kam eine Duftwolke, die einen ganz schwach werden ließ. In Nullkommanichts stand John drinnen vor der Ladentheke, hinter welcher zwei ältere, graumelierte und eine jüngere, schwarzgefärbte Frau die wartende Kundschaft bedienten. Die beiden älteren trugen zu ihren Rüschenschürzen sogar Häubchen, das bemerkte John aber nur, weil er keinen freien Blick auf die Auslage hatte und auch mal hoch zu den Brotregalen schaute. Vor ihm standen noch vier andere Kunden, weshalb der winzige Raum brechend voll war. Als er an die Reihe kam, konnte er sich nicht entscheiden. Eigentlich und am liebsten hätte er alles gegessen und wurde schon ganz verzweifelt deswegen.

"Mohnschnecken", bat er schließlich, "bitte zwei Mohnschnecken." Die sahen ja zu genial aus, regelrecht saftig... Dann fing sein Herz plötzlich an, zu rasen, denn er hatte sein Portemonnaie geöffnet. Oh verdammt, verflixt! Kein einziger Schein! Das durfte nicht wahr sein, er konnte jetzt unmöglich auf die Mohnschnecken verzichten, sie waren das wichtigste auf der Welt! Panisch suchte John nach Kleingeld. Fünf Mark, hier, ein großes rundes Fünfmarkstück... Flehend hielt er es der einen Häubchenträgerin hin, die seinen Gesichtsausdruck und frühstückswahnsinnigen Gemütszustand gar nicht bemerkte und nur "Drei achzig, Dankesehr" sagte. Mit "Danke auch, Wiedersehen" und einer weißen Papiertüte verließ John die Bäckerei und war sehr, sehr glücklich.

Als John das nächste Mal in die Innenstdat fuhr, nahm er gleich den Weg durch die Mariannen-straße, vorbei an einer Kirche und einer mit Landwirtschaftsgeräten dekorierten Hofeinfahrt zu einem vielversprechenden Biergarten. Im Haus mit der Brezel entschied sich John für Rosinen-brötchen und fühlte sich bei der Weiterfahrt einerseits an seine Kindheit erinnert, Rosinen-brötchen mit Butter als Schulbrot, und anderer-seits kam er sich hart, cool und metallisch vor, wegen dem schweren Fahrradschloss, das er quer über der Brust trug wie eine Umhänge-tasche. Er hatte sich mit Ines verabredet, die um

16 Uhr ihr letztes Seminar hatte und danach von John abgeholt werden wollte. Treffpunkt Studentenservice. Auf der Strecke zwischen Bahnhof und Universität merkte John plötzlich, dass er nicht der einzige Träger schwerer Ketten war. Sogar Kettenhemden hatten heute einige an! Was geht ab, dachte John und fuhr langsamer. Da! Noch mehr von den Typen: braune, speckige Lederoutfits, Samthosen, bestickte Schuhe, Schottenröcke, schwarzes Leder auf nackter Haut... und alle bogen sie nach rechts ab und verschwanden zwischen den Häusern. John versteckte sein Fahrrad zwischen tausend anderer studentischer Fortbewegungsmittel und fragte den erstbesten nach dem Studentenservice.
"Da, gleich da vorne, zwischen Eckcafé und Reisebüro."
John setzte sich auf eine Mauer davor und ließ die Beine in den Campus baumeln, auf dem nicht allzu viel los war. Freitagabend, dachte John und wurde von hinten angesprochen: "Heh du, bist du vielleicht John?"
"Jaa", sagte John gedehnt, während er sich zu dem Mädchen umdrehte, das in der Tür vom Studentenservice hing.
"Komm doch rein!"
Ich werde öfter von fremden Mädchen herein gebeten, wunderte sich John, der gar nichts dagegen hatte. Der Studentenservice war ein zweigeteiltes Zimmerchen: vorne eine chaotische Flut von Aushängen, Anzeigen, Zeitschriften, Gratispostkarten und Zetteln, auch eine Bank, die aber schon von einem Zeitungsstapel besetzt

wurde, und hinter einem Thresen mit Tür der hintere Teil, in welchem ein grauhaariger Krauskopf fluchend über einem Faxgerät hockte und wo zwischen Computern und Telefonen relative Ordnung herrschte.
"Ich bin Hellen", erklärte das große Mädchen, und John erinnerte sich:
"Ach so, die Freundin von Ines, du arbeitest hier."
"Gena-hau!" jammerte der Mann am Faxgerät. "Und deshalb musst du mir jetzt beistehen!"
Hellen verdrehte die Augen und schlüpfte hinter den Thresen. "Du hast zu wenig Geduld, Eddie."
"Das liegt nicht an mir! Wahrscheinlich kriegen die in Mexiko nur nicht gebacken, dass sie ein Fax bekommen sollen und habens gar nicht angeschaltet!"
"Hola, sí, quien habla?" meldete sich plötzlich eine Stimme aus dem Gerät.
"Oh jetzt haben sie abgenommen!" freute sich Hellen, riss den Hörer hoch und schrie "Fax! Fax!" hinein, was Mexiko erschrocken die richtigen Knöpfe drücken und in Leipzig das Papier ins Faxgerät schnurren ließ.
"Geschafft!" rief Eddie, der um die vierzig sein mochte und so aussah, als könne er den lieben langen Tag telefonieren, sich dabei nur von Schokolade ernähren und das Gesicht voller Lachfalten hatte. "Dann darfst du für heute Schluss machen."
Hellen schnappte ihren Rucksack, zog sich einen schwarzen Kapuzenpullover über und kam raus zu John, der die Anzeigen an den Wänden überflogen hatte.

"Jemanden aus dem Bibelkreis hatte ich mir immer ganz anders vorgestellt", meinte er mit Blick auf Hellens rote Doc Martins und die silbernen Skelette, die an ihren Ohren baumelten. Es herrschte zwei Sekunden lang Schweigen, dann fiel bei Hellen der Groschen.
"Theologie und *Anglistik*! Du bist so einer mit Vorurteilen, was? Haste etwa nicht die Bibel gelesen? Haste keine abendländischen Grundkenntnisse?"
"Nee hab ich nicht, und bin trotzdem noch nicht vom Blitz erschlagen worden!"
"Glückwunsch. Ines hat gesagt, du wärst Informatiker. Bist du noch irgendwas anderes?"
John, der genauso viel Spaß an der Unterhaltung hatte wie Hellen, überlegte kurz, was er antworten sollte, und entschloss sich spontan, einen Bruchteil seiner Vergangenheit preis zu geben. "Zum Beispiel bin ich ehemaliger Red Skin, und gegenwärtig bin ich Fahrradstreckentester in Leipzig. Ich teste auch gelegentlich die Widerstandskraft des Trabbis gemessen am Mountainbike."
Hellen blieb vom einen wie vom anderen völlig unbeeindruckt und grinste. "Dann musst du mal Thorsten kennen lernen. Der ist Physiker und steht auf Punk."
John lachte, denn er verstand kein Wort und den Zusammenhang schon gar nicht, aber jetzt kam zum Glück Ines um die Campusecke gebogen und freute sich, dass Hellen und John schon bekannt geworden waren.
"Cool, da kommst du gleich mit, Hellen, wir

zeigen John den Marktplatz!"
"Was gibts da groß zu zeigen?" konnte John noch fragen, da hatten die Mädchen ihn auch schon mitgezogen, an der Essensgeruch ausdünstenden Mensa vorbei durch die Fußgängerzone Richtung Altes Rathaus.
"Dieses Wochenende ist Mittelaltermarkt!" rief Ines.
"Genau", ergänzte Hellen, "Heureka oder so ähnlich, und nachher spielt Corvus Corax!"
Langsam ging John ein Licht auf, na klar, deshalb die Leder- und Kettenträger! Außer ihnen schien auch ganz Leipzig auf den Beinen zu sein, und bis zum Marktplatz hatte Hellen mindestens zehnmillionen Leute gegrüßt und John vorgestellt, was sie gewissentlich und professionel erledigte und anschließend meinte: "Morgen weiss die halbe Stadt, wer du bist! Bist ja auch auffällig genug, einen Informatiker stellt man sich ja ganz anders vor."
"Das war jetzt´n Kompliment!" raunte Ines John ins Ohr. "Normalerweise findet sie meine Freunde alle scheiße."
John antwortete nicht, fühlte sich aber als King of the world. Vor dem Alten Rathaus drängten sich Mittelalterstände um eine große Bühne, und es wimmelte von fröhlichen, seltsam gekleideten Menschen, die auch tatsächlich alle mittelalt waren.
"Oh da sind Cindy und Martina!" schrie Hellen und weg war sie.
"Hellen kennt tausend Leute. Weil sie eben bei Eddie jobbt, und dann ist da noch so eine

Studentenorganisation, irgendwas mit Auslandsstudium und willkommen in Leipzig oder so - hat sie vorhin nicht versucht, dich auf eine Wilma-Party einzuladen? Na kommt bestimmt noch. Heh guck mal da gibts Met!"
Trinket den Met, bis keiner mehr steht, dachte John und erinnerte sich daran, dass er das Zeug nicht mochte. Timo hatte ein 3-Liter-Fass inklusive Trinkhorn zu Sepps letztem Geburtstag angeschleppt. Kaum zu Ende gedacht hatte er auch schon einen Becher voll in der Hand und guckte leidend. Ines rümpfte ebenfalls die Nase.
"Uh Mann, höffentlich ist das süffig, riecht ja nicht gerade berauschend..."
"Prost", seufzte John.
Dann gingen sie die Schafe streicheln, die neben dem Stand mit kunsthandwerklichen Wollprodukten standen und bekamen Hunger.
"Pilzpfanne?" schlug John vor, der aus der Ferne eine gesehen hatte. Sie gaben die leeren Metbecher zurück und stellten sich an die große Pfanne mit Pilzgemisch, die an Ketten über einem Feuer hing. Auf der anderen Seite entdeckte er bekannte Gesichter. Aus seinem Haus! Das war dieser nervige Fermín, und das Pärchen, das in derselben Wohnung wohnte, wie hießen die gleich nochmal? Fermín hatte ihn ebenfalls entdeckt, und es dauerte nicht lange, da waren der Argentinier und Newet in einen heftigen Streit um John geraten, weil jeder ihn bei der Deutschen Bank als Neukunden werben wollte. Um das Werbegeschenk einzustreichen.
"Brauche den Rucksack!" beharrte Newet stör-

risch, während Fermín es auf den Diskman abgesehen hatte, damit er bei dem zukünftigen Babygeschrei auch mal seine Ruhe haben könnte, wie er erklärte. Newets Freundin Gloria war in ein Gespräch mit Ines vertieft, beide kümmerten sich einen Deut um die Streiterei, und als John hilfesuchend fragte, was wichtiger sein, Rucksack oder Diskman, da sagte Ines nur kurz "Rucksack" und redete weiter mit Gloria. Newet lächelte triumphierend und legte einen Arm um Taille und Babybauch, John war zufrieden mit dem Schiedsspruch und Fermín verließ "Mierda" und noch schlimmeres murmelnd die mittelalterliche Geselligkeit.

"Gehen wir Montag zu der Bank", nickte Newet John zu, der sich richtig fühlte, als hätte er eine gute Tat vollbracht. Hellen tauchte wieder auf, Cindy und Martina und einen lustigen Typen im Schlepptau, den sie John praktisch in die Hand drückte.

"Hier, ich hab Thorsten gefunden! John, das ist Thorsten. Fängt das Konzert nicht bald an?"

Wider Erwarten verstand John sich mit Thorsten, dem Physiker, geradezu blendend, obwohl er im Nachhinein gar nicht mehr sagen konnte, worüber sie geredet hatten. Ab endgültigem Einbruch der Dunkelheit aber bestimmt nicht mehr viel, denn zu diesem Zeitpunkt waren auf der Bühne Feuerspucker erschienen, denen eine Band im typischen Leder-Ketten-Schottenrock-Outfit gefolgt war und dermaßem laut und mitreißend in die Dudelsäcke geblasen hatte, dass sich der Leipziger Marktplatz schnell in ein hüpfendes, wogendes, tanzendes Corvus Corax-Fanmeer verwandelt hatte. Trommeln und Schalmeien!

John wachte am späten Samstagmorgen lächelnd auf. Das war ihm in letzter Zeit öfter passiert, ein sicheres Zeichen für allgemeines Wohlbefinden. Ozzy hatte das Bettdeckenrascheln gehört und quiekte erwartungsvoll, aber John warf nur einen Stiefel in die Küche und blieb noch liegen. Gestern war lustig gewesen. Während des Konzertes hatten sie Hellen und Anhang aus den Augen verloren, Newet und Gloria hatten sich verabschiedet, nachdem sie John für heute zum Essen eingeladen hatten, und Ines hatte ihm gegen 23 Uhr den Nachhauseweg geleuchtet: Im Gegensatz zu Johns Fahrrad, dessen Vorder-und Hinterlicht unnütz in einem Karton lagen, war ihres mit einem altmodischen Dynamo ausgestattet. "Old-school", nannte Ines ihr DDR-Gefährt liebevoll, und John hatte immer gedacht, Sportstudenten stünden auf hightech. Sie kannte auch die Mariannenstraße und deren Freuden, meinte aber, der Biergarten der Tenne wäre mehr als toll, jedoch die Kneipe selbst weniger, und wenn John ihr in Leipzig etwas Neues zeigen wolle, müsse er schon ein bisschen weiter weg fahren. "Na schön", hatte John gesagt, er würde sich Mühe geben.
Im Moment allerdings machte er sich lediglich die Mühe, für Ozzy eine halbe Gurke aus dem Kühlschrank zu holen und das Wasser zu erneuern, dann wollte er zurück auf die Paletten. Halt, so ging das aber nicht. John seufzte, zog

sich einen alten Pullover übers T-shirt und quälte sich die halbe Treppe runter zur Toilette. Also da überlegte man sich bald dreimal, wie oft das nötig war, oder wieviel man trinken sollte, und am Ende hatte diese halbe Treppe noch Auswirkungen auf die gesamte Lebenseinstellung - ob es sinnvoll wäre, sich für den Winter Pantoffeln zu zulegen? John hatte die Dinger immer verachtet, die waren so spießig und trutschig und - er suchte nach dem richtigen Wort - sie waren einfach nicht sexy. Pantoffelhelden, die durften Pantoffeln tragen und Pantoffeltierchen halten. Er würde im Winter kalte Füße bekommen... Zu cool für diese Welt, dachte John, der in seiner Wohnung Musik an machte, Reggae, aber nicht zu laut, O-Saft trank und ein paar Eier hart kochte, wonach ein entspannnter Samstag mit Angelos Zeitung seinen Lauf nahm. "Die Zeit" von letzter Woche; warum legte sein Nachbar bloß seine alten Zeitungen auf die Fußmatte? John hatte das schon öfter bemerkt und sie sich diesmal geschnappt. Vielleicht war das ja auch der Sinn der Sache. Er wurde Angelo fragen, wenn er nachher den Stadtplan zurück gab.

Der Hauptsitz der Deutschen Bank in Leipzig entpuppte sich als ein pompöser Bau an der Ringstraße. Viel weißer Marmor und Gold, Schnörkel und eine riesige Halle, wo Newet John als neuen Kunden präsentierte und problemlos den Rucksack als Werbe- und Dankeschöngeschenk bestellen konnte. "In ein paar Tagen ist er da", lächelte die Bankangestellte, "und Sie

erhalten in ein paar Tagen ihre Kontokarte. Wir rufen Sie an", sagte sie zu John.
Zurück auf dem Bürgersteig war Newet überschwenglich gut gelaunt. "Hab ich nie gehabt, so schöner Rucksack, und gute Marke! Und macht auch Spaß, wenn der Rucksack kommt aus so schönem Haus!"
"Na ja schön", meinte John zweifelnd und aufblickend, "aber der Rucksack ist schon ok. Hast du noch was vor?"
"Muss arbeiten gehen. Heute Arbeit, morgen Uni. Arbeit, Uni, Arbeit, Uni."
"Ach ja, und was?"
"Bau, isch orbeite uffm Bäu", sagte Newet und klang einwandfrei sächsisch, "und studiere BWL".
"Na denn man los."
"Was machst du jetzt?"
"Och ich glaub, ich tüddel hier noch´n bisschen rum, guck mir was von der Stadt an, wo ich schon mal hier bin..."
"Tüdel", sagte Newet und lachte.
John ließ sich treiben, ging erst nach rechts und dann geradeaus, erspähte am Straßenende die Rathausspitze, die alte, wich wieder nach rechts aus und stand unversehens vor der Universitätsrückseite, eine unschöne, eckige Fensterfassade. "Seminargebäude" stand auf einem Schild. Auf der anderen Seite war der Campus, wo heute Poster verkauft wurden, und John beschloss, bei Hellen vorbei zu gucken.
Im Studentenservice war erstaunlich wenig los. Drei Mädchen in wahnsinnig hässlichen Jacken bekamen von Eddie internationale Studenten-

ausweise verpasst und Hellen erklärte einem Typen auf Englisch das Straßenbahnnetz, aber dann leerte sich der Raum.
"Aaaah!" stöhnte Eddie und fiel schlapp auf den Thresen, "diese Erstsemestlerinnen aus Bautzen machen mich nochmal fertig!"
"Kopf hoch", meinte Hellen, "schick lieber ein Fax, das beruhigt."
"Nein! Nein bitte keine Faxe! Ich hol mir jetzt Kaffee", sprachs und flüchtete ins Eckcafé.
"Was treibt dich denn hier um, willst du anfangen, zu studieren?" erkundigte sich Hellen, während sie ein Buch beim Lesezeichn aufklappte. "Sowas hier zum Beispiel: Hebräisch für Fortgeschrittene!"
"Das tust du dir an?" John war geschockt. Hebräisch war garantiert das Letzte, wofür er sich interessierte.
"Griechisch hab ich auch", murmelte Hellen, "und morgen ist Klausur."
"Dann will ich dich nicht lange stören. Gib mir mal ´n Geheimtipp, was kann ich mir mal angucken?"
"Ein Tipp für Touristen? Geh doch zur Thomaskirche und dann durchs Barfußgässchen. Und wenn du gut bist, findest du da das U-Fleku."
"Ok hört sich prima an. Bis dann also!"
"Hey warte!" rief Hellen ihn zurück. "Nächste Woche ist Wilma-Party in der Villa, kannste hinkommen, wenn du willst."
"Und was soll das sein?"
"Party halt. Viele lustige Leute, die sich alle nur 80% verstehen!" Hellen lachte. "Die Wilma-Gruppe kümmert sich um alle, die mal´n Semester im

Ausland studieren, also in Deutschland. Machen doch alle, ich war auch schon öfter weg. Ist'n echt lockerer Haufen. Diesmal haben wir für die ersten Stunden sogar einen richtigen DJ, also einen richtig guten DJ, meine ich. Danach legt wieder Yves auf, aber bis dahin haben alle schon genug getrunken, dass ihnen Yves nichts mehr ausmacht und sie trotzdem weiter tanzen."
"Was ist an Yves so schlimm?"
"Er ist blind und Franzose, das disqualifiziert ihn natürlich nicht als DJ, aber dann hat er auch noch was von Beavis und Butthead, und alles zusammen ist schon ziemlich bescheuert, aber Yves legt *immer* bei den Wilma-Partys auf, man kann ihm das einfach nicht nehmen. Als blinder DJ hat mans ja auch schwer, tja..."
"Ich glaub, die Party ist nichts für mich", entschied John.
"Hast du was gegen Blinde?!" fuhr Hellen ihn an.
"Nein! Abeeer... vielleicht muss man Student sein, um so eine Party toll zu finden."
"Du bist doof", urteilte Hellen kaltblütig. "Was findest du denn toll, wenn man mal fragen darf?"
John war kurz davor, den Mund auf zu machen, wusste da aber schon, dass alles Tolle, was er aufzählen könnte, bei Hellen keine Gnade gefunden hätte, und sagte deshalb lieber "Nein, das dürfe man nicht fragen", woraufhin Hellen ihn anguckte, als ob er eklig wäre und meinte, dann solle er doch wieder mit dem schönen Mike in die mb gehen.
"Der schöne Mike", äffte John sie nach. "Und was ist an der mb so verkehrt, hä?"

"Ach die mb ist doch Kinderkram, da gehen doch alle hin", meinte Hellen.
"Ich geh jetzt auf jeden Fall zu dieser Kirche. Du kriegst nämlich Kundschaft", verabschiedete sich John und ließ eine buntgemischte schwarz-weiße Gruppe herein. Seufzend knallte Hellen ihr Hebräischbuch zu.
"Also Samstag um neun in der Villa!" rief sie ihm hinterher.
Bisschen streitsüchtig die Frau, dachte John, oder einfach nur gesprächsfreudig, oder vielleicht regt man sich bei Hebräisch leicht auf, kann ja sein.
Die Thomaskirche war schnell gefunden, doch den Weg zum Barfußgässchen musste John wieder erfragen. Bei einer Politesse. "Wo gehts denn hier zum Barfußgässchen?"
"Wenn Sie hier links entlang gehen, kommen Sie hin, oder sonst auf dem Marktplatz die erste Straße links."
"Sehr freundlich, vielen Dank", sagte John, der auch schon schlechte Erfahrungen mit den Vertretern der Staatsgewalt gemacht hatte, sie deshalb aber noch lange nicht als Zielscheibe seiner persönlichen Agressionen betrachtete. Sollten sie seinetwegen weiter für Ruhe und Ordnung sorgen, wenn es dabei nur auch gerecht zuging, sonst war das nichts mit "Hüter der Gerechtigkeit". Die Delmenhorster Polizisten waren besonders schlimm gewesen, und John verzog das Gesicht, als er an Delmenhorst dachte. An den Delmenhorster Bahnhof! Und den Bremer! Er ging an der schnöden Rückseite der repräsentativen Marktplatzgebäude entlang, bis er eine

Gasse erreichte, zu der der lustige Name Barfußgässchen passte. Sträßchen hätte es auch heißen können. Hier drängte sich Kneipe an Club an Laden an Briefmarkenbörse, es standen Tische und Sonnenschirme auf dem Pflaster und alles mündete in einen Gassenkreuzungsplatz mit Denkmal, das noch von der Renovierung strahlte und John den Eindruck vermittelte, mitten in ein Sub-Zentrum gelangt zu sein. Wohnen konnte man hier auch! Er sah an den alten Sandsteinfassaden hoch und fand Leipzig schön. Auf das U-Fleku konnte er jetzt verzichten. Auch auf das nervige Fragestellen, wo gehts denn hier zum... irgendwann würde ihm noch einfallen, woher er das kannte, wer fragte denn bloß immer so? John krazte sich am Kopf und am Kinn, das mal wieder rasiert werden musste, bedauerte, dass er zu Fuß war, weil er ja mit Newet zusammen die Straßenbahn genommen hatte, und ging langsam weiter. Überall war das Leipziger Zentrum nicht schön, und John hatte auch bald die Nase voll vom touristischen Herumschlendern, es zog ihn nach Hause ins eigene Viertel, aber vor den vielen Straßenbahnschienen am Hauptbahnhof kapitulierte er augenblicklich und bedingungslos, es schien unmöglich, hier die richtige Linie zu finden. Und so machte sich John geschlagen zu Fuß auf den Nachhauseweg. Der würde lang werden, das wusste er, und lief trotzdem los, ungefähr nach Nordosten.
Es dauerte eine gefühlte Ewigkeit, in echt aber nur eine halbe Stunde, bis er alle sterilen Bürokomlexzonen und alle staubig-alten Bauhäss-

lichkeiten hinter sich gelassen hatte und eine Kreuzung erreichte, wo ein Straßenname ihm bekannt vorkam. Richtig, hier musste er links abbiegen, über die Brücke... doch während seine Beine schon den Weg nach links einschlugen, hatten seine Augen rechts ein Schild wahrgenommen, signalisierten dem Gehirn Alarm, Achtung, Nahrungsaufnahme möglich, Hungergefühl, schnell alles nach rechts, da ist ein Döner, und John gelang tatsächlich das seltene Kunststück, sich um die eigene Mitte zu verdrehen und aus dem Stand vorne über zu kippen. Voll auf die Fresse, dachte er noch dabei, da blutete er auch schon an der Lippe und fühlte sich elendig. Zwei freundliche Leipziger Mitmenschen halfen ihm wieder auf die Beine - Frau Matthes und ihre Freundin Irene vom Seniorensportbund, so ein Zufall!
"Aber Herr John, was machen Sie denn! Kommen Sie hoch, ach Sie Gutster, mein Lieber..."
John ächzte grinsend und leckte sich das Blut ab, soweit er mit der Zunge ankam, Frau Matthes zog ein Taschentuch aus einer Packung und hielt es ihm hin, während Sportfreundin Irene meinte, er sähe schrecklich blass aus, das wäre sicherlich der Blutdruck, der niedrige.
"Herr John hat die Dachwohnung bei mir gemietet", erklärte ihr Frau Matthes, als ob das eine Begründung wäre, und John erklärte, er fühle sich wirklich ziemlich maddelig, deshalb würde er jetzt auch in jenen Dönerladen dort gehen und sich stärken, und vielen Dank auch für die Erste Hilfe.
"Ja tun Sie das", nickte Frau Matthes, "Sie

können doch nicht mit leerem Magen durch die Gegend wandern."
"Das kann böse enden", pflichtete ihr die sportliche Irene bei, und dann stiegen beide Damen in eine Straßenbahn, John winkte, warf das blutige Taschentuch in einen Mülleimer und überquerte unfallfrei die Kreuzung. Der Döner war echt türkisch, das erkannte John mit Kennerblick. Es gab sogar diesen salzig-sauren Yogurt im Kühlschrank. Den tranken auch die Jugendlichen, die an einem der Tische saßen und auf türkisch quatschten und lachten.
"Hallo", sagte John zu der Frau hinter den Salatschüsseln. "Halloumi bitte, mit viel Tomate und Sauce."
"Was trinken?" erkundigte sich der junge Mann von der Kasse, aber John meinte "Nein Danke, lieber danach, dieses Yogurtzeug", wie hieße das gleich nochmal, Aryman oder so ähnlich?
"Ayran!" lächelte der junge Mann, "trinkst du Ayran, bist du ein Freund. Halloumi 4,50."
John zahlte, sagte Ja natürlich wäre er freundlich (in Hamburg kostete Halloumi 2 Mark mehr), und musste dann noch beichten, dass er in keine Schlägerei verwickelt gewesen sondern lediglich hingefallen wäre. Die Frau vom Salatbüffet reichte ihm einen feuchten, lauwarmen Lappen, den John leicht beschämt über sein Gesicht rieb und dann prüfend auseinander zog.
"Bä, ist voll eingesaut, tut mir leid", gab er bedauernd zu, Frau Matthes Taschentuch hatte wohl nicht alles aufsaugen können. Dass man auch immer gleich blutete wie angestochen, eine

Schweinerei... Der Lappen landete im Müll und John mit seinem Halloumi an einem Tischchen, und dann herrschte Frieden. Zum Ayran-Trinken setzte John sich vor den Laden auf die Bank unterm Fenster in die angenehme Mittagssonne und streckte die Beine aus. Ja, so ließ es sich leben. Wanderstiefel seid ihr ja nicht, sagte er in Gedanken zu seinen Springerstiefeln. Von nun an würde er das Haus nie mehr ohne Fahrrad verlassen! Er legte einen bestiefelten Fuß aufs Knie, um einen Kratzer im Leder glatt zu rubbeln und angelte dann in der Brusttasche nach Zigaretten und Zippo. Deshalb sah er die drei Typen zu spät. Als er aufblickte, brüllte der eine wie auf Kommando "Scheiß Zecke!" und schlug John den Yogurtbecher von unten ins Gesicht. Dann rannten sie weg. Aus dem Dönerladen kamen die Jugendlichen gestürzt und rannten den dreien bis zur Ecke nach, aber eine Verfolgung war sinnos.
Aaaaätzend, dachte John, *ganz* ätzend. Er wischte sich mit dem Ärmel den Yogurt aus den Augen, mit dem anderen Ärmel ging das leider nicht so gut, denn der hatte auch was abbekommen und es war ein eklig kalt-klebriges Gefühl, wie wenn man sich mit einem neuen noch nicht saugfähigen Handtuch abtrocknen will. Nach einer kalten Dusche. Die türkischen Jugendlichen kamen zurück und regten sich schrecklich auf, was John ausgesprochen nett fand und schon wieder grinsen konnte.
"Was waren das für Arschlöcher?" fragte einer von ihnen.
"Faschos waren das nicht, sahen die ganz normal

aus, was?"
"Mir egal", brummte John, "Idioten auf jeden Fall." Jemand gab ihm ein Geschirrhandtuch, das nach Döner roch aber seinen Zweck erfüllte und alle Ayranreste wegwischte. John fuhr sich mit der Hand durch die schmierigen Haare und stand auf. "Yeah ich geh dann mal." Seine Lippe fühlte sich geschwollen an, er sah richtig schlimm aus, zerstrubbelt und schmutzig. Fertig.
"Weiter Weg?" erkundigte sich einer der Jugendlichen, die inzwischen angefangen hatten, zu rauchen und John auch eine Zigarette hin hielten.
"Na nee, über die Brücke und dann noch´n paar Ecken..."
"Wie heißt du?"
"John", sagte John und rauchte.
"Bist du cool, Mann", fanden sie und klopften ihm auf die Schultern. Er selbst war sich da nicht so sicher. Ich kann nicht mal anständig wütend werden, dachte er, was ist los, Null-Emotionen? Reaktionsunfähig? Totale Gleichgültigkeit? Irgendwelche Idioten mit Scheiße im Kopf bekleckerten ihn mit Yogurt, sollte er deshalb hysterisch werden? Das brachte doch alles nichts. Oben auf der Brücke hielt er an und guckte runter auf die Gleise, die unter ihm verliefen und sich in geraumer Entfernung verzweigten. Überall diese Gleise, dachte John, was die für einen Platz weg nehmen! Und mittendrin ein kaputtes Wärterhäusschen, ich werd nicht wieder! Scheiß Stadt. Scheiß Tag. Alles Mist hier. Ach wär ich doch in Hamburg, in Sicherheit. Warum bin ich bloß um-

gezogen?
Dumpf vor sich hin brütend stiefelte er weiter. Duschen, was anderes half jetzt gar nicht. Lange und heiß duschen. Diese blöde Ines, wieso hatte sie ihn bloß nach Leipzig geholt? Also, allen Ernstes, erst der Trabbi, dann die Lippe, dann der Yogurt... das war doch alles total beschissen hier. John pinkelte in die Büsche hinter einem Abrisshaus und steckte sich danach eine seiner eigenen Zigaretten an. Als er in die letzte Straße einbog, kam ihm Ines auf dem Rad entgegen. "Ach", sagte John zu sich selbst, "ach guck an." Er war mega schlecht gelaunt. Ines entdeckte ihn sofort. Sie sprang ab und ließ Old-school auf die Bordkante fallen. Weit aufgerissene Augen, hilfloses Armgefuchtel.
"Was ist passiert?!"
John schmiss die Kippe weg und fing an, sich zu beschweren: "Ich bin zu Fuß unterwegs weil ich mit Newet wegen seinem Rucksack in die Stadt gefahren bin und dann bin ich zurück gelaufen und gestolpert, haha, und dann fandens drei Arschlöcher lustig, mir den türkischen Yogurt ins Gesicht zu schlagen, geiler Tag, findste nicht."
Er wusste, dass er schonmal tollere Sätze produziert hatte und jämmerlich klang und ließ schicksalsergeben die Schultern hängen.
"Ach John", sagte Ines da und schloss ihn in die starken Volleyballerarme. Sie hielt ihn fest und störte sich nicht an Yogurtschmiere, Tabaksgeruch und Blutflecken, und John dachte, dass er schon verteufelt lange niemanden mehr umarmt hatte.

"Niemand liebt mich", jammerte er abschließend, woraufhin Ines aber bloß lachte und fragte: "Warum lässtn deine Arme so hängen?"
"Ok dann umarme ich jetzt auch", sagte John und war ganz zufrieden mit seiner Nase in Ines frisch gewaschenen, duftigen Haaren. Acht Sekunden vergingen, bis Ines meinte: "Ist jetzt besser?"
"Ach ja, ja", seufzte John und ließ Ines auf der einen Seite los, denn einen Arm brauchte sie, um ihr Fahrrad aufzuheben, und beinahe wären sie bei dem Manöver hingefallen, kicherten herum und gingen Arm in Arm und Fahrrad schiebend zurück zum Eckhaus.
"Jetzt haste mich tatsächlich getröstet", konstatierte John, als sie sich an der Hofeinfahrt trennten.
"War mir ein Vergnügen", grinste Ines, "chau machs gut", schwang sich in den Sattel und düste ab. John stieg lächelnd hoch in seine Wohnung und unter die Dusche.

John
Die Welt ohne Fraün wäre doch echt ein großer Mist. Männer sind viel zu sehr schwanzgesteuert. Frauen handeln mehr von innen heraus. Ines heute... so eine Umarmung und ein bisschen Nähe war genau das, was ich brauchte, könnt ich glatt noch mehr von vertragen. Typisch Mann. Will ich denn mehr von Ines? Also eigentlich ja nicht, am Ende leidet dann die Freundschaft unter der Beziehung. Haaa, schön gesagt! Heute werde ich mal überhaupt nichts programmieren, heute hab ich Urlaub. Bloß rumhängen. Wo´s denn das New

Model Army tape? Eine Unordnung hier... ah jetzt, Musik ab! Rumhuengen und an Fraün denken. Schwanzgesteuert sein. Hellen ist auch ganz cool. Doch, cool drauf... aber zu groß. Das bring ich nicht, was mit´ner Frau haben, die zehn Zentimeter größer ist als ich. Ines hat die richtige Größe. Ozzy hau ab! Du bist der kleinste hier und hast nichts zu melden! Weg! Geh vom Bett runter! Sehr witzig, ich hab keine Beziehung, ich hab ein Meerschweinchen. Und auch noch ein männliches! Frauen streicheln gerne Tiere - ach wenn ich doch eins wär. He. Was will ich mit ´ner Beziehung, ´ner festen, Sex hatte ich lange keinen mehr! Das kommt davon, wenn man mit seiner Freundin Schluss macht. Selbst schuld. Schnell ich brauch ´n Joint, bisschen Triebunterdrückung. Schöner Mist. Und nachher geh ich zum Waschsalon. Yogurtflecken gehen bestimmt leicht raus - am besten, ich nehm ´n ganzen Schwung Klamotten mit. Oder alle! Dann lohnt sich der Weg, aber ich darf nicht vergessen, denen zu sagen, dass sie kein Parfüm in die Wäsche sprühen sollen, so wie letztes Mal... Ich will doch nicht nach Waschsalon riechen.

FRAU MATTHES
So ein Mietshaus ersetzt einem doch glatt die Familie. Um was man sich da alles kümmern muss! Aber ich will mich nicht beklagen, beileibe nicht, die Irene zum Beispiel beneidet mich um meine Mieter, sie fand das ja so aufregend, als wir den John gestern getroffen haben! Deine Mieter halten dich auf Trab, da ist immer was los,

sagt die Irene. Der arme Junge scheint aber auch eine Pechsträhne zu haben, er war ja neulich schon so lädiert, was ist das für eine Art und Weise, mit der Stadt Bekanntschaft zu schließen! Ich werde ihm wohl noch ein Glas Marmelade schenken, damit er wieder lächelt. Wenn er sich nur nicht auch noch einen Zahn ausschlägt! Bei dem schönen Lächeln... Wirklich wie eine eigene Familie, würd ich mal sagen... Und demnächst ist es bei der Gloria dann wohl soweit, dann sind wir einer mehr im Haus. Der Herr Fermín überlegt allerdings schon, ob er ausziehen soll. Also ich bin ja sehr gespannt auf das Baby. Gloria sagt, es wird ein Junge, und Simon will sie ihn nennen, oder Simón, so spricht sie das ja aus. Newet sagte mir heute im Treppenhaus, das klänge nach Bonbon, und er fände Boris besser, aber so heißt doch dieser Tennisspieler, und wie ich Gloria kenne, wird sie sich am Ende sowieso durchsetzen, gegen das südamerikanische Temperament hat der Newet einfach keine Chance, würd ich mal sagen. Die Ines sagt, ich soll das nicht so oft sagen, entweder man sagt etwas oder nicht, denn wenn man "würd ich mal sagen" sagt, dann hat man es ja schon gesagt und der Satz gilt nicht, aber das ist einfacher gesagt als getan, eine alte Frau ist ja kein Haufen Knete, den man zurechtdrücken kann. *Ja.* So jetzt habe ich das mit dem "würde" nicht gesagt. Ich bin doch noch relativ fit, die Irene sagt, das liegt an meinen Mietern. Na falls der Herr Fermín wirklich auszieht, kann sie ja babysitten kommen!

KATJA
Ey Ines sag mal, bist du eigentlich mit dem John zusammen? Ey dusch mal leiser, ich kann nichts verstehen! Nein, kann nicht warten, ich muss gleich los und jetzt sag doch mal eben! Was? Nein? War das nein? Na ich dachte bloß, weil ich euch gestern so Arm in Arm gesehen hab. Na ich habs halt gesehen, ist doch egal! Hä? Nein also. Gut. Ja na gut. Ich bin dann weg, chau!

John hatte bei Angelo Mayonnaise geschnorrt, sich ein riesiges Croque fabriziert, sogar mit Gurke und Salat, und war damit und einer Flasche Bier aufs Dach geklettert. Der Balanceakt glückte und einem gepflegten Abendbrot in der Abendsonne stand nichts mehr im Wege. Leipzig war doch nicht so verkehrt. Und das Leipziger Bier ganz ok. Wenn nur die Flaschen nicht so groß
wären, das hatte doch irgendwie keinen Stil. Kein Vergleich zu - Ach hör doch auf zu meckern, schimpfte er in Gedanken mit sich selbst; Jetzt sei mal zufrieden mit deiner Halbeliterflasche und genieß den Abend, im Osten ist eben alles anders. Ur-Krostitzer, watt ´n Name! Mit dem "itz" hatten sies hier ja echt...
John erinnerte sich grinsend an die Stadtteilnamen, die wohl ein Witz sein sollten, mit itz... Plagwitz, Connewitz, Reudnitz! In den Hinterhof eines der Häuser von seinem Block fuhren mit dröhnenden, rumpelnden Motoren drei schwere Motorräder, parkten vor den Wäscheleinen und bekamen von ihren in schwarze Ledermontur verpackten Fahrern noch einen

Klaps auf die Sitze, bevor diese in dem Haus verschwanden. John hatte alles im Blick und fand es in Ordnung, das hier Motorrad gefahren, Fußball gespielt und mit Wasserpistolen geschossen wurde. Voll das Leben. Sein eigenes Haus hatte nur einen klitzekleinen Hinterhof, der lediglich Platz für ein mickriges Bäumchen unbestimmter Natur bot. Na ich muss ja sowieso keine Wäsche aufhängen, dachte John, morgen hole ich alles frisch gewaschen und getrocknet vom Waschsalon ab.

In diesem Moment sauste ein roter Golf durch die Hofeinfahrt zu den drei Motorrädern, bremste und wurde vorsichtig genau in die Parklücke vor dem untersten Balkon manövriert - jedoch nicht vorsichtig genug. Das eine Motorrad wurde nur leicht touchiert, was aber ausreichte, um es kippen zu lassen. John dachte noch: Wahnsinn, jetzt passierts, wie im Kino!, da passierte es wirklich. Die Maschinen kippten wie Dominosteine gegeneinander und machten einen Heidenlärm beim Umfallen. In dem roten Golf regte sich nichts und niemand, aber aus dem Haus kamen die drei Herren in Ledermontur gerannt und regten sich fürchterlich auf. John vergaß, sein Bier zu trinken, so gespannt war er auf den Fortgang der Angelegenheit. Als einer der Fahrer wütend auf das Autodach schlug, öffnete sich die Tür und ein schwarzbestrumpftes Frauenbein mit hochhackiger Stiefelette schob sich heraus. Geil, dachte John, der Film geht weiter!

Es erschien die dazugehörige junge Frau, allem Anschein nach selbstbewusst und mutig, denn es entspann sich ein gestenreicher Dialog, den man oben auf dem Dach leider nicht verstehen konnte, der jedoch mit einer gemeinsamen Zigarettenpause endete und in der männlichen Muskeldemonstration gipfelte, als die drei ihre Maschinen wieder richtig hinstellten. Was hat sie denen wohl gesagt? überlegte John. Zeig doch mal, wie stark du bist? Hat´se auf jeden Fall cool hingekriegt.

Später, als John im Internet Musikvideos guckte, rief Timo an. Es war sofort, als säßen sie zusammen auf Sepps riesigem Sofa und Timo erklärte, er hätte sich vorher nicht gemeldet, weil er mit Johanna im Urlaub gewesen sei, in Lloret de Mar, das wäre so eine Wahnsinnsidee von ihr gewesen und John könne sich gar nicht vorstellen, wie er gelitten habe. Rainbow Tours, wie tief könne man eigentlich sinken? John, der sich keinen Reim darauf machte, was ausgerechnet Johanna in Lloret de Mar wollte, versuchte, Timo wieder aufzubauen: "Nächstes Mal sagst du einfach Nein, wenn sie was will. Und eure Urlaube können von jetzt an ja nur noch besser werden."

Timo maulte, er wüsste gar nicht, ob es für sie überhaupt noch mehr gemeinsame Urlaube geben würde, so gut liefe es mit Johanna gerade nicht. Und John erzählte, er als Single hätte hier in Leipzig nur gute Erfahrungen mit Frauen gemacht, aber Single wäre er immer noch.

"Vielleicht hätte ich Samstag auf die Studentenparty gehen sollen, um das zu ändern- "

"Studenten laden dich auf Partys ein?" unterbrach ihn Timo. "Mann du bist ja voll integriert in die Leipziger Szene!"

"Studen*tinnen*", korrigierte ihn John, "aber ich hab Nein gesagt, kein Bock. Siehste, man muss auch mal Nein sagen können."
"Ich komm dich demnächst mal besuchen, du klingst so gutgelaunt, davon könnt ich auch was gebrauchen."
John diktierte Timo seine Adresse, Ines wohne genau unter ihm, falls er mal nicht da ware, aber er dürfe immer besucht werden, kein Problem, sonst käme er mal wieder hoch nach Hamburg.
Hoch in seine Wohnung kam nach dem Telefonat Ines, um ihn für Montag einzuladen.
"Gehn wir ´n Bierchen trinken, ins Beyerhaus, das hat Max Qualitäten! Musst du unbedingt kennen lernen."
"Aber wir fahren mit den Rädern hin", war Johns einzige Zusagebedingung.
"Tüllich", sagte Ines.

John verbrachte das Wochenende mit Programmieren, Frühstücken und Musik hören und war schon am Montagmorgen fit fürs Beyerhaus. Ausgeruht machte er einen Spaziergang durch den Park zum Tier-und Pflanzenladen und sah, als er eben in seine Straße einbog, wie Newet und Gloria in ein Taxi stiegen. Oha, es geht los, dachte John.
Um 20 Uhr klopfte er bei Ines und Katja an die Wohnungstür, erstere war aufbruchsbereit und sie holten die Räder aus dem Keller.
"Wir fahren oben rum, ok", meinte Ines, was bedeutete, dass sie erst ein Wettrennen durch den Park machten und anschließend den Hauptbahn-

hof von hinten ansteuerten. In einem langweiligen Industrieviertel mussten sie die Lichter anschalten, denn es war dunkel geworden. Ines klappte im Fahren ihren Dynamo um und John fuhr freihändig, während er sich den Pullover überzog, den er um die Hüfte geknotet getragen hatte. Er hatte Lust auf ein Bier und Fahrradfahren machte Spaß, so sollte ein angenehmer Abend beginnen!
"Hier kommen wir auf die Nordstraße", sagte Ines, "hiers wohl auch so´ne Art Strich, aber gesehen hab ichs noch nicht. Und da vorne ist die WG von Thorsten. Weisst du noch?"
"Klar, Thorsten, weiss ich", sagte John und guckte an der mächtigen, grau-roten Fassade hoch, die von einem aberwitzig hohen Giebel gekrönt wurde und mit zwei Reihen klobiger Erker protzte. Voll der Kasten, dachte John, und noch unsaniert. Die Nachbarn sind schon alle pastelliert. Er grinste die anderen creme- und beigefarbenen Häuser an, und dann radelten er und Ines am Zoo vorbei und durch die Innenstdat, ließen Uni und mb links liegen, überquerten einen hässlichen Parkplatz und die Ringstraße, und schließlich war da zwischen einem Weinhandel und der Stadtbibliothek ein dunkler Tunnel in der durchgehenden Ringstraßenbebauung, hinter dem ebenso dunkel das Beyerhaus lag. "Willkommen in der ehemaligen Mediziner Mensa!" freute sich Ines. Sie schlossen die Räder draußen an und stiegen die Eingangsstufen hoch. Das Beyerhaus hatte tatsächlich was vom Hamburger Max. Zwei Billiardtische im rechten Zimmer, halbwandhohe dunkle Holzvertäfelung mit altmodischen Lampen, darüber große ge-

rahmte Gemälde von Schiffen im Sturm, überall Tische und Stühle; nur die Theke befand sich merkwürdig nebensächlich im Flur nach hinten, wo John die Toiletten vermutete, obwohl dort ein Leuchtschild "Theater" verkündete. Ines bat den blonden Dreadlockträger um ein Schwarzbier und Tomate-Mozzarella, John bezahlte ein Hefeweizen und hinter dem Garderobenständer wurde ein Platz für sie frei.

Es verging nur eine halbe entspannte Stunde, in der John von Timo erzählte und Ines Anekdoten aus dem Sportmedizinerkurs zum Besten gab, da strömten plötzlich Unmengen studentischer Kneipenbesucher ins Beyerhaus und Ines schlug sich an die Stirn.

"Auweia, heute ist hier Kneipenabend? Das ist die Truppe von Hellen und den Auslandsstudenten - oh guck Enit ist auch mit dabei! Lass mal warten, bis die sich alle verteilt haben..."

John hatte Hellen in dem plötzlichen Getümmel entdeckt, das sich sekundenschnell überall ausbreitete und den Geräuschpegel im Beyerhaus um mehrere Dezibel erhöhte. John beugte sich vor: "Die quatschen wie verrückt und verstehen sich dabei gar nicht?"

Ines lachte. "Na doch, Deutsch sprechen sie doch alle! Die verstehen sich alle ganz prima! Und jeden Montag in einer anderen Kneipe. Eben Kneipenabend, das hat Tradition! Der große blonde mit Brille, der da, Burghard, ders der Chef vom ganzen."

Burghard, der aussah wie ein jugendlicher Geschichtslehrer, hing mit einem anderen langen

Typ an der Theke (Das sei Tosch aus Hamburg, sagte Ines) und kümmerte sich nicht weiter um seine Ausländer, aber die hatten auch so genug Spaß und Hellen Ines hinter dem vollen Garderobenständer entdeckt.
"Heh Ines, Zweisamkeit?"
"Hallo! Och..." Sie guckte John achselzuckend an.
"Wir haben noch Platz für drei Stühle", sagte John und erntete einen strahlend-dankbaren Hellenblick. "Sehr sozial, also vier, Dankeschön..."
Und schwupps hatte John Enit neben sich sitzen und außerdem noch Andy, einen hageren, schwarzhaarigen Australier, und eine ältere und eine jüngere Norwegerin auf der anderen Seite.
·Und jetzt? dachte John, aber da prosteten sich auch schon alle zu, Enit redete mit Norwegen über deren Wildpferde, Ines ließ sich von Andy über die letzte katastrophale Wilma-Party berichten und John saß einfach nur da und freute sich.
"Ich bring mal den Teller weg, der stört nur", sagte er halblaut und stand auf, um eine Runde zu drehen. Als er zurück an den Tisch kam und sich neben Enit quetschte, lächelte sie ihn an.
"Du bist also John, der Neue in Ines Haus. Schon gut eingelebt?"
"Jo, und du bist Tine rückwärts", sagte John, schnitt eine Grimasse und erzählte bereitwillig dies und das und von Ozzy, "Und du machst was mit Pferden? Nee warte, klingt schlecht, du äh, reitest professionel?"
Enit lachte. "Na weder noch, ich lass andere reiten, die Pferde machen eher was mit den Reitern."

So ´ne Lache hab ich ja noch nie gehört, dachte John, als ob die Töne nicht rauskommen wollen. Enit redete fröhlich weiter von Pferdetherapie, aber John hörte nur mit halbem Ohr zu, denn es hatte sich plötzlich eine Frage in seinem Kopf eingenistet, die von nirgendwoher gekommen war und sich nun leider nicht vertreiben ließ, so dass John sie schließlich verwundert stellte und Enit damit ziemlich aus dem Konzept brachte:
"Lasst dicke Frauen um mich sein, wer hat das nochmal gesagt? War das Cäsar oder Luther oder wer?"
Andy, der Australier, verschluckte sich fast an seinem Bier: "Rubens hat dicke Frauen *gemalt!*"
"Luther nicht!" schrie Hellen belustigt. "Du hast die Bibel nicht gelesen und du hast auch keine Ahnung von der Reformation du Heini!"
John guckte befremdet. "Sei doch nicht so agressiv! Amen!"
"Amen", sagte Hellen und senkte mit gefalteten Händen den Kopf. Aber sie lachte dabei leise.
Ines und die Norwegerinnen quatschten auf der anderen Tischseite und ließen sich nicht stören, also erbarmte sich Enit der einmal gestellten Frage und meinte "Cäsar", aber der hätte dicke Männer um sich gewollt. Komisch eigentlich. Vielleicht, weil er selber dünn war? "Wenn du jetzt wenigstens gefragt hättest, von wem kommt "Lasst *schöne* Frauen um mich sein", dann hätte man den Zusammenhang schon eher verstehen können..."
"Oder fette Weiber", gluckste Andy und John lachte. "Stimmt, stimmt ja, schöne Frauen wär rich-

tiger gewesen", womit alle wieder versöhnt waren und friedlich ihre Gläser austranken.
"Billiard?" fragte Andy, aber John lehnte ab, er spiele grottenschlecht, und Andy meinte, er auch, das wäre nur so eine zusammenhangslose Frage gewesen. In Australien haben sie verdammt gute Deutschlehrer! dachte John.
Bevor sie etwas später alle zusammen aufbrachen und ihre Fahrräder aus dem immens angewachsenen Fuhrpark herauspuhlten, was schwierig war, weil sich die Pedalen ineinander verhakt hatten und man zum Schlossaufschließen über drei Reihen Fahrräder hinweg klettern musste, um das eigene dann mit Ach und Krach ins Freie zu heben, tauschten sie Telefonnummern aus und Enit meinte, John und Andy könnten doch mal zum Tee trinken kommen. Ines natürlich auch, aber die hinge ja sowieso ständig bei ihnen rum...
"Ja das stimmt", nickte Ines und winkte den Norwegerinnen, die beim Anblick der verhedderten Drahtesel auf der Schwelle kehrt machten.
"Ja, warum nicht", antwortete Andy höflich.
"Oder Hellen kann Lasagne machen", überlegte Enit weiter.
John kicherte und dachte, während er sich zu seinem Mountainbike durchzwängte, dass das aber eine merkwürdige Alternative war und verkündete: "Also ich nehm dann die Lasagne."
"*Muss* ich Lasagne machen?" beschwerte sich Hellen. "Wollt ihr keinen Yogi-Tee von Enit?"
Und Andy erklärte akzentfrei, sie hätten gewiss nichts gegen Enit einzuwänden, aber selbstgemachte Lasagne wäre doch eindeutig verlok-

kender.
"Ja ja ihr Blödmänner", sagte Enit und pfriemelte an ihrem Fahrradschloss, "ich hab schon verstanden. Ihr findet Lasagne verlockender als mich."
John sah Andy fragend an: "Vielleicht doch lieber Tee?"
"Das eine muss das andere nicht ausschließen, denke ich."
"Also Freitag?" seufzte Enit.
"Reginenstraße sechzehn", sagte Hellen.

Am Freitag morgen hatte sich John mal wieder Angelos Stadtplan geliehen und im Austausch dafür angeboten, behilflich zu sein, falls bei Angelo mal etwas verkabelt oder neu angeschlossen werden müsste, aber Angelo hatte gemeint, seine Wohnung sei in perfektem Zustand, Danke jedoch für das Angebot. Dann hielten sie beide in der Bewegung inne. Von unten im Haus war Babygeschrei zu hören.
"Aah", sagte John mit Kennermine, "irgendwann musste er ja mal schreien. Kein Baby ist doch auf die Dauer so ruhig und artig wie der da unten."
"Ach ist es ein Junge?" fragte Angelo. "Wie heißt er denn?"
"Bonbon", grinste John, "mit Betonung auf der zweiten Silbe."
"Also *doch* kein richtiger spanischer Name, wenn auch ein ausgefallener", nickte Angelo.
"Jetzt isser schon wieder still."
Beide horchten sie noch ein paar Sekunden, dann erkundigte sich John, ob Angelo zufällig die Regi-

nenstraße kenne?
"Nee", sagte Angelo, "viel Glück. Ich geh jetzt runter zum Bäcker."
"Ok! Viel Spaß", sagte John und schlurfte mit dem auseinandergefalteten Stadtplan zurück in seine Wohnnung. Am Türrahmen stieß er sich die Handgelenke. Uh, ich bin noch nicht richtig wach, dachte er besorgt, vielleicht ist der Bäcker gar keine so schlechte Idee. Zweites Frühstück mit frischen Brötchen... heute Abend krieg ich ja Lasagne, da brauch ich mich weiter gar nicht um Essen zu kümmern... Der Gedanke an den Bäkker machte ihn ganz zappelig und er rannte, ohne den Stadtplan natürlich, die Treppen nach unten. Im zweiten Stock hörten sie Musik, im ersten roch es nach Putzmittel und als er eben mit Schwung um den Treppengeländerpfosten sausen wollte, öffnete sich die rechte Tür und heraus kam Frau Matthes, die in die Hände klatschte, als sie ihn sah und sagte, gerade ihn habe sie gesucht. Die plötzliche Unterbrechung in Schwung und Aufmerksamkeit brachte John aus dem Tritt, er fing sich in letzter Sekunde am Geländer und stolperte nur zwei Stufen weiter, um dann zu Frau Matthes auf zu lächeln und so zu tun, als wäre nichts passiert.
"Frau Matthes! Guten Morgen!"
Jetzt lächelte auch die Hausbesitzerin und reichte ihm ein Glas roter Marmelade.
"Hier John, für Sie, echte altdeutsche Herrenkonfitüre."
"Ach? Das gibts? Sie sind zu gut zu mir, Frau Matthes..."

"Lassen Sie sichs schmecken." Sie schloss die Haustür hinter sich.
Ey ich werd noch Marmeladenkönig, dachte John.

Unten in der Bäckerei herrschte Hochbetrieb, was er erstaunlich fand, für 11 Uhr morgens, aber ein paar Schülerinnen hatten Zeit für Croissants und eine heftige Diskussion um Mathe, den Mathelehrer und alle Idioten von Mitschülern, Angelo stand seelenruhig mit einer Zeitung in der Ecke, eine Hausfrau kaufte Brot und Gloria Kuchen von gestern, wahrend zwei tütenbehangene Männer eben den Laden verließen.
"Glückwunsch zum Baby", sagte John, als er neben Gloria vor der Auslage stand. Sie lächelte und erkundigte sich, ob von Simón viel zu hören sei, und John meinte "Fast gar nichts". Gloria lud ihn zum Babygucken ein und alle Verkäuferinnen beneideten ihn.
"Bald kommt der Euro", sagte Angelo laut aus seiner Ecke, "Anfang nächstes Jahr", woraufhin sich der Laden fast schlagartig leerte, die Verkäuferinnen "Oh Gott ach Gottchen" und "Ach jeh" riefen und John überlegte, dass Euro eigentlich kein schöner Name war. Sehr einheitlich natürlich, länderübergreifend, aber hätte man nicht die Gelegenheit nutzen und ein völlig neues Wort erschaffen können? Bing zum Beispiel, oder Tix, oder Effakcal, Lackaffe rückwärts... Na ja, Euro ist auch nicht verkehrt, dachte er, als er mit einer Tüte Vollkornbrötchen in der einen und dem Marmeladenglas in der anderen die Bäckerei verließ. Soweit so gut, und jetzt musste er den

besten Weg zu Enit vorwärts und Hellen finden - er klopfte mit dem Glas an Ines´ Haustür. Die Musik wurde leiser gedreht und Ines öffnete.
"Hi John! So früh schon auf?"
"Hi. Wieso biste nicht in der Uni?"
"Nachmittags."
"Ah so. Dann können wir heute Abend nicht zusammen zu der Lasagne fahren?"
"Neee", sagte Ines gedehnt, "außerdem komm ich gar nicht, ich geh heute Abend zum Hockeytraining."
"Echt? Du lässt uns allein mit deinen Freundinnen?"
"Die beißen doch nicht", lachte Ines, "ihr werdet das schon überleben."
"Wie fährt man denn am besten in die Reginenstraße?"
"Haste´n Sadtplan?"
"Logo."
"Dann zeig ichs dir eben. Sag mal du hast ja schon wieder Marmelade abgestaubt!"
"Ja", lächelte John stolz, "aber die ist nix für dich, das ist *Herren*konfitüre, pass mal auf!"
"Das Gegenteil von Damengelee oder was", knurrte Ines, sprang zwei Stufen auf einmal die Treppe hoch und kniete sich mit John vor den ausgebreiteten Stadtplan.
"Brauchst du keinen Tisch?"
"Doch, aber es kommt leider keiner."
"Du Doofmann", lachte Ines, "soll der hier zur Tür hereinspaziert kommen? Aalso, die Reginenstraße ist hier. Schön ist der Weg nicht, kann ich dir gleich sagen! Oben rum so wie zum Bahnhof,

aber dann rechts halten, nicht die Nordstraße runter! Viele Gewerbegebiete... bis du auf die Georg-Schumann-Straße kommst, und dann rechts in die Reginenstraße. In der Georg-Schumann fahren auch Straßenbahnen."

"Ich bin schneller als die", behauptete John.

"Von dort aus *ins* Zentrum ist was anderes..." murmelte Ines, ganz in den Stadtplan versunken, "so durchs verwinkelte Gohlis, dann Park...bevor der Winter kommt, müssen wir nochmal´n paar Fahrradtouren unternehmen, John!"

"Willst du echt Hockey spielen wegen diesem einen Typen?"

Ines sah ihn an. "Es macht Spaß! Und wie soll ich denn sonst an Heiko ran kommen."

"Wie wärs mit Ansprechen? Hallo Heiko, wie gehts, haste mal die Uhrzeit?" flötete John, wozu Ines den Mund verzog.

"Und dann?"

"Dann weisst du, wie spät es ist... und ein Wort gibt das andere! Wenn er auch an dir interessiert ist, wird er schon noch´n Ton mehr sagen, das muss doch belohnt werden, dass eine Frau sich traut, dich anzuquatschen!"

"Ach meinst du? Und jetzt hab ich schon mit dem Hockeytraining angefangen..."

"Erzähl mir morgen, wies war!" freute sich John und fuhr mit dem Finger die Georg-Schumann-Straße entlang. "Halbe Stunde werd ich wohl brauchen."

In einer halben Stunde schaffte er gerade mal die Gewerbegebiete und legte angesichts des letzten

Kilometers eine Verschnaufpause ein, denn die Straße ging leicht bergauf, sah hässlich aus und wurde von Straßenbahnen wie Autos gleichermaßen viel benutzt. John ging in den Endspurt. Die Reginenstraße begann zwischen einer Baulücke und einem Chinaimbisswagen, und Nummer 16 war eine Überraschung. Das ist ja´n Abrisshaus! dachte John erstaunt, ein Abrisseckhaus!
Die Behausung von Enit und Hellen hatte er sich komplett anders vorgestellt. Im dritten Stock öffnete sich ein Fenster, Putz bröckelte in das struppige Grünzeug, das man kaum einen Vorgarten nennen konnte, und Hellen rief von oben, die Tür wäre offen, er solle sein Fahrrad im Flur anschließen. John kribbelte es im Magen, als er dort stand und alles dunkel blieb, es keinen Lichtschalter gab und die Luft nach hundert Prozent unsaniertem Altbau roch. All diese verschlossenen Türen... Am Ende des Flures war es heller. Ah, Treppenhaus, dachte John, ein Weg nach oben... Er schloss sein Rad neben einem anderen am Geländer an und begann den Aufstieg. Die rote Holztreppe gab Geräusche von sich, als lebte sie. Im ersten Stock herrschte dafür Totenstille, das änderte sich auch nicht durch angestrengtes Horchen, und John ging leise weiter. Türen auch auf halber Treppe, und noch etwas höher sogar zwei mit Namensschildern und Schuhen auf den Fußmatten. Im dritten Stock stand die Tür zu Enits und Hellens Wohnung offen, die anderen waren verbarrikadiert. "Hallo! Komm rein!" begrüßte ihn Enit, und John vergaß das mulmig

machende Treppenhaus und die nervöse Stille, denn jetzt wurde es hell und bunt und laut und warm. Hellen drehte die Musik leiser. Hey! Pixies! dachte John.
"Hi!" sagte Hellen. "Andy ist auch schon da. Wir sitzen in der Küche. Wo ist Ines?"
"Die hat heute Hockeytraining", erklärte John.
"Mann die hat auch immer irgendein Training!" ärgerte sich Hellen. "Oder ist das normal bei Sportstudenten."
John verzog das Gesicht grinsend zum Fragezeichen und folgte Hellen durch die Wohnung.
"Hier ist Enits Zimmer, winzig aber leicht zu heizen, hiers Klo, da ist das Bad, hier wohne ich, und da sitzt Andy."
"Hey", sagte Andy, "gut, dass du gekommen bist, mir ist schon ganz schlecht vor Hunger, weil die Lasagne so gut riecht!"
"Noch fünf Minuten", meinte Hellen, "wollt ihr was trinken? Apfelsaft, Wasser?"
"Äh, Wasser", sagte John, dem zu spät einfiel, dass sie vielleicht etwas hätten mitbringen sollen, und er schubste Andy an.
"Ey wir hätten was mitbringen sollen, hast du was mitgebracht?"
"Nein, wir sind sehr unhöflich."
"Andererseits muss man ja auch nicht ständig Alkoholisches trinken."
"Ja", raunte Andy zurück, "vor allem bei fremden Mädchen, man muss vorsichtig sein!"
John fand das nicht, tuschelte aber trotzdem weiter: "Am Ende wollen die uns ausnutzen! Aber wir sind auf der Hut und bleiben nüchtern."

Der Australier lachte und bestellte ebenfalls Wasser.
"Was tuschelte ihr denn da!" beschwerte sich Enit, und zu Hellen: "Du, die haben nichts mitgebracht, können wir nicht an deinen Vorrat gehen?"
"Nix da! Meinen guten Wein kriegen die nicht! Wasser ist auch ok. Oder Tee..."
Es gab Lasagne in der Küche, deren Wände wild aber künstlerisch mit Wachskreide bemalt und auf französich beschriftet worden waren ("Das waren die Franzosen auf der Party letztes Jahr, die dachten, das wär´ne Auszugsparty."), ein riesiger Donald Duck zum Beispiel quakte "Gouloise", eine große, uralte Anrichte beherbergte Vorräte, Geschirr und Bücher, auf dem Kühlschrank hatte das Radio einen Ehrenplatz und im Fenster zum Hof baumelte ein kaputter Dreamcatcher. Eine absolut gemütliche Küche, in der man auch rauchen durfte, was nach dem Essen alle außer Hellen taten.
"Die Lasagne war große klasse", lobte John, und Andy erklärte, besser hätte er sie selbst auch nicht hinbekommen.
"Haha", sagte Hellen.
"Deine Lasagne ist die beste der Welt!" seufzte Enit. "Wenn ich die bloß öfter kriegen könnte und nicht nur, wenn Besuch da ist..."
"Du hast uns nur eingeladen, weil du Lasagne essen wolltest?" erkundigte sich Andy mit echtem Interesse, und John prustete in sein Wasserglas.
"Nein nein!" verteidigte sich Enit, die heute mit ekuatorianischem Schmuck behangen war und

einen grünen Minirock zu schwarzen Leggins trug.
"Ist doch egal", meinte John und stellte die Frage, die ihm schon die ganze Zeit auf der Zunge gelegen hatte: "Wieso wohnt ihr eigentlich hier?"
Und Enit erzählte. In die Reginenstraße wären sie eigentlich nur aus Spaß am Abenteuer gezogen, und wegen der unglaublich niedrigen Miete natürlich auch, schließlich sparten sie ja. "Äh, worauf sparst du nochmal?" unterbrach sie sich, und Hellen sagte "Glasgow", sie sparte auf Glasgow.
"Und du?" fragte Andy, während John überlegte, wo Glasgow war, lag das in Schottland? In England, in Irland?, und bekam so gar nichts mit von Enits Beichte: Sie wollte nach China fahren und dort hemmungslos ihrer Hello Kitty Sucht fröhnen.
"Enit spinnt", murmelte Hellen.
"Und was ist an Schottland so toll?"
"Streitet euch doch nicht, Mädels", meinte John, "wann solls denn losgehn?"
"Nächstes Jahr", antworteten Hellen und Enit wie aus einem Mund und fingen an, zu kichern.
"Bis dahin hält das Haus vielleicht noch."
"Die Wohnung gehört Tino, dem Griechen", fuhr Enit fort, "und immer, wenn er die Miete ausgegeben hat, die Hellen und ich ihm zahlen, fliegt er nach Zypern zu seinem Vater, denn da lebt es sich billig, sagt er, da ist wohl das wahre Leben mit Natur und back to the basics und so, auf jeden Fall ernährt er sich immer nur von Brot mit Olivenöl, wenn er aus Zypern wieder kommt und

uns nervt."
Hellen lachte. "Vor allem nervt sein Kram, der hier überall rumsteht. Im Flur hat er sich jetzt auch schon ausgebreitet!"
"Und dabei hat er das größte, schönste Zimmer - *zwei* Zimmer hat er!"
Enit stellte die Teller in die Spühle und suchte in der Anrichte nach Schokolade. Das Telefon klingelte und Hellen verschwand, man hörte sie auf dem Flur reden.
"Und wer steht auf Pixies?" fragte John.
"Oh! Gut erkannt!" freute sich Enit. "Ich natürlich."
"Ihr könnt soviel Krach machen, wie ihr wollt, wenn ihr das Haus für euch alleine habt...", überlegte Andy, der nicht so aussah, als hielte er viel von Pixies, dafür aber einiges von Schokolade.
"Wir sind doch gar nicht alleine!" protestierte Enit. "Unter uns sind noch zwei Wohnungen besetzt, unterm Dach haben wir Tauben, und außerdem ist Pixies kein Krach. Hellens Musik und Tinos Klavier sind viel schlimmer."
"Schlimmer...?" Hellen lehnte sich an den Küchentürrahmen. "Richtig schlimm ist Ines! Die hat eben angerufen und erzählt, sie käme gerade aus der Notaufnahme, dieser Heiko hat ihr'n Hockeyball an den Kopf gedonnert und jetzt hat sie 'ne Platzwunde an der Stirn. So was bescheuertes! *Die* Frau ist richtig schlimm!"
"Oh Mann!" Enit war blass geworden. Sie dachte nicht gerne an Blut und Unfälle, mochte auch keine Krankenhausgeschichten und Spritzen schon gar nicht, aber sie war tapfer. John fühlte, dass er

diesen Heiko hasste.
"Sollen wir sie abholen?" fragte Enit in die Runde.
"Nee sie ruft´n Taxi, hat sie gesagt."
"Fahren wir trotzdem hin!" rief Enit. "Los! Zu ihr nach Hause! Das ist ein Notfall!"
Die beiden Mädchen rannten zur Tür, Andy schnappte eben noch den Rest Schokolade, John knippste das Licht aus und war sehr gespannt, wie es nun weitergehen würde.
"Los, zack zack", kommandierte Hellen, die Spaß an dem Unternehmen hatte. "Enit ist motorisiert! Die hat ein super Auto, wo wir alle reinpassen und eure Fahrräder auch!"
Wenn das so war, gab es kein Halten mehr, jetzt rannten auch John und Andy. Enit fuhr einen unansehnlichen kleinen Kombi, der wie ein chinesisches Billigspielzeug aussah, die vier Personen und die zwei Räder aber problemlos schluckte. Drinnen roch es nach Pferdestall und Räucherstäbchen.
"Festhalten!" schrie Enit durch eine Schiebefensterklappe zu den Jungs in den Laderaum, und dann düsten sie los.
"Es war doch gut, dass wir nichts mitgebracht hatten", meinte John, "die hat auch so schon einen heftigen Fahrstil drauf!"
Wenn Enit bremste, dann jedesmal ruckartig, und irgendetwas stellte sie auch mit der Kupplung an, aber vielleicht war die auch verklemmt...
Es fing an, zu regnen.
"Ach haben wirs hier drinnen schön und gemütlich", lachte John und Andy meinte: "Ja, ein unerwarteter Fortgang für einen netten Abend",

dann ging der Kombi scharf in die Kurve und der Australier fast koppheister.
"Alles klar dahinten?" schrie Hellen von vorne und stellte das Radio an. Nach fünf Minuten hielten sie an einer Ampel und Enit kurbelte trotz des Regens ihr Fenster runter.
"Hey! Hey Thorsten! Willst du mit? Du wirst ja ganz nass! Hinten ist noch Platz, mach schnell, wir müssen weiter!"
Tatsächlich zögerte Thorsten nicht lange und kletterte zu John und Andy in den Laderaum.
"Hi! Ist hier Vollversammlung?"
"Nein, wir sind das studentische Notarztteam", erklärte Andy. Thorsten lachte, nieste und erklärte seinerseits, er wäre eigentlich auf dem Weg nach Hause gewesen, hätte schon fast vor der Haustür gestanden, aber er könne Frauen nur so schwer widerstehen, vor allem diesen beiden nicht - er grinste durch die Fensterklappe - aber hier wärs ja wirklich angenehm trocken und warm, was wollte man mehr! Nette Gesellschaft noch dazu!
"Schokolade?" bot Andy an.
"Oh ja Danke! Und wo fahrt ihr hin?"
"Zu Ines. Die hat 'ne Platzwunde am Kopf und soll getröstet werden."
"Ach herrjeh", sagte Thorsten, "auch 'ne Art, den Freitagabend zu verbringen..."
Ruckzuck durchquerten sie die nachts wie ausgestorben daliegenden Gewerbegebiete und den stockdunklen Park, bis Enit stotternd vor der Bäckerei in Johns und Ines´ Haus zum Stehen kam. Mittlerweile hatte der Regen aufgehört.

Außer John, der sein Rad in den Keller brachte, stürmten alle wie eine Horde wildgewordener Affen die Treppen nach oben, wo ihnen Katja öffnete und gleich feststellte, sie wären wohl verrückt geworden?
"Wo ist der Patient?" fragte Hellen.
"Welcher Patient?"
"Ines!"
"Dies nicht hier. Wieso denn Patient!"
"Enit du warst schneller als das Taxi, alle wieder runter! Hier warten ist doch auch doof."
John wurde fast über den Haufen gerannt, als die vier an ihm vorbei wieder nach unten rasten. Er kam sich vor wie das hinkende humpelnde Großväterchen, das für alles zu langsam ist, gab Katja bereitwillig Auskunft, wonach sie sich beide über einen heikodisqualifizierenden Ausdruck einig wurden und John der Gesellschaft nach unten folgte. Katja informierte währenddessen Frau Matthes, der das Getöse in ihrem Haus natürlich nicht entgangen war und die sich auch Sorgen machen wollte. Unten auf dem Bürgersteig merkten die Mädchen, dass ihnen kalt war, der Aufbruch war etwas überholt und jackenlos von Statten gegangen, und während John und Andy cool und warm genug angezogen am Kombi lehnten, verkrochen sich Enit, Hellen und der regennasse Thorsten im Bäckereieingang unter einer stinkigen Pferdedecke. Jetzt war der Abend so gut wie gerettet, es fehlten nur noch Ines und das Taxi. Andy meinte, Thorsten wäre fast zu beneiden, so eingeklemmt zwischen zwei schönen Frauen, aber er für seinen Teil hätte nach der

Fahrt erstmal genug von Pferdegeruch.

"Jo", sagte John, doch bevor der Smalltalk starten und er viele interessante Fragen stellen konnte, kam endlich das erwartete Taxi und alle sprangen auf. Im Licht der Straßenlaternen sah Ines aus wie immer, nur dass sie ein fettes Verbandpflaster mitten auf der Stirn kleben hatte. Sie grinste sogar. "Hey, was is´n das, Empfangskomittee?" Dann aber gaben ihre Knie in einem Schwächeanfall nach, sie sackte mit ihrer Sporttasche Richtung Boden, da griffen John und Thorsten sie blitzschnell unter die Arme und waren die Krankentransporter.

"Gutes Team!" lobte Hellen. "Mannohmann, das sieht ja echt fies aus, arme Ine! Was machst ´n für Sachen!"

"Bringt sie hoch", sagte Enit.

Andy trug die Sporttasche und ihr kleiner Trupp setzte sich in Bewegung.

In den folgenden zwei Wochen taten sie alles, um Ines wieder aufzuheitern, die nach dem unglücklichen Hockeytraining in eine schwere Krise gestürzt war. John brachte der Mädchen-WG sogar einmal Brötchen zum Frühstück und Ozzy zum Streicheln mit. Katja behaupetete zwar, Ines litte absichtlich, aber besorgniserregend wäre es schon, wenn sie ihre allerletzte schriftliche Germanistikprüfung schwänzte.

"Mit dem Loch im Kopf kann ich mich nicht konzentrieren", quängelte Ines bloß und puhlte Fädchen aus dem Gazepacken, der noch immer auf ihr klebte.

"Mach das Ding endlich ab!" schimpfte Katja, "das ist doch schon längst verheilt!"
"Und wenns ziept? Und wenn ich mit der Stelle aussehe wie Frankenstein?"
John fand das Gehabe langsam auch albern. "Ist doch Quatsch, Ines, echt. Als ich den *Auto*unfall hatte, wolltest du mich *sofort* aus dem Bett jagen, und jetzt, wo du selber ´ne Beule hast, machst du so ein Theater."
"Das hat geblutet!" schrie Ines verzweifelt. "Blutüberströmt lag ich da auf dem Rasen... und jetzt wollt ihr mir sogar mein Trostpflaster wegnehmen, wie gemein ist das bitte!"
Katja hatte eine tolle Idee: "Geh Haare waschen! Dabei kannstes bestimmt abmachen, ohne dass es ziept."
"Ja, geh duschen!" pflichtete John ihr bei.
"Geh weg", maulte Ines.
"Und von Heiko kein Sterbenswörtchen, keine Blumen, keine Entschuldigung..." sagte Katja und kochte Spaghetti. Dieser Name brachte Ines derart auf die Palme, dass sie wie wild puhlte und dabei schimpfte und gar nicht merkte, wie sie plötzlich das Pflaster in der Hand hatte.
"Also *noch* siehts ein bisschen fies aus, muss ich zugeben", diagnostizierte John und Ines rannte erschrocken ins Bad. Wütend kam sie wieder. "Ich geh jetzt zum Friseur!"
"Soll *ich* dir nicht die Haare schneiden?" bot sich Katja voller Vorfreude an.
"Oder ich?" fragte John.
"Schnippelt doch an euch gegenseitig rum!" rief Ines aus dem Flur, wo sie sich Schuhe und Jacke

anzog. Während Katja diese Idee attraktiv und beziehungsfördernd fand, verdünnisierte sich John lieber schnell zu seinem Frisur-Double Ozzy, denn er legte keinen gesteigerten Wert darauf, von Katja beschnippelt zu werden.

Mit ihrem neuen Haarschnitt berappelte sich Ines wieder. Ein ziemlich kurzer Pony auf halber Stirnhöhe verdeckte die rote Narbe, und weil es sowieso kälter in Leipzig geworden war, trug sie nun ständig eine Mütze, die alle Haare an ihrem Platz hielt.

"Sonst kommt womöglich so ein Wind und bringt alles durcheinander", erklärte sie John und Angelo, als sie sich zufällig beim Bäcker trafen.

"Aber hier drinnen doch nicht", meinte Angelo.

"Ihr könntet ja pusten." Ines blieb todernst, aber die Gesichter der beiden explodierten förmlich bei der plötzlichen Bildung aller zur Verfügung stehenden Lachfalten, und Angelo bekam einen Schluckauf.

John trug keine Mützen, obwohl er ein echtes Temperaturproblem in seiner Dachwohnung hatte. Es gab keine Heizung, der Winter nahte, und außerdem wurde es wirklich zu kalt, um beim Programmieren immer auf dem Fußboden zu sitzen. John machte ein paar Dehn- und Streckübungen, baute sein Bett, machte die Küche sauber und wischte die Duschkabine trocken. Jetzt war ihm warm, aber diese action war ja auf Dauer keine Lösung. Er klopfte gegenüber. Niemand da. Also zu Frau Matthes. Die erzählte ihm, sein Vormieter hätte eine furchtbare Gasheizung gehabt, die sie ihm leider verbieten müsste, we-

gen der Sicherheit, aber es gäbe doch Heizlüfter, wenn er sich vielleicht so einen anschaffen wollte? Nur halb überzeugt holte John sein Rad aus dem Keller und begann eine Erkundungstour, wild entschlossen, heute Geld auszugeben und das Tisch- und Heizungsproblem ein für alle mal zu lösen. In der Hofeinfahrt traf er eine verheulte Gloria, die das Baby Simón in einem Tragetuch hatte und eine Einkaufstasche schleppte.
"Was ist passiert? Moment, ich helfe." John lehnte sein Fahrrad an die Maür und nahm Gloria die Tasche ab. Gloria zog die Nase hoch und wischte sich mit der Hand über die verweinten Augen. Simón schlief ungerührt weiter.
"War schrecklich und ich verstehe auch nicht, John! Ist heute kein Tag für mich, no!"
"Was denn! Los ich bring dir die Tasche hoch."
"Ja Danke. Denkst du, bin ich eingeschlafen in der Straßenbahn, bin ich bis nach Meusdorf gefahren und der Schaffner sagt "Aussteigen, zurück in 10 Minuten, neuer Fahrschein"..."
"Blöd gelaufen."
"Ja, blöd, sehr blöd!" nickte Gloria. "Und dann kommen drei Männer, drei Jungen? Weiss ich nicht, und sie schreien "Hoy!" Und ich habe ihnen nichts getan, und sie schrien zu mir "Hoy", und Simón schreit auch. Was soll "hoy", das ist "heute" auf Spanisch, John was ist denn *heute*?" Gloria sah ihn verzweifelt an. Sie schloss die Wohnungstür auf und redete weiter. "Normalerweise ich bin nicht ängstlich. Aber kommen drei hässliche Männer und schreien mich an, und ich muss einen neuen Fahrschein

kaufen und aus Meusdorf zurück fahren, und ich bin auch müde. Ja. Bin ich müde."
"Die Typen hatten nicht zufällig Glatzen?" fragte John.
"Doch, hatten sie. Sehr hässlich."
"Das waren bloß ein paar beschissene Skinheads, Gloria. Die schreien "Oi", um dich zu erschrecken. "Oi", nix mit heute oder sowas."
Er knüpfte eine neue Schleife in den Babywollschuh, der mit Simóns Beinchen aus dem Tragetuch herausbaumelte, und Gloria überlegte:
"Richtig. Bin ich auch dumm, Skinhedas sprechen kein Spanisch. Oder "oink", dachte ich auch sie sagen "oink" und sagen ich bin ein Schwein, un cerdo..."
"Nee, jetzt mach dir mal keine Sorgen, und fahr nicht wieder allein nach Meusdorf."
Gloria hatte sich beruhigt und atmete tief durch.
"Wie heizt ihr eigentlich?" erkundigte sich John.
"Fermín hat ein Heizlüfter, heiß aber teuer mit viel Strom, und in dem anderen Zimmer ist ein Ölheizer."
"Ein was?"
"Ölheizer. Hat Newet in Möbelgeschäft gefunden, ein ganz tolles Möbelgeschä ft. Rosa-Luxemburg-Straße."
"Oh, die Rosa kenn ich sogar! Danke für den Tip, dann fahr ich da jetzt mal hin."
"Chau John!"
"Chau Sim, chau Gloria."

Das Möbelgeschäft war schnell gefunden, und John in der mit alten, uralten oder einfach nur un-

modernen Möbeln vollgestellten Halle fündig geworden. Es irritierte ihn nur, dass ständig ein braun-weißes Monsterhündchen hinter ihm herlief, eine französische Bulldogge, wie sich später herausstellte, die sich nicht streicheln ließ, andererseits aber sehr anhänglich war. Sie setzte sich unter den ausziehbaren DDR-Holztisch, für den John sich entschieden hatte. Er ging zur Kasse.
"Ich hätte gerne den Tisch, unter dem der Hund sitzt, und diesen Stuhl hier. Und ich suche auch so ein Heizdings mit Öl."
"Einen Ölheizer meinen Sie. Tatsächlich haben wir hier irgendwo einen, ein etwas älteres Modell, wo steht es nochmal... unter den Büchern, glaube ich, oder hinten bei den Vasen..."
Zu zweit suchten und fanden sie das Gewünschte, zwar bei den Kommoden, aber John war zufrieden, denn allein beim Anblick dieses Öheizers wurde einem ganz warm.
"Von dem Stuhl haben wir noch einen, wollen Sie nicht gleich beide nehmen? Zum Preis von einem?" schlug die freundliche Dame des Hauses vor.
"Oh, ja, wenn das so ist, nehme ich beide."
"Herkules! Herkules, wo bist du?" rief die Dame und meinte ihren Hund, der prompt bellte und so tat, als wollte er Johns Tisch verteidigen.
"Der Name ist ja doppelt verkehrt!" staunte John. "Weder Männchen noch groß und stark!"
"Na ja, eine doppelte Verneinung hebt sich ja auch schon wieder auf, nicht wahr", erläuterte die Möbelverkäuferin und zerrte gemeinsam mit John den Tisch ins Freie.

"Ja da haben Sie recht", räumte John ein und bezahlte widerspruchslos die 25 Mark Transportzuschlag.
"Heute Abend kommen wir mit den Sachen vorbei", verabschiedete ihn die Verkäuferin.
"Darf ich nicht doch mal streicheln?" fragte John, dem Herkules schon wieder an den Fersen klebte.
"Brav!" befahl Frauchen, Herkules knurrte niedlich mit seinem knautschigen Monstergesicht und ließ sich kraulen. John hatte Spaß und freute sich bis zum Abend auf seinen Heizer, die Stühle und den Tisch.

KATJA
Hallo Hecki! Wie gehts... gut, nein ich brauch nichts, blöde Frage, wir sehen uns doch sowieso später! Ja. Übriegens bringe ich Ines mit. Die kann noch´n bisschen Aufmunterung vertragen, die war in letzter Zeit so fies drauf... Wann soll´n wir kommen?Ja 10 ist gut. Milch habt ihr? Ok dann kaufen wir den Wodka. Wo ist die Party nochmal? Ach ja genau, hatte ich vergessen. Cool, die Alte Baumwollspinnerei also, genial... Doch, nö, wegen der Ines mach dir keine Sorgen. Nä . Ach so? Jeee - ja nee weisste, den John hab ich irgendwie abgeschrieben, das wird nichts... ist ja nicht der einzige Mann in Leipzig haha - Chau, bis Donnerstag!

Es vergingen zwei erholsame, ereignislose und fast langweilige Wochen, einzig unterbrochen von der Donnerstagsparty, von der Ines ziemlich an-

geschlagen und Katja zwei Tage lang überhaupt nicht wiederkam.
"Nie wieder trink ich White Russian", erklärte Ines, eine riesige bunte Wollmütze tief in die Stirn gezogen und Taschentücher verbrauchend.
"Das war vielleicht ein Gemixe bei diesem Hecki in der Wohnung... Milch, Wodka und noch irgendetwas, und lecker wars eigentlich auch, aber dann sind wir mit einem Schrottauto nach Plagwitz in die Alte Baumwollspinnerei gefahren, da wurde mir schon komisch im Bauch, das muss an der Milch gelegen haben!"
John wurde allein bei der Vorstellung schon leicht übel, aber er hörte tapfer weiter zu.
"Was da für Leute rumliefen!" erzählte Ines weiter. "Ok es war dunkel, soooviel konnte man gar nicht erkennen, und kalt wars auch, aber das hat scheinbar niemand außer mir gemerkt. Du, auf allen Balken und Deckenstreben und so hatten sie Teelichter stehen, sah fast weihnachtlich aus! Und in der Mitte ´n großes Feuer. Frag mich nicht, was das für Musik da war, irgendwas elektronisches, war gar nicht so verkehrt und wir hatten jede Menge Spaß, aber dann ist plötzlich die Polizei gekommen und welche von den Typen haben denen das Tor vor der Nase zugeschlagen und dagegengedrückt, und die Bullen von der anderen Seite klopfen und drücken auch, da sind wir alle lustig durch den Hinterausgang geflüchtet und über schrottige Abrisshöfe geturnt, war gar nicht so einfach mit all dem White Russion intus. Katja und Hecki und die anderen waren überhaupt nicht mehr ansprechbar, die haben noch

was anderes geschluckt, jede Wette! Na auf dem einen Fabrikgelände haben sich dann alle verlaufen und ich stand plötzlich alleine auf der Landstraße... Du glaubst nicht, wie düster und verlassen Plagwitz in der Nacht sein kann! Und ich bin auch fast erfroren. Und wie ich da in meinem Partynebel dahin stapfe, kommt ein einziges Auto vorbei und ich spiele den Anhalter- "

"Das ist aber nie so richtig gut", unterbrach John den Partybericht, "kann auch ins Auge gehen."

"Ja ich weiss!" rief Ines, betrachtete den Schnodder in ihrem Taschentuch und meinte, sie hätte mit ihrem Anhalter mächtiges Glück gehabt, ein echter Hallenser Anhaltiner übriegens.

"Hä?" machte John.

"Na jemand aus Halle Sachsen-Anhalt natürlich, du Dödel. Das war ein freundlicher DJ auf der Heimfahrt, mit Hund im Auto, der hat mich die ganze Eisenbahnstraße runtergefahren, und von dort aus wars ja nur noch ein Klacks bis nach Hause... Aber was aus Katja geworden ist, möchte ich mal wissen!"

Katja tauchte am Morgen des dritten Tages wieder in Frau Matthes Eckhaus auf, als Ines gerade in die Uni radeln und John dem Bäcker in der Mariannenstraße einen Besuch abstatten wollte, um den Tag mit einem echten Highlight zu beginnen. Sie murmelte nur etwas Unverständliches wie "Alles o.k., Fischverkäufer, schlafen", dann verschwand sie in der Hofeinfahrt und John und Ines sahen sich achselzuckend an.

"Es war ok, mit dem Fischverkäufer zu schlafen?" schlug Ines vor.

"Quatsch", empörte sich John. "Es ist alles ok, da war ein Fischverkäufer, sie geht jetzt schlafen."
"Na auch egal."

Seine nächste Stadtrundfahrt unternahm John nach Plagwitz, und er unternahm sie mit Timo und Sepp zusammen, die kurzentschlossen ihre Räder in die Deutsche Bahn gepackt hatten und ihn besuchen gekommen waren, just an dem Wochenende, als Ines zu ihren Eltern nach Hamburg gefahren war, was Sepp erstaunlich schade fand.
"Sie hat gesagt, sie müsste sich mal wieder mütterlich verwöhnen lassen", erklärte John.
"Schade", sagte Sepp. Zu dritt erkundeten sie Plagwitz, Connewitz und Lößnig, spuckten in den Plagwitzer Kanal, gingen ins Connewitzer Killiwilly und erkletterten den begrünten Lößniger Müllberg, und abends aßen sie Döner bei Johns Lieblingstürken, ohne diesmal Ärger mit agressiven Jugendlichen zu bekommen.
Timo und Sepp hatten Schlafsäcke und Isomatten dabei, weshalb sich Johns Wohnzimmer schnell in ein Zeltlager verwandelte, in dem der Ölheizer für angenehme Lagerfeürwärme sorgte und wo sie das taten, was Freunde meistens tun, wenn sie zusammen hocken: Reden und Musik hören. Die Wohnung wurde einstimmig für gut befunden und Ozzy gestreichelt, und John war sehr zufrieden mit seinem Besuch, der ihn mit Neuigkeiten aus dem hohen Norden versorgte.
"Und was ist mit den schönen, sächsischen Studentinnen?" erkundigte sich Timo und brach sich bei der Konsonantenkombination fast die

Zunge ab.

"Diiie", sagte John, "sind an der Uni."

Sepp lachte und machte ein neues Bier auf. "Was woll'n sie *da* denn. Übriegens hat ein Torben für dich angerufen."

"Oh Mann, ja Mensch", stöhnte Timo, "Torben hat eine Woche lang Telefonterror bei mir veranstaltet. Wie der an Sepps Nummer kam, weiss der Geier, aber Sepp hat ihn zu mir weitergeleitet und dann hatte ich ihn am Hals, der hat nach dir gefragt-"

"Klang voll daneben", bemerkte Sepp, "voll das Arschloch."

"Jeeh, der war so merkwürdig drauf, dass ich gesagt hab, du wärst umgezogen und ich hätte deine neue Nummer noch nicht."

John saß da mit gerunzelter Stirn und versuchte, sich an Torben zu erinnern. "Torben war doch auch bei den Reds? Was hat er denn auf einmal?"

"Weiss ich nicht", meinte Timo, "aber er geht mir auf'n Sack und es wär schon cool, wenn du ihn abwimmeln könntest."

John fand, Timos vorbildlich freundschaftliches Telefonverhalten müsste belohnt werden und verkündete, Torben dürfe an ihn weitergeleitet werden.

"Ja super, bin ich den los", freute sich Timo, "dafür hol ich morgen auch Brötchen."

"Bring Milch mit, ok?" bat Sepp.

"Ja Schatzi!", säuselte Timo, aber Sepp gähnte bloß.

Der Zug nach Hamburg ging erst um 18 Uhr, was

ihnen mehr als genug Zeit gab zum Frühstücken, zum Leergut weg und Müll runtertragen, und danach fuhren sie ein paar Runden in Johns neuem Viertel, bis sie vor dem Ratskeller standen und es nach Mittagessen duftete.
"Yeah, genau richtig", meinte Sepp.
Richtig gut war anschließend vor allem die Idee, ihre Fahrradtour weiter nach Nordosten auszudehnen, denn sie kamen nach Abtnaundorf, ein merkwürdig zwischen einem Waldpark mit Teich und Inselpavillion auf der einen und Reitverein auf der anderen Seite gelegenen Viertel, das eigentlich nur aus drei Straßen bestand, dafür aber bemerkenswert schöne Häuser hatte. Am Ende der Hauptstraße stand sogar ein Schloss. John, Sepp und Timo ketteten ihre Räder ans Schlossportal und schlenderten an den zum Teil renovierten, arg sanierungsbedürftigen oder halbwegs in Schuss gehaltenen Landgütern und Villen vorbei.
"Ich nehm das da", zeigte Timo. John wollte das Portalgebäude mit Turm und Sepp schwankte zwischen Gartenvilla und groß angelegtem, mittelalterlichem Flügelbau. Kaum vorstellbar, dass hier überall jemand wohnte... oder auch nicht.
"Ey mir wird kalt, lass mal weiterfahren", jammerte Timo, was berechtigt war, denn November war kein perfekter Monat für lange Fahrradausflüge, aber John fiel eine Lösung ein:
"Wir könnten ins Clubhaus gehen, da krieg ich Freibier, vielleicht gibts da auch Freitee."
"Freitee gibt es nicht, das Wort gibts ja noch nicht mal!" behauptete Sepp, aber er irrte sich.
"Doch Süßer, für dich gibts auch Freitee, und für

deine Freunde gleich mit, du kommst ja so selten, da gleicht sich das mal aus", sagte Diana und holte heißen Clubhaustee aus der Küche. Sepp und Timo sahen ihr von ihrem Tisch am Fenster mit Blick auf die leeren Fußballfelder dabei zu und feixten.
"Süßer, gib doch mal den Zucker rüber!"
"Ihr wolltet doch schöne Fraün sehen, oder?" verteidigte sich John, der tatsächlich ein bisschen rot geworden war, als Diana ihm beim Eintreten den Arm um die Hüfte geschwungen und sich gefreut hatte. Dann erzählte er von seinem Zusammenstoß mit dem Trabbi, der Nachmittag verging sehr angenehm und um 18 Uhr verabschiedeten sie sich am Bahnhof.
"Ich komm Weihnachten nach Hamburg", sagte John, "grüßt Gerri und die anderen von mir."
"Weihnachten spielen Inchtabokatables im Kaiserkeller", sagte Sepp.
In Leipzig wurde es nun immer kälter und winterlicher.

JOHN 3

John
Häuser, Häuser, überall Häuser, und alle voll mit Menschen. Oder sind die nicht alle voll? Wahrscheinlich nicht. Leipzig ist eher einviertel leerstehend... Weshalb dann wohl trotzdem weiter-

gebaut und weiter saniert wird? Da verdient sich irgendwer eine goldene Nase mit! Zementhersteller müsste man sein, oder Wasserleitungsfabrikant. Ob die Hä user alle mal voll waren? Zu Gründerzeiten? Wohnungsnot, das ist doch ein DDR-Wort. Und Plattenbau auch. Hab ich in Lößnig gesehen, eine Platte neben der anderen, und Thorsten sagt, es gibt hier ganze Viertel nur aus Plattenbau, aus *saniertem* Plattenbau! Da lob ich mir mein schönes, altes Eckhaus. Viel wohnlicher. Thorsten sagt auch, Leipzig hätte noch nicht mal 500.000 Einwohner, soundsoviel Prozent weniger als Hamburg, das hätte den positiven Effekt, dass man sich erstens ruckzuck eine Wohnung aussuchen und zweitens sich über den Weg laufen könnte. Stimmt wirklich, sogar ich treffe zufällig Bekannte. Das ist sehr angenehm, denn manchmal hat man auch das Gefühl, nur von Gesocks umgeben zu sein, watt laufen hier zum Teil für obernervige Leute rum! So die graue Masse, mit der man gar nichts zu tun haben möchte - also manchmal. Meistens sind sie mir ja egal, diese unwichtigen, grauen Mitmenschen in ihren teilnervigen, teilsanierten Altbauwohnungen... Hier ist viel nur ein Teil, teilnervig passt gut dazu, finde ich.

John hatte Thorsten zufällig beim Araber getroffen, wo er Fladenbrot kaufte und die Wasserpfeifensammlung bewunderte. Thorsten hatte schon einen Einkaufskorb vollgepackt, als John ihn grüßte.
"Großeinkauf?"

"Könnte man sagen, ich bin ja nicht so oft hier, da muss ich das ausnutzen. Bei uns in Gohlis gibts kein´ Araber."
John schielte auf die Gewürze, Päckchen und die 2-Literdose Oliven in Thorstens Korb.
"Kocht bei euch jemand arabisch?"
"Jenny ist Koch, aber eigentlich experimentieren wir bloß."
Sie bezahlten. Thorsten verzog keine Miene unter seinem schweren Rucksack.
"Normalerweise fahr ich ja Rad, aber nach Paunsdorf raus ist Straßenbahn doch besser. Da is´n Forschungszentrum, das TROPOS, und ich muss da jetzt ab und zu hin."
"Kannst gerne mal bei mir vorbei kommen, mit oder ohne Oliven", bot John an. "Falls der Rucksack mal zu schwer wird."
"Ja, ja, warum nicht!" meinte Thorsten. "Oder ich lad dich ein, falls Jenny mal was Leckeres kocht."
"Ich geh jetzt nach Hause und mach mir Tzatziki", verkündete John und Thorsten lachte.
"Auch was Feines! Oh da kommt meine Bahn!"
"Tschüß", sagte John und staunte, dass Thorsten mit dem schweren Rucksack der Straßenbahn scheinbar mühelos entgegenspurten konnte. Forschungszentrum, dachte er, Physiker sind gut drauf! Er sah zu, wie Thorsten in den Waggon kletterte. Gut drauf, aber abartig angezogen! Das war ihm vorher gar nicht aufgefallen, und im Grunde waren Klamotten ja auch nebensächlich, aber eine lila Jacke zu Hosen in undefinierbarem Rot war doch ziemlich geschmacklos. John schlenkerte mit seiner Fladenbrottüte. Egal. Ne-

bensächlich. Wie so vieles. Wie vorhin im Penny zum Beispiel. Da hätte er sich nicht so aufregen dürfen, denn was ging ihn die völlig nervige Pennykundschaft an? Supermärkte mit Produkten in Kartons waren ihm eigentlich symphatisch, weil man in denen zur Not ein Meerschweinchen unterbringen konnte, aber heute Vormittag war ihm im Penny einfach alles gegen den Strich gegangen. Was für ein Stress. Das Schlangestehen hatte sehr an seinen Nerven gezehrt, er hatte plötzlich alle Mitstehenden gehasst, und dann war die Kassiererin auch noch in Tränen ausgebrochen, der Supermarktleiter musste kommen, ein schnapsgesichtiger Kunde bekam Hausverbot, und als John endlich mit seinen Einkäufen draußen stand, beschloss er: "Nie wieder." Jedenfalls nicht vormittags. Dass man auch immer einkaufen musste... aber er hatte schon beim Aufwachen Lust auf Tzatziki gehabt, *selbst*gemachtes Tzatziki, und dieses Projekt verfolgte er seitdem hartnäckig. Bisher hatte er zusammengetragen: Quark, Gurke, Knoblauch, Petersilie, Schnittlauch, Fladenbrot - er klopfte bei Angelo.
"John! Welche Überraschung!"
"Äh, hi Angelo Hast du mal´ ne Knoblauchpresse für mich?"
"Jaaa, so etwas besitze ich -"
"Und eine Schüssel bitte auch, ich bin nicht richtig ausgerüstet, fällt mir gerade ein."
"Was hast du vor, wenn man fragen darf?"
"Ich hab Bock auf Tzatziki."
"Das kann man kaufen."

"Aber selbstgemachtes schmeckt viel besser. Ich mach Tzatziki immer selbst."
"*Das* hätte ich nicht erwartet! Wie groß soll die Schüssel denn sein?"
"So...." John formte mit den Händen eine Luftschüssel.
"Das wird ja ein Wochenvorrat Tzatziki!" rief Angelo und brachte das Gewünschte.
"Willst du was abhaben?" fragte John.
"Ach, nein Danke. Danke Danke nein."
"Dito", sagte John nickend und dachte, dass Knoblauchpresse ein gefährliches Wort war, man brauchte sich nur bei einem Buchstaben zu versprechen, und schon hatte man den Salat und womöglich Ärger mit dem Nachbarn. Er schüttelte sich. Nur das nicht, und sagte zu Ozzy: "So. Alles der Reihe nach. Zuerst Musik an, dann den Käfig sauber machen, und dann Tzatziki. Händewaschen nicht vergessen. Mann hab ich Kohldampf!" Zehn Minuten später stand John in der Küche und "kochte", das heißt, er rührte, schälte und schnitt. Die Gurkenschalenstreifen verschwanden zwischen Ozzys Zähnen wie Äste, die in einen Häcksler geschoben werden. Im Hintergrund lief der Kruder- und Dorfmeister Mix, den er in der Mädchen-WG aufgestöbert und ausgeliehen hatte, die Stimmung war friedlich, entspannt und überhaupt bestens, da klingelte das Telefon.
"Scheiße", sagte John, "wer stört."
Immer diese Unterbrechungen, aber wenn er nicht abnahm, störte das Klingeln... Er seufzte schicksalsergeben, fragte sich eine Sekunde

lang, ob ein Anrufbeantworter sinnvoll wäre, aber er hasste die Dinger, und hielt sich den Hörer ans Ohr.
"Ja!"
"Hallo. Äh, John? Bist du das?"
"Jaa?" sagte John wieder und roch die Knoblauchreste unter seinen Fingernägeln.
"Eh, Alter, hiers Torben, von früher, erinnerst du dich?"
"Ja", sagte John nun schon zum dritten Mal und etwas bestimmter: "Wie gehts?"
"Haaä, ja darum gehts grade..." Torben flüsterte am anderen Ende der Leitung, und John musste sich anstrengen, um den hastig hervorgesprudelten Bericht einigermaßen zu verstehen, war jedoch nach drei Zwischenfragen im Bilde.
All die Jahre, als John und Timo andere Wege eingeschlagen hatten, hatte sich Torben weiterhin wohl gefühlt bei den Reds. Und war seit einem halben Jahr mit einer Frau zusammen, deren kleine Tochter ihn sogar akzeptierte und bei der er am liebsten einziehen würde, die sich nun aber leider leider als Angehörige einer rechten Skinheadgruppe entpuppt hatte.
"Was?!" hatte John ungläubig gerufen. "Bist du blöde? Sowas merkt man doch vorher!"
"Nee", hatte Torben verzweifelt gebrummt, er stiege da langsam auch nicht mehr durch, die einen sähen so aus und die anderen so, die Aufnäher würden auch immer kleiner und bei Frauen sei die Gruppenzugehörigkeit und die politische Einstellung sowieso viel schwieriger zu erkennen, wenn sie sich nicht die typische Skin-

headfrisur verpassten, die ja nun wirklich abstoßend aussähe. John war derselben Meinung. Wie dem auch sei, hatte Torben geflüstert, er würde jetzt auf jeden Fall von beiden Seiten verschrien, verleumdet, geächtet. Für die einen sei er ein Verräter, für die Rechten ein Spion, seine Freundin hätte mit ihm Schluss gemacht und auch zu Hause hätte er keine Ruhe mehr, denn irgendwie hätten sich da alle total reingesteigert und wollten ihn fertig machen, ausstoßen, bestrafen.
"Aus einer verdammten Fliege machen die einen Elefanten!" hatte Torben geschimpft, "Mücke", hatte John gesagt und gefragt, was *er* mit alldem zu tun habe. Torben druckste herum.
"Kannstes nochmal sagen?" fragte John, dem der Magen knurrte.
"Kann ich - äh, könnte ich 'ne Zeitlang bei dir unterkommen? Mir hängt der ganze Kram hier sowas von zum Hals raus..."
"Und da musst du ganz bis nach Leipzig?"
"Ey ich kenn sonst niemanden, der woanders wohnt! Ich muss mal weg aus Hamburg! Verstehste."
"Hmpf", machte John, weil er am liebsten nichts verstehen wollte und keine grosse Lust auf Torbenbesuch hatte. Er wollte endlich, endlich Tzatziki mit Fladenbrot essen, dieser Wunsch überwog schließlich, und um das störende Problem aus der Welt zu schaffen, momentan wenigstens, sagte er zu Torben "Na gut, dann komm halt", diktierte seine Adresse und legte auf. Eine Sekunde lang stand er mit geschlossenen Augen

vor dem Telefon, dann seufzte er tief einatmend, hustete und versuchte, den Anruf zu vergessen. Auf! An die Arbeit!

Das Telefon klingelte erst wieder, als John seelig mit Tzatziki erfüllt und glücklichen Gedanken nachhängend da saß. Wolf war dran. Die Angelegenheit eines neuen Programmierauftrages war schnell erledigt und die Eckdaten besprochen, und John wollte schon auflegen, da sagte Wolf noch einen entsetzlich langen, verschachtelten Satz, in dem wiederholt die Wörter Krise, Problem, Wirtschaft und Euro vorkamen.
"Äh", sagte John lahm, "und was hat das mit mir zu tun?"
"Bist du schwer von Begriff John?" quakte Wolf am anderen Ende der Leitung. "Die Eurokrise betrifft uns alle!"
"Ist doch noch gar nicht soweit, was regst du dich so auf!"
"Sie wird auch *dich* betreffen", unkte Wolf mit Grabesstimnme weiter. "Sieh dich rechtzeitig nach zusätzlichen Einnahmequellen um!"
John sah sich in seiner Wohnung um. Sorgte sich auch ein wenig, putzte hier und da, packte einen Sack für den Waschsalon und blätterte in seinen Computerhandbüchern ("Fortbildung" nannte er das), bis Ines ihn aus den Gedanken um seine finanzielle Zukunft riss. Sie klopfte, er öffnete.
"Hi Ines!"
"Hiiiii - ah riechts hier gut, lass mich schnell rein..."
"Ich hab grad geputzt", sagte John stolz, aber

Ines ging nicht weiter darauf ein.
"Bei uns stinkts nach Fisch! Seit Katja mit diesem Fischverkäufer zusammen ist, schleppt sie andauernd was von dem an und verpestet mit ihrem Bratfisch die ganze Wohnung. Und ständig lüften geht auch nicht, ist zu kalt draußen!"
"Bierchen?" fragte John, der auch eins wollte.
"Ach ja, gib her", seufzte Ines, schleuderte ihre bolivianische Ohrenklappenmütze in eine Ecke und setzte sich leicht verwuschelten Hauptes neben die Anlage.
"Jetzt *hab* ich´n Tisch und du setzt dich trotzdem auf den Boden!" klagte John.
"Ups", sagte Ines. "Alte Gewohnheit. Was mach ich bloß wegen Katja..."
John kam mit einer Flasche Bier und zwei Gläsern aus der Küche, gefolgt von Ozzy, und hatte die rettende Idee:
"Sag ihr doch einfach, sie soll Fisch*salat* mitbringen, der stinkt nicht. Heringsalat oder sowas."
"Ah! Oh toll!" Es fehlte nicht viel, und Ines wäre ihm um den Hals gefallen, aber sie hatte die Beine jetzt unter den Tisch gestreckt und jubelte deshalb nur mit hochgerissenen Armen.
"Genial John! Und ich werd ihr auch einreden, dass zuviel Bratfisch Pickel macht, ja, sehr gut."
"Prost."
"Prost."
"Wo ist hier überhaupt ein Fischhändler?"
"Eine Straßenbahnhaltestelle weiter. Der Verkäufer sieht auch super cool aus, aber naja."
"Vielleicht haste mal´n Tip für *mich*, denk mal nach für mich, ok? Ich brauche eine zusätzliche

Einnahmequelle."
Ines starrte ihn mit einem Blick an, als trüge sie eine Lesebrille auf der Nasenspitze, dann runzelte sie die Stirn und kippelte mit dem Stuhl. John wartete. Dann grinste Ines.
"Meine Mitfahrgelegenheit neulich, als ich nach Hause gefahren bin, also der hat die ganze Zeit von Internet und Emailadressen und Copyright und sowas geredet."
"Ja?" meinte John freundlich.
"Und dass er sich schon die Rechte für mehrere homepage-Namen gesichert hat, so pippieinfache, xxx, xyz, Mannundfrau.com und sowas... und die wollte er dann weiterverkaufen. Ob das jetzt so toll ist, weiss ich nicht, aber Internetseiten, die könntest du doch auch machen. Oder kannst du das etwa nicht?"
"Do-hoch, das kann ich!" John lächelte erfreut und Ines klatschte entzückt in die Hände.
"Yehey! Top! Zukunft gesichert!"
Zucker, dachte John, und prostete Ines zu.

Bis spät in die Nacht saß er wach und überlegte, tüftelte gedanklich an fiktiven Internetseiten herum, machte eine Liste möglicher Interessenten, dachte auch an Ines, vergaß den freilaufenden Ozzy und wankte schließlich gegen 2 Uhr ins Bett.
Dementsprechend lange schlief er und träumte aufs angenehmste, als es um 12 Uhr an seine Tür klopfte. Sehr hartnäckig und weckerersetzend klopfte dort jemand, was John aufwachen und auf machen ließ. Torben stand im Treppenhaus.

"Moin!"
"Baah!" John fuhr sich mit den Händen durch die Haare und zog verdattert die Boxershorts höher.
"Torben! Äh, schon da, Mensch..."
"Hab´n Nachtzug genommen, über tausend Dörfer, und ewig viele Regionalbahnen."
"Na denn komm rein!" John schlug die Arme um sich, im Treppenhaus war es kalt, die Bettwärme verflogen, nun musste der Tag wohl beginnen.
"Machs dir bequem, ich geh eben pinkeln."
"Komische Wohnung", meinte Torben, als John wiederkam und den Ölheizer anstellte. "Klo ist draußen und Duschen ist drinnen?"
"Genau", seufzte John. "Kaffee?"
"Nee Danke." Torben saß wie bestellt und nicht abgeholt am Tisch. Er ähnelte einem Wehrdienstleistenden auf Heimaturlaub, der das letzte Manöver schlecht überstanden hat und zu Hause nicht weiss, was er machen soll. Sein linkes Ohr war verpflastert und unter dem Milimeterhaarschnitt ein dicker Kratzer zu sehen. Er trug eine grüne Bomberjacke und dieselben Stiefel wie John, nur waren seine glänzend geputzt und die Jeans darüber runtergekrempelt. Na immerhin, dachte John, aber wenn Gloria ihm begegnet wäre, hätte sie trotzdem´n Schreck gekriegt. Ungeachtet der Ablehnung stellte er einen Becher Kaffee vor Torben auf den Tisch und fragte, ob ihm jemand das Ohr abreißen wollte.
"Ja!" sagte Torben. "Heiner die Drecksau. Mann, Danke John, dass ich hier unterkommen kann, echt´n netter Zug, weisste."
"Jo", sagte John, "nu´ bleib mal hier sitzen, ich

geh eben duschen."
Torben grinste. "Nä , bin ja kein Spanner."
"Dein Glück", brummte John und verschwand mit einem Packen Klamotten in der Küche. Er duschte ausgiebig, fing Ozzy wieder ein, spendierte einen halben Apfel und zog sich an, und als er zurück ins Wohnzimmer kam, war Torben im Sitzen eingeschlafen.

Zwei vor sich hintröpfelnde Tage saß Torben in Johns Wohnung herum, tat nichts und wollte nichts, deprimierte seine Umwelt, die wetterbezüglich mit Nieselregen und John bezüglich mit Erkältung ihren Teil zur schlechten Laune beitrug, und als John wirklich mit allen Gastgeberweisheiten und aller Sorgentelefonbereitschaft am Ende war, hob Torben Gottseidank den Kopf und sagte:
"Ich weiss auch nicht, ich hab voll Bock auf Ravioli. Gehn wir irgendwo essen, ich lad dich ein."
John zögerte keine Sekunde und schleppte Torben ins Don Filippo. Dort tranken sie zum Aufwärmen einen Grappa an der Theke, auf der heute ein altmodischer, hässlicher Fernseher stand. John erinnerte sich an das, was Ines ihm erzählt hatte, und als von einem kleinen, drahtigen und schnauzbärtigen Mann, der die Expressomaschine bediente, die Frage kam: "Wärrr gewinnt?", wusste John sofort die richtige Anwort: "Neapel!"
"Mm, guttt", schnurrte der Schnurrbartherr und lächelte wohlwollend.

"Nett hier", sagte Torben, als sie wenig später an einem Tisch vor doppelten Portionen Ravioli mit Sauce saßen, und dann redeten sie erst wieder, als davon nichts mehr übrig und sie selber absolut satt waren.
"Oh oh oh", stöhnte Torben, "das war jetzt gut, ich konnte dein Tzatziki echt nicht mehr sehen."
John lachte als Antwort bloß, denn Torben hatte recht. "Was hast du jetzt vor?" fragte er und schob die Hände in die Einteilertaschen, um sie auf den vollen Bauch zu legen.
Torben schien nach den letzten zwei Tagen und den krönenden Ravioli wie ausgewechselt, als wäre er aus dem Dämmerzustand aufgewacht.
"Ich hab mir das so gedacht", begann er, "ich bleib in Leipzig ("Schockschwerenot", wäre es John beinahe entfahren, weil er sich einen Dauergast in seiner Wohnung vorstellte), ich such mir ´n Job und ´n billiges Zimmer, und vielleicht mach ich auch ´ne Umschulung oder sowas."
John war beeindruckt. "Das wird ja ´n neues Leben! Das hast du dir so ausgedacht, ja?"
"Ja!" sagte Torben trotzig. "Mir steht dieser ganze Gruppenkram bis hier!" Er fuhr sich halsaufschlitzend mit dem Handrücken über den Adamsapfel. "Wenn man noch nicht mal ´ne Freundin haben kann, nur weil sie seit eh und jeh dem rechten Gedankengut verfallen ist und das auch noch für sich behält -"
"Was ja nicht unbedingt *für* die Freundin spricht", warf John ein, aber Torben redete weiter: "Und dann auch dieser Mist von wegen englische Arbeiterklasse und Jugendrebellion und wer sah

zuerst wie aus... Mist alles. Ich lass mir jetzt die Haare wachsen. Du hast dich ja auch ziemlich verändert! Biste kein Red mehr."
"Nee ach ich bin schon seit Jahren nicht mehr dabei. So ist weniger Stress."
Sie schwiegen eine Weile zufrieden, bis John fragte: "Was bist du eigentlich nochmal?"
"Wie, was bin ich, Beruf meinste? Schlosser. Aber ich wär lieber was anderes, glaub ich."
John fiel bei dem Wort Schlosser sofort die Reginenstraße 16 mit ihren verbarrikadierten Türen ein.
"Also such dir schnell´n Job, ´ne billige Bleibe weiss ich für dich! Die müsstest du dir nur erst aufschließen, aber das wird ja wohl kein Problem sein?"
"Ja? Na super."
"Zwei nette Mädels wohnen da auch in dem Haus", erzählte John weiter, "bei denen hab ich schon mal Lasagne gegessen."
Torben grinste übers ganze Gesicht. "Morgen hab ich´n Job."

Er hatte sogar zwei, als er am folgenden Abend in Johns Dachwohnung zurückkehrte. Von 6 bis 8 Uhr würde er bei Penny die Regale auffüllen und von 15 bis 19 Uhr bei Carwash die Autowaschanlage bedienen.
"Sowas kannst du?" staunte John.
"Nee, aber das sind nur´n paar Knöpfe, wird schon gehen", meinte Torben und streichelte Ozzy, der versuchte, in Torbens Ärmel zu kriechen.

"Watt´n spilleriges Vieh!"
"Ja, das liegt daran, dass er kein Weibchen hat, da braucht er sich keinen imponierenden Machospeck anzufressen."
"Wie wir!" kicherte Torben.
"Hm. Ey wenn du so´n Jobsuchwunder bist, dann haben wir mit dem billigen Zimmer sicher auch Glück. Ich rufe eben mal bei den Mädels an."
"Du kannst es kaum erwarten, mich los zu werden", grinste Torben, "aber mach man. Ist ja auch richtig."
Ozzy hatte es inzwischen geschafft, sich in Torbens Bomberjackenärmel zu drehen und den Kopf durch das ausgeleierte Bündchen zu stekken, wo er nun an Torbens Hand schnupperte, und John war fast ein bisschen eifersüchtig. Na ja, egal, alles war besser als dieser antriebslose Sack, als der Torben hier vorher herumgesessen hatte. Er wä hlte, wartete, dann nahm Enit ab.
"Hi. Wer - Nein! Ey nee! Ich darf auch mal telefonieren!"
"Äh", machte John und guckte besorgt den Hörer an, aus dem weiter Enits aufgebrachte Stimme klang.
"Doch! Ist wohl war! Mann Hellen geh weg! *Ich* telefoniere jetzt!"
Pause. "Hi, hier ist Enit, wie gehts?"
"Hallo Enit, hiers John. Habt ihr Stress oder was."
"Ach so du bist das. Ja, hi, äh - wir zoffen uns gerade."
John hörte, wie eine Tür zugeknallt wurde.
"Hellen nervt total. Seit sie diesen Tyen auf dem My Dying Dingsda Konzert kennengelernt hat,

fährt sie andauernd nach Halle und hört seine abscheuliche Musik, du glaubst nicht, was ich hier mitmachen muss!"
"So schlimm? Und ich wollte bloß fragen, ob ich euch mal meinen Kumpel Torben vorbei schicken kann, der sucht nämlich ´ne Wohnung, und bei euch ist doch soviel frei."
Enit schnaufte. "Frei ist überall, halb Leipzig ist doch noch zu haben, aber wenn er ausgerechnet bei uns Hausbesetzer spielen will, bittesehr."
"Na dann kennt er gleich jemanden, ist doch netter."
"Schick ihn her", seufzte Enit, "am besten Morgen, früher Vormittag, dann kann er das Haus bei Licht inspizieren. Du hast ihm doch gesagt, dass er die Türen aufbrechen muss? Also die eine Wohnung ist offen, aber da sind´n paar Fensterscheiben kaputt, da würde ich nicht einziehen."
"Aach, der Torben ist ganz anspruchslos, und außerdem ist er Schlosser, für den ist eine verschlossene Tür kein Hinderniss."
Enit lachte. "Ja na dann. Vielleicht wirkt er ja auch beruhigend auf meine liebe Mitbewohnerin."
"Jo. Ok tschüß dann!"
"Chau, bis morgen!"
"Alles klar?" fragte Torben.
"Alles super", sagte John, "morgen Vormittag gehts los."

An besagtem Morgen wartete John an der Straßenbahnhaltestelle auf Torben, der seine Schicht bei Penny angetreten hatte und sie verspätet um 8 Uhr 30 beendete. John war, zum

Trost dafür, dass er mit Torben Straßenbahn fahren musste, vorher beim Bäcker in der Mariannenstraße gewesen und drückte seinem Kumpel nun eine weiße Papiertüte in die Hand.
"Hier, zweites Frühstück."
"Oh, Dankeschön. Was isses denn?"
"Spandauer."
"Wenn du das sagst..."
Torben steckte seine Nase in die Tüte, und als er wieder aufblickte, sah er aus, als wäre er auf einem seelig machenden Trip.
"Jaja ich weiss!" freute sich John und wollte eben anfangen, von seinen Leipziger Entdeckungen zu berichten, da wurden sie von einer jungen Frau angesprochen, die gar nicht mal schlecht aussah, aber doch deutlich älter als sie beide war.
"Hallo, hallo Jungs, sagt mal kenn ich euch nicht aus dem Swingerclub?"
John war kurz verdutzt und Torben viel zu sehr mit dem Spandaür beschäftigt, um überhaupt eine Antwort geben zu können, dann schüttelten sie aber doch die Köpfe und John meinte lächelnd "Nee", sie würden sich nicht kennen.
"Na denn, mir war so", grüßte die Frau verabschiedend und fuhr mit einer der neuen gelben Bahnen davon. John lachte vor sich hin.
"Mann was war *das* denn!"
"Verrückt die Alte", meinte Torben, "und was ist ein Swingerclub? Was mit Musik?"
"Keine Ahnung", brummte John. "Ey du hast Zuckerguss im Gesicht! Ah!" Er lachte noch mehr, während Torben grinsend an sich herum wischte und meinte: "Wie in der Werbung. Erinnerst du

dich nicht? In so 'ner coolen Bar fragt die coole Frau den coolen Mann: Du sag mal bist du nicht Thomas? Und weil er sonstwas benutzt sagt er einfach "Ja", obwohl ers nicht ist, und alles ist super. Weisst du nicht mehr?"
"Haha, na ich glaub es war schon ganz richtig, dass wir gesagt haben, dass wir *nicht* Thomas sind, was." Hossa! So fing der Tag gut an!
Sie erreichten die Reginenstraße ohne weitere Zwischenfälle und klingelten bei Hellen und Enit. Zusammen entschieden sie, dass die Wohnungen im obersten Stock ausfielen, weil sie zu nah an dem Tauben verseuchten Dachboden waren, und zwei andere kamen ebenfalls nicht in Frage, weil sie zum Teil kaputte Fensterscheiben hatten, so dass Torbens Wahl schließlich auf die ehemalige Hausmeisterwohnung im Erdgeschoss fiel.
"Wenn da man der Fußboden nicht zu kalt ist", wandte Enit ein.
"Ja soll er bei *uns* einziehen?" raunzte Hellen, die immer noch sauer auf ihre Mitbewohnerin war, was Enit jedoch ignorierte.
"Na ja, immer wenn Tino nicht da ist..."
Torben inspizierte derweil die auserwählte Tür.
"An die Arbeit, Herr Schlosser!" sagte Hellen und staunte, als Torben sein Taschenmesser nahm und ruckzuck das Schloss aus der Tür schraubte. Er verpasste ihr einen gezielten Fußtritt, schraubte zu Ende, trat wieder zu und die Tür ging auf. Dahinter lag Dunkelheit.
"Brrr", sagte Hellen, "ich geh da nicht rein. Haben wir keine Taschenlampe?"
"Doch, in der Anrichte hinter den Cornflakes", ant-

wortete Enit tonlos, die wie gebannt ins Schwarz der Hausmeisterwohnung starrte. Hellen rannte los, kam sofort wieder und leuchtete.
"Ey easy!" sagte Torben. "Mach hier kein Diskogezucke, gib mal her." Er entwendete Hellen ihr Spielzeug und ging voraus. John tapste hinterher. Die Mädchen sahen sich an, waren so klug, in dieser heiklen Situation ihren Streit zu begraben, hakten sich unter und stellten sich den Gefahren einer verlassenen, dunklen Wohnung gemeinsam. Hinter der Schwelle hielten sie schon wieder an. Hellen tastete an der Wand rauf und runter.
"Vielleicht ist hier ein Lichtschalter - ja hier!"
Es knipste und knackte, aber der Schalter war kaputt oder der Strom abgestellt.
"Wo sind die Jungs?" flüsterte Enit.
Hellen kicherte. "Los, wir gehen vorsichtig weiter."
Torbens Lichtkegel kam auf sie zu und jemand nieste fürchterlich.
"Heh Mädels", sagte Torben.
"Halt die Lampe doch mal nach oben, dann können wir alle was sehen!" forderte Hellen, was Torben auch tat, er leuchtete an die Decke. Der kleine Raum war völlig leer und staubig, John nieste schon wieder und steckte Enit damit an.
"Ihr wirbelt zu viel Staub auf!" beschwerte sich Torben. "Ich such jetzt mal die Küche."
Zehn Schritte Dunkelheit weiter standen sie andächtig vor einem bulligen grün-braunen Kachelofen.
"Ok, das hier wird mein Zimmer", sagte Torben schließlich, "und da ist auch ein Fenster."
Mit vereinten Kräften und viel Kichern gelang es

ihnen, das Fenster zu öffnen und die Läden aufzustoßen, da lag der Hinterhof vor ihnen. Es gab einen Wasseranschluss ohne Wasser und eine Toilette ohne Spühlung, drei Kleiderhaken an der Wand und einen wackeligen Stuhl, aber Torben war zum Einzug bereit.
"Und wo willst du schlafen?" wunderte sich John, der an sein Klamottennest aus den ersten Leipziger Nächten dachte.
"Schlaf halt in Tinos Bett, solange der noch auf Zypern ist", bot Hellen großzügig an, und fügte hinzu: "Und benutz unser Klo, solange du noch kein Wasser hast..."
"Na toll", nölte Enit, "jetzt zieht er *doch* bei uns ein?"
"Keine Panik und keinen Streit bitte", beschwichtigte Torben die Gemüter, "ich krieg das schnell gebacken und dann merkt ihr gar nicht mehr, dass ich da bin."
"Na so wars nun auch wieder nicht gemeint. Übriegens ist im Keller die Kohle für den Ofen, im, äh, Kohlenkeller. Hab ich neulich gesehen, als wir unseren Heizöltank aufgefüllt haben", erklärte Hellen.
"Du traust dich in den Keller?" Enit starrte die Freundin entgeistert an.
"Na irgendwer muss ja die Drecksarbeit machen!"
"Oooh..."
"Ja da staunst du..."
"Ich werd nur das Ofenzimmer und die Toi benutzen", überlegte Torben laut. "Ich kauf mir Besen und Schaufel, ich schließ den Strom wieder an und melde mich bei den Wasserwerken. Und

ich besorge eine Campingkochplatte..."
"Willst du meine paraguayische Hängematte ausleihen?" fragte Enit. "Dann brauchst du kein Bett!"
"Können wir die Besprechung nicht oben bei uns in der Küche fortsetzen?" schlug Hellen vor. "Ich koch auch was."
"Oh ja los!" freute sich Enit und schob die Jungs vor sich her. "Rauf! Rauf zu uns!"

Eine Woche später rief John bei Hellen und Enit an, um sich nach Torben zu erkundigen, ob er noch lebte oder erfroren sei. Sein ehemaliger Redskin-Kumpel hatte vor sieben Tagen seinen Penny-Job so schnell geschmissen wie er ihn bekommen hatte und sich ganz in das Projekt Wohnungsbesetzung gestürzt. Enit erzählte, Torben hätte nur zwei Nächte in Tinos Bett geschlafen und gelegentlich mitgegessen, danach wäre wohl alles geregelt gewesen.
"Erstaunlich", meinte John, "der Kerl ist ja´n richtiges Besetzertalent! Und was treibt ihr so?"
Er war in Telefonierlaune, wollte insgeheim aber auch, dass sich jemand nach *ihm* erkundigte.
"Och, ich sitz hier rum und lese", erzählte Enit, "und Hellen ist mit Martina in die Blechlampe gegangen. Die Martina wird ihr hoffentlich diesen Halle-Typen ausreden."
"Was ist denn die Blechlampe?"
"Kneipe, in Plagwitz, mir ist die zu, zu, na! Zu gemütlich vielleicht, nicht poppig genug, aber die schenken da Jever aus und Hellen steht auf das bittere Zeug. Mit Martina hängt sie da öfter rum. Christina, auch ´ne Freundin von uns, aus Por-

tugal, die ist von Jever sogar schon mal ohnmächtig geworden! Zack lag sie auf dem Tisch! Allerdings hat Christina auch Alkoholallergie, da war das zu erwarten... Und was machst du so?"
John lächelte zufrieden und berichtete von seiner neuen Karriere als Internetseitengestalter, für Don Filippo, für den Fußballclub, für den Tier-und Pflanzenladen...
"Ach", sagte Enit, "nett, was du nicht alles machst... Haste Lust, auf'n Konzert mitzukommen? La Vela Pürca in der mb, morgen Abend."
"Was spielen die?"
"So Latin Ska."
"Ömmm...na gut ich komm mit."

John, der Dank seiner neuen Kunden so beschäftigt wie gut bei Kasse war, nahm sich diesen Winter auch für weitere Konzertbesuche Zeit .
"Winter ist in Leipzig Konzertsaison", behauptete Enit und drückte John seine Karte für Die Cheerleader in die Hand.
"Und Frühjahr auch und Sommer auch..." sinnierte Hellen, die ebenfalls mitgehen würde. "Nur im Herbst ist merkwürdig tote Hose, wahrscheinlich sind da alle zu sehr mit ihren Reformationsbrötchen beschäftigt."
Torben schnaufte an ihnen vorbei. Er kam aus dem Keller und trug zwei Eimer Kohlen. "Moin!"
"Hallo, hi!"
Er verschwand in seiner Wohnung, die sich mit der Hängematte neben dem Ofen in eine angenehme 1-Zimmer-Höhle verwandelt hatte.
"Wo treffen wir uns?" fragte John.

"Gegenüber vom Konzert! Ich hab vergessen, wie das da heißt, Neue Szene oder so, das Haus mit dem Eingang in der Mitte wo die Stufen hoch führen! Kannste nicht verfehlen."
"Man kann da auch Billiard spielen", fügte Enit hinzu.
"Mensch hör mir bloß auf mit Billiard!" stöhnte John. "Das gibts ja wohl überall! Und du, du spielst super gut oder was?"
"Nee gar nicht", kicherte Enit, und Hellen lachte auch: "Keiner kann das richtig spielen, aber alle findens toll, dass Billiardtische da sind!"
"Ines spielt gut", meinte John.

Von Ines hatten sie in letzter Zeit wenig gehört, weil sie viele Unisachen erledigen und organisieren musste und außerdem einer neuen Sportart verfallen war, die sie nun zusätzlich zu ihrem Volleyballtraining betrieb: Frisbee. Eigentlich ein Sommersport, aber die Anfänger trainierten trotzdem in einer Unisporthalle, um im Sommer richtig fit zu sein. Ines hatte unschlüssig in der Musikalienhandlung Ölsner vor den Reihen mit CDs gestanden, wo sie für ihre Mutter ein Weihnachtsgeschenk suchte (der Thomanerchor singt Weihnachtslieder, so etwas wurde in Hamburg gewünscht), als sie angesprochen und darauf aufmerksam gemacht worden war, dass man CDs auch hervorragend zum Frisbee spielen benutzen könnte, falls einem 36 Mark für eine Frisbee nicht zu teuer wäre. Grinsend ob der Vorstellung hatte Ines gefragt, wer denn wohl besser fliegen würde, der Thomanerchor oder Die Prinzen, und nach nur fünf Minuten hatte der junge Mann sie auch zum Frisbeetraining überredet.

"Nils heißt der", erzählte Ines, als sie Samstagmorgen bei erstem, zarten Schneefall in der Bäckerei unten im Haus stand und mit John Kaffee schlürfte. So konnte sie ihren Aufenthalt im Warmen verlängern, in der Mädchen-WG war nämmlich die Heizung kaputt und Frau Matthes wartete auf den Elektriker, der kam und kam nicht.

"Elektrische Heizkörper sind ätzend, würd ich mir *nie* an die Wand hängen!" grummelte Ines in ihre Kaffeetasse.

"Ha, lenk nicht ab, erzähl weiter von Frisbee-Nils!" forderte John, dem trotz des Wollpullovers, den er untergezogen hatte, das Aufwärmen in der Bäckerei sehr gelegen kam. Ines zog einen Schmollmund in die Breite, kratzte sich am Ohr, rückte ihre HSV-Fanmütze zurecht (ein idiotischeres Ding hatte John noch nie auf ihrem Kopf gesehen, und Ines hatte seit der Platzwunde *viele* Mützen getragen) und kicherte:

"Weisst du, wo Stade liegt?"

"Klar, am unteren Elblauf. Zwischen Hamburg und Glückstadt. Wieso?"

"Das *weisst* du?!" rief Ines entgeistert. "Du bist ja richtig gut! Der Nils hat sich darüber aufgeregt, dass ich als Hamburgerin nicht wusste, wo Stade liegt, da kommt er nämlich her. Echt, als ob das so wichtig wär..."

"Und?"

"Und er spielt Klavier, und Frisbee eben."

"Und du findest ihn toll", feixte John.

"Gar nicht find ich ihn!" rief Ines. "Oh guck, da kommen Gloria und das Simón-Baby."
"Hallo Gloria! Heh Sim!"
"Oi", sagte Gloria verschämt. "Hallo beide."
John lachte. Ines streichelte ein bisschen über Simóns Jäckchen und die Babyhand, und eine kleine Faust schloss sich instinktiv um ihren Finger.
"Oh!" freute sich Ines. "Er will, dass ich mitkomme!"
"*Willst* du mitkommen?" fragte Gloria. "Heute kocht Newet Gulasch und macht er immer zuviel wenn er macht Gulasch. Kommst du zum Mittagessen!"
"Ach prima, ja Danke! Eure Heizung funktioniert doch? Bei uns in der Bude isses lausig kalt."
"Funktioniert wie eingeschmiert", versicherte Gloria.
"Wie *ge*schmiert", meinte John.
"Willst du auch kommen?"
"Nee ich kann nicht, aber Danke auch. Ich bin heute Mittag bei Don Filippo, ich hab da ein Geschäftsessen."
"Na jetzt gehts los", schnaufte Ines. "Besprecht ihr die neuen Pizzapreise oder was."
"Nä, es geht bloß um die Filippo-homepage, denk mal an."
"Ach so ja, hatte ich ganz vergessen, dass du jetzt auch sowas machst..."
Angelo betrat die Bäckerei. "Morgen alle zusammen!"
"Morgen!" antwortete ein dreistimmiger Chor.
"Morgen eröffnet der Weihnachtsmarkt!" verkün-

dete Angelo strahlend in die Runde, dann kaufte er Mischbrot.
"Wisst ihr, was macht Newet auf dem Weihnachtsmarkt? Jedes Jahr er und alle bulgarischen Freunde trinken Glühwein zu Bratwurst. Ist *so* ekelig finde ich!"
"Buäh!" prustete Ines und konnte ihren letzten Schluck Kaffee nicht herunterbringen. "Wie abartig!"
"Was´n so schlimm daran", wunderte sich John.
"Typisch Mann! Du würdest das auch machen, aber das passt nicht zusammen, eins ist süß und das andere womöglich mit Senf und Ketchup!" Ines runzelte die Stirn. "Obwohl... oh ich kenn jemanden, ein*e*, die isst auf dem Weihnachtsmarkt immer Pferdebuletten und trinkt danach Glühwein, ja..."
Gloria streckte die Zunge raus. "Äh!"
"Ieh ja *das* ist scheußlich!" ekelte sich John. "Lass mich raten, wer das ist... Hellen?"
Ines nickte bekümmert.

FRAU MATTHES
Früher war nicht alles schlecht und auch nicht alles besser. Früher war eben anders, und ganz früher, als ich noch klein war, da war natürlich alles *ganz* anders, möcht ich mal sagen. Hm. Da ist ja ein Spinnweb am Fenster. Herr John hat diesmal etwas nachlässig geputzt... Der hat viel Arbeit, hat er mir neulich gesagt, das ist ja auch gut, und dann war dieser Besuch da. der hat mich ja ein bisschen an früher erinnert! Zwischen FDJ und Volksarmee... vielleicht täusche ich mich aber

auch, ich hab ihn mir ja nicht mit der Lupe angeguckt! Aber er gehörte bestimmt zu einem neueren Verein, das denke ich doch. Also wenn *meine* Kinder so rumlaufen täten wie manche auf den Straßen hier... würd ich denen glatt verbieten. Das hat mit früher und besser gar nichts zu tun, eine Frage des Geschmacks ist das! Viele junge Leute haben einfach keinen Geschmack. Stürzen sich auf alles, was neu ist und denken, so isses gut. Ist es aber nicht, sondern geschmacklos. Wegen zuviel Neuem sind schon Ehen kaputt gegangen und die Leute unglücklich geworden! Der Neffe von der Irene zum Beispiel, der hat sich nach der Wende auf alles geworfen, was es plötzlich gab und das hat er dann Lebenswandel genannt, mit der Zeit müsste man gehen, meinte der. Und je mehr der gen Westen strebte, um so mehr hat sich seine Frau an den Osten geklammert, und am Ende wurde die Ehe geschieden. Also wenn *ich* mal Sehnsucht nach früher habe, gehe ich zuerst zum Friseur und dann in die Willhelmsburg. Ein Damenfriseur ist das hier in unserer Straße, ein kleines Wunder, möcht ich mal sagen, dass der sich so lange halten konnte! Herbert schneidet aber auch wie kein anderer, so isses nunmal. Und die Willhelmsburg gab es schon, als ich und mein Mann damals das Haus übernommen haben, und das ist doch bestimmt fünfzig Jahre her! Damals hat immer der kleine Klaus am Ende vom Thresen gesessen und Mundharmonika gespielt, was aus dem Jungen wohl geworden ist... Früher war es sehr gepflegt in der Willhelmsburg, sehr, aber wenn ich da jetzt ein Gläschen Goldkrone trinke, nachdem ich bei Herbert war, dann gehe ich immer schnell wieder nach Hause. Eine deprimierende Stimmung... Die Trinker aus DDR-Zeiten sind nur noch betrunkener geworden, und die jüngeren Trinker sind mir genauso unsympathisch. An denen ist die Wende doch glatt vorbei gegangen, und irgendwann sitzen sie dann mit ihren Flaschen an den Müllcontainern und man schämt sich richtig, wenn man solche Mitbürger sieht. Und Bürger*innen* auch, also nein. Nein, da lob ich mir mein schönes altes Haus und die schönen neuen Mieter. Vielleicht würden die mir sogar helfen, den Schrebergarten winterfest zu machen, ich bin dieses Jahr etwas spät dran...

Die Neue Szene und Die Cheerleader waren gut gewesen, aber Willy de Ville and the Mink DeVille Band im Werk II und der Abend in der Konstanze waren besser. Enit hatte es diesmal geschafft, nicht nur John und Ines mitzunehmen, sondern auch noch Thorsten und Christina anzurufen, und Hellen, die direkt von einem ihrer Wilma-Treffen ins Werk II kam, hatte einen aus der Gruppe im Schlepptau.
"Das ist Christian", stellte sie ihn vor.
"Hi", sagte Christian und John zuckte zusammen. So eine tiefe Stimme hatte er noch nie gehört, zumindest nicht aus nächster Nähe.
Das Konzert war phänomenal, die Leipziger Fangemeinde forderte "Willy for bräsident", Willy antwortete geschmeichelt: "Oh, for president? If I were president, there would only be one law, and

it would be rock´n roll!", und anschließend mussten sie in der Konstanze zwei Tische zusammen schieben, um alle ein bisschen Platz zu haben. Das Werk II war ein stillgelegtes Fabrikgelände in Süd-Connewitz, das nach und nach multikulturell umgestaltet wurde und bereits eine Fahrradwerkstadt, eine Diskothek, einen Konzertsaal, Übungsräume und Töpferkurse beherbergte, und eben auch die Konstanze, zu schön für Kneipe und zu alternativ für Restaurant. Ein Lokal, und John übelegte, weshalb es hier so toll war, während um ihn herum über Bier und Cola geredet wurde und Christian aus Niedersachsen für Christina aus Portugal die Tageskarte vorlas. Sie war nämlich kurzsichtig und die Karte bzW. Kreidetafel schwebte hoch uber dem Thresen zwischen dicken Lüftungsrohren und Metallstreben. Die Fenster, dachte John, die Fenster sind toll. Richtig fabrikmäßig.
Unter einem entdeckte er Andy, der ihn auch gesehen hatte und nun brustrausstreckend seine Jacke auseinander hielt. "Particle verbs are good for you" las John auf Andys T-shirt und ihm blieb der Mund offen stehen. Andy hob erst den Zeigefinger, als hätte er den Geistesblitz des Jahrhunderts gehabt, um sich dann mit demselben an die Stirn zu tippen und John zu zu prosten. John grüßte zurück, als wäre er Königin Beatrix, und wurde noch enger an Christina gequetscht, als Hellen begann, in ihrem Rucksack zu wühlen und das Gesuchte schließlich in ihrer Jeansjackentasche fand: Die Willy DeVille Konzertkarte von letztem Jahr.

"The devil", grinste Christian.
"Siehst du", frohlockte Hellen, an Ines gewand, "ist das jetzt schmachtende rosa Sülze oder nicht?"
Ines lachte mit zurückgeworfenem Kopf. "Und dazu der Schnurrbart! Ok du hast ja recht, hihihi..."
Der Vorjahr-Willy räkelte sich auf Hellens Konzertkarte im weißen Rüschenhemd vor rosa Hintergrund auf einer Springbrunnenumrandung, während er am heutigen Abend im langen Cowboyledermantel auf der Bühne gestanden hatte.
"Selber schön süße, schleimige Schweinesülze samt schmachtendem Südseeschmalz, alles mit S!" freute sich Thorsten über seinen Satz, und der Abend nahm seinen Lauf. John freundete sich mit Christian an, der, wie sich herausstellte, Radiosprecher war und nebenbei Kommunikationswissenschaften studierte. John hatte gar nicht gewusst, dass es soetwas überhaupt gab, fand Christians Stimme aber äußerst Radio geeignet.
"Yeah, kann ja nicht jeder Opernsänger werden, wa", meinte der und putzte seine Brille.
Gegen Mitternacht löste sich ihre Gesellschaft auf. "Die arbeitende Bevölkerung zieht sich zurück", grüßte Christian in die Runde, in der nur Thorsten, Hellen und Christina sitzen blieben.
"Wie machen Studenten das eigentlich", überlegte John laut, "müssen die nicht am nächsten Morgen topfit in der Uni erscheinen?"
"Tun wir doch", meinte Hellen achselzuckend, und Christina grinste, die langen, schwarzen Haare zurückstreichend: "Technisches Übersetzen, 8

Uhr 30."

Dann standen sie auf der Straße, Connewitz Kreuz, eine Straßenbahn bog um die Ecke, Enit schrie, das wäre ihre, "Chau ihr Lieben", und weg war sie.
"Warum müssen *wir* eigentlich immer Fahrrad fahren", klagte Ines, "und wenn sie unterwegs einen Alkoholtest mit uns machen, falle ich auch durch!"
"Fahrradfahrer müssen doch nicht pusten", meinte Christian. "Habt ihrs weit?"
"Och bloß einmal durch die ganze Stadt..."
"Quak nicht rum. In der Dunkelheit hat man dafür das Gefühl, man führe schneller. Nu´ man los Ines!" John war aufbruchbereit und knipste Vorder- und Rücklicht an.
"Und du?" fragte Ines Christian.
"Ich wohn hier gleich um die Ecke", sagte Christian, dem überhaupt nicht kalt zu sein schien. "Bis dann also, gute Heimfahrt!"
"Jeh", seufzte Ines, wickelte sich den Schal um die Kapuze und trat in die Pedale.
Die Karl-Liebknecht-Straße führte sie zielgerade bis ins Zentrum. Unterwegs spielte Ines den Fremdenführer.
"Links ist das Josephine, sehr hübsch, rechts das Flower Power, und da vorne hinter dem Baugerüst ist ein phantastischer Käseladen, Monsieur Fromage. Haste schonmal grünen Salbei Cheddar gegessen?"
John grinste von einem Ohr zum anderen: "Wensleydale."

Ines bremste scharf. "Stilton?"
"Oh, we forgot the cracker!" rief John.
"Wer hätte gedacht, dass du Wallace and Gromit kennst!" lachte Ines. "Cool."
"Doooch, Bergedorfer Open Air Kino. Johanna hat uns da alle hingeschleppt."
Sie fuhren gutgelaunt weiter, jeder hing seinen Gedanken nach, bis Ines am Uni Hochhaus auf eine Idee kam: "John lass uns über den Weihnachtsmarkt fahren!"
"Was?! Der´s doch jetzt zu!"
"Ach komm, bitte, ich war noch nie nachts auf einem Weihnachtsmarkt! Wo wir schonmal hier sind."
Um den Uniriesen pfiff ganz erbärmlich ein kalter Wind, weshalb John nicht lange protestierte und sie den Abstecher in die Innenstadt unternahmen. Zwischen den verschlossenen Hütten und Ständen auf dem Marktplatz war es windstill und genauso trostlos und unweihnachtlich, wie John es erwartet hatte, aber Ines hatte Spaß und fand eine der roten Bommelmützen, die seit Oktober überall in der Stadt verkauft wurden.
"Oh guck, die hat ein Wichtel hier verloren..."
"Hier!" John tippte sich an den Kopf.
Entschlossen zerrte Ines sich das rote Syntetikding über die Kapuze ihres Pullovers und strahlte John dabei an.
"Du siehst total Panne aus, Ines", lautete dessen Urteil, aber Ines meinte nur, wenn sie ihm peinlich wäre, könne er ja alleine nach Hause fahren. John schnaufte. "Ich kann ja vor fahren, dann brauch ich das Elend auf deinem Kopf nicht zu

sehen!"
"Haaa, und ich kann beim Fahren deinen breiten Rücken bewundern und dir auf´n Arsch gucken."
Ines brach glucksend und lachend über dem Fahrradlenker zusammen. "Na los, fahr schon!"
Verdammt nochmal, dachte John, die wird mir doch nicht wirklich - man sollte sie nicht soviel Wein trinken lassen.
"Wir fahren nebeneinander", bestimmt er, "ist ja kaum was los auf den Straßen."
Ines kicherte immer noch, dann aber riss sie sich zusammen und sie nahmen den letzten Streckenabschnitt in Angriff, wobei John immer nervös wurde, wenn Ines mal langsamer fuhr, er wollte um keinen Preis vor ihr fahren! Ines brauchte ihn nur einmal anzugucken, dann fing sie schon wieder an, zu lachen, meinte auf der Brücke der Herrmann-Liebmann-Straße über die Eisenbahnschienen aber: "Sie erreichten ihr Viertel mit Müh und Not, die Ines im Sattel war ganz schön tot."
Jetzt war es an John, in der kalten Dezembernacht zu lachen. "Aach, he, und das kommt nochmal woher?"
"Erlkönig", schnaufte Ines. "Du eins sag ich dir, wenn wir das nächste Mal was trinken gehen, dann aber bei uns in der Nähe. Die anderen dürfen sich ruhig auch mal anstrengen!"
"Jo. He Ines, wo du so bewandert bist, wer fragt denn immer: Wo gehts denn hier nach so und so? Woher kommt *das*?"
"Mensch stell doch jetzt nicht so schwierige Fragen! Nee, weiss ich nicht. Ich glaub, ich will jetzt nur noch schlafen, sonst kann ich mein Seminar

morgen, äh, heute, um 10 Uhr ist das, also da kann ich das gleich vergessen."
"Na dann vergiss nicht, dir´n Wecker zu stellen."
"Ja. Nein. Ey nächstes Mal müssen die *alle* zu *uns* kommen! Echt!"
"Na denn. Schlaf gut, Ine."
John brachte sein Fahrrad in den Keller, Ines vertraute Old-school dem Schutz des dunklen Hinterhofes an.

John traute seinen Augen kaum, als es um 9 Uhr an seine Tür klopfte, er unausgeschlafen öffnete und Frau Matthes vor ihm stand.
"Guten Morgen Herr John!"
"Ja. Uhh, morgen! Frau Matthes." Er unterdrückte ein Gähnen und rubbelte sich übers Gesicht, und auch die kalte Treppenhausluft tat das ihrige, um ihn wach zu bekommen.
"Mein lieber Herr John", begann Frau Matthes, "ich bräuchte mal ihre Hilfe. Wissen sie, es geht um meinen Schrebergarten, ob sie wohl so freundlich wären, mir dort zur Hand zu gehen? Michael und Newet kommen auch. Zu dritt ist die Arbeit ganz schnell geschafft. Ein Klacks für sie kräftige Burschen. Ich mache es ja sonst immer selbst, aber dieses Jahr bin ich einfach nicht rechtzeitig dazu gekommen, so ein Garten muss für den Winter vorbereitet werden, wie sie vielleicht wissen. Sie helfen mir doch? Um 10 Uhr treffen wir uns unten, wenns recht ist..."
John hatte dem Diskurs seiner Vermieterin zähneklappernd und knieschlotternd zugehört und nur verstanden, dass er sich in einer Stunden mit

den anderen treffen sollte, für irgendwelche Gartenarbeiten - aber wenn er jetzt nicht sofort einen heißen Kaffee bekäme, würde er ungehalten werden, das spürte er. Also sagte er nur: "Ist gut, Frau Matthes", denn auch ihren blauen Großmutteraugen konnte man unmöglich etwas abschlagen, und ging sich duschen, anziehen, frühstücken...

So also fühlen sich Studenten, wenn sie nach einem Konzert, einem Bier zuviel und einem langen Heimweg früh aufstehen müssen, dachte John und wunderte sich, dass er erstaunlich gutgelaunt an seinem Küchenklapptisch saß, Ozzy auf dem Schoß hatte, ihn mit Mohrrübenstückchen fütterte und im Kaffeebecher rührte. "Alles eine Frage der Fitness", erklärte er seinem Meerschweinchen, das sich natürlich einen Deut darum scherte.

Als er Punkt 10 Uhr unten an der Hofeinfahrt stand, war es mit seiner Fitness schon wieder vorbei. Er rauchte, fror sich die Beine in den Bauch und hatte nicht die geringste Lust auf Gartenarbeit. Es erschien Newet, mit Augenringen, Dreitagebart und in einen meterlangen, knallroten Wollschal gewickelt. Sein Anblick heiterte John sofort wieder auf.

"Ey was´ los, schlecht geschlafen?"

"Ja, das *Baby* hat schlecht geschlafen", maulte der junge Vater.

"Krank?" erkundigte sich John, der sich noch lebhaft an die Zeit erinnern konnte, als sein kleiner Halbbruder neugeboren war.

"Nein, nein, nicht krank, wollte bloß nicht schla-

fen. Schlafen *jetzt* beide, Gloria und Simón."
"Musst du nicht eigentlich arbeiten?"
"Ist Winter! Schlechte Zeit für Bau."
"Ach so ja, logisch."
Michael und Frau Matthes waren ebenfalls fast pünktlich und einsatzbereit, nur schien Michael sich in der Jahreszeit geirrt zu haben: Er trug Jeans und einen dünnen Rollkragenpullover.
"Frierst du nicht?!" Wenn er ihn nur ansah, begann John schon zu bibbern, aber Michael lachte ihn aus: "Ich bin´n Ossi! Ich frier nie!"
"Ach so, war mir neu, dass das zusammenhängt."
"Und rauchen verengt die Blutgefäße, Herr John", tadelte ihn Frau Matthes, "das wussten sie wohl nicht? Vom Rauchen wird ihnen nur noch kälter, lassen sie´s sich gesagt sein!"
Die fröhlichen Gärtnerburschen folgten ihrer Anführerin durch den Park und machten sich dann über Tannengrün, Harken und Rosenscheren her. Frau Matthes´ Schrebergarten war nicht gut in Schuss, ihre Laube marode, die Gartenzwerge miesepetrig und das Gras verweht. John gefiel er trotzdem besser als die pikobello Gartenanlagen in Kleinformat, wo alles milimetergenau ausgerichtet und frisch lackiert aussah. Newet begann vor sich hin zu pfeifen und John dachte, wie er so zwischen den Rosenstöcken hockte, dass er Weihnachten zu seiner Mutter und dem Kleinen fahren könnte. Er wurde ganz glücklich bei dem Gedanken und Frau Matthes lobte ihn: "John sie machen das sehr schön, um die Rosen hat mein Mann sich früher gekümmert..."
In einer Stunden war die Arbeit erledigt, sogar

Michaels Hände steifgefroren und der Himmel noch eine Spur grauer geworden. "Es riecht nach Schnee", behauptete Frau Matthes. Und dann gingen sie nach Hause, Frau Matthes stolz voraus, als marschierte sie mit ihren Enkelsöhnen durch die Gegend, denen sie zum Dank in ihrer Wohnung dicke Scheiben Stollen abschnitt und versprach, den Putzplan zu verändern, damit die Mädchen und Herr Angelo einmal mehr putzen müssten. John fand das sehr anständig von der alten Dame. Er mampfte den Stollen auf und setzte sich an den Computer.
So gut fühlen sich diese Frühaufsteherstudenten bestimmt nicht, dachte er, und so Arbeit an der frischen Luft ist gar nicht mal verkehrt.
Ozzy war auch gut gelaunt und hüpfte mit allen Vieren gleichzeitig in die Luft. "Angeber", brummte John und widmete sich der homepage für Don Filippo und dem letzten Auftrag von Wolf.
Gerade, als er beschlossen hatte, sich die Beine ein bisschen zu vertreten und im Fußballclub einen Happen zu essen - die Stollenenergie war langsam aufgebraucht - klingelte das Telefon und Hellen war dran.
"Hallo John!"
"Haaai..."
"Heh wie gehts!"
"Guuut..."
"Stör ich irgendwie? Du klingst so langgezogen."
"Naaaiin", sagte John und musste lachen, "na nee schon ok, was gibts denn."
"Viele Grüße von Torben, der möchte wissen, wann du mal bei ihm vorbei kommst."

"Äh, morgen Abend."
"Ok sag ich ihm. Und *ich* wollte wissen, ob du mit nach Seiffen kommen willst."
"Nach *wohin*?"
"Seiffen! Richtung Erzgebirge! Das Weihnachtsdorf!"
"Nie gehört. Klingt auch gar nicht weihnachtlich, eher wie Badezimmer."
"Mensch bist du blöd, sag halt ja, ist immer lustiger, wenn auch´n paar echte Deutsche dabei sind."
"Ach das is´n Ausflug von deiner Wilma-Truppe, ach so... wann denn?"
"Samstag."
"Hm. Na gut, na ja, komm ich mit."
"Prima! Und ich dachte schon, du *hättest* was gegen Ausländer."
"Hab ich nicht."
"War auch nur´n Witz. Also Samstag, 12 Uhr Osthalle Hauptbahnhof. Na dann machs gut, tschüß!"

Der Weihnachtsbaum in der Osthalle war an die fünfzehn Meter hoch, aus Plastik, und von einer verschneiten Spielzeugeisenbahnlandschaft mit riesigen Geschenken umgeben. Alle halbe Stunde tutete eine Lok mit Anhängern durchs Gelände, und John kam gerade rechtzeitig, um der Abfahrt beizuwohnen. Er war noch nie im Hauptbahnhof gewesen und verharrte in der typischen Andachtspose aller, die sich zum ersten Mal in der gigantischen Halle umblickten. Doch dann nahm er aus den Augenwinkeln etwas in lila wahr und freute sich. Thorsten machte auch den Ausflug

mit! Lila, zu braun-gelb gestreiften Hosen und Palituch, ein echter Schandfleck im renovierten Hauptbahnhof.
"Heh John!"
"Wie gehts, wie stehts?"
Thorsten grinste. "Ist wie auf Klassenfahrt."
In diesem Moment rief der Geschichtslehrertyp, Burghard, sie sollten sich zu Fünfergruppen zusammentun, damit sie wüssten, wieviele Wochenendtickets sie bräuchten, was schnell geregelt war, und Hellen verschwand, um vier Tickets zu kaufen.
"Keiner geht verloren, Gleis 17, Abfahrt in zehn Minuten!" rief Burghard, den John für seine gelassene Autorität bewunderte. Er selbst würde das nicht bringen, hier mitten im Bahnhof ein internationales, studentisches Gedränge zu dirigieren. Sein Fünfergrüppchen machte sich bekannt: Doris aus Luxemburg, Jane aus England, Bela aus Ungarn. John, Thorsten, angenehm... Yeah, dachte John, Klassenfahrt für Erwachsene.
Ein Großraumwaggon war schnell zur Hälfte gefüllt, es wurde herumgealbert, Thorsten gähnte und Hellen schenkte Tee aus.
"Du kommst vielleicht auch aus England?" erkundigte sich Jane, die in Belas Arm gegenüber von John saß.
"Nee, der Name ist irreführend", erklärte er, "ich bin aus Hamburg."
Jetzt erzählte jeder von zu Hause, Geschichten aus der Heimat, "Und wie isses in Ungarn?", John staunte, wie einfach es war, fremde Leute kennenzulernen, und Doris jammerte, ihr Land wäre

so klein, dass es genauso hieße wie die Hauptstadt, Luxemburg, zu klein für einen eigenen Namen...
"Na immerhin Burg", meinte Hellen. "Denk an die Rostocker! Da hatten sie mal´n Stock, und schon war es Rostock."
Je weiter sie nach Osten kamen, desto verschneiter war die Landschaft. Die erste Regionalbahn brachte sie bis nach Olbernhau und die zweite nach Neuhausen zum Glashüttenmuseum.
"Odol-Museum", nannte es Ulf, ein Kumpel von Burghard.
"Bin voller Bildungslücken", gestand John sich ein, "hier also kommt Odol her, ist auch relativ stylish, das kleine Fläschchen..."
Artig drückten sich Ausländer und Deutsche durch das kleine Museum und begannen anschließend, ihren Proviant zu teilen. Die Stimmung war ausgelassen, es begann, leise zu schneien, ganz kleine Flocken, und Burghard meinte, nach Seiffen würden sie jetzt zu Fuß laufen. "Kleine Wanderung durch die Felder, da sind wir schneller. Die Bahnverbindungen von hier nach Seiffen sind, äh, nicht empfehlenswert." Also schnürten alle wieder ihre Ranzen und wanderten hinter Burghard her. John und Hellen bildeten das Schlusslicht.
"Obs weit ist?" fragte John, aber Hellen zuckte nur mit den Schultern.
"Keine Ahnung, ich war da auch noch nie. Tja, mit gehangen, mit gefangen!"
"Eher andersrum: erst gefangen, dann gehangen!"

Hellen schnaufte. "Oder: erst mit den Wilma-Leuten rumgehangen, dann für den Ausflug eingefangen!"
"Hä hä , das wär was für Andy, ich glaub, der steht auf solche Verben."
Jetzt lachte Hellen laut auf. "Nahaiiin! Der schreibt seine Doktorarbeit darüber! Au!"
"Im Ernst? Wie kommen sie denn in Australien auf so eine Idee!?"
"Studenten halt. Weisst du nicht, was Thorsten forscht? Irgendwas über das Flugverhalten der Schmetterlinge unter Einfluss ich weiss nicht welcher Industrieanlagen."
"Bah! Und wozu soll das gut sein?"
"Für seine Abschlussarbeit natürlich. Ich hab schon wieder vergessen, ob der auch an seinem Doktor tüftelt oder obs nur die Diplomarbeit ist..."
"Guck mal die beiden da." John zeigte nach vorne, wo Jane und Bela Hand in Hand durch den Schnee am Feldrand stapften. Jane hatte sich ihren Schal über den Kopf und die langen Haare gezogen, sie sahen aus wie Maria und Josef auf dem Weg nach Bethlehem, fand John.
"Fehlt nur noch der Esel", meinte Hellen, "dann sind sie Maria und Josef."
"Hab ich auch grad gedacht! An sowas denkt man auch nur, weil bald Weihnachten ist. Ey es schneit immer doller! Wahnsinn!"
John fühlte sich richtig weltentrückt, wie er so den anderen durch die weiß-graue Landschaft folgte, mit kalten Händen und kalten Ohren, Schneeflocken im Haar und kein Seiffen in Sicht.
"Isses noch weit?"

"Jammer nicht, kämpf dich durch."

Als sie das Weihnachtsdorf erreichten, rieselte der Schnee bereits im Dunkeln.
"So Kinder", sagte Burghard, "wir haben eine Stunde Zeit, dann geht der Bus zum Bahnhof. Wir treffen uns Punkt 18 Uhr vor der Kirche!"
Alle nickten gehorsam, man trennte sich. Der Wilma-Chef verschwand mit den erschöpften Spanierinnen *in* der Kirche, wo es warm war und wo man sitzen konnte, alle anderen kauften sich Marzipan und schlenderten durchs Dorf. Zusammen mit vielen, vielen, vor allem älteren Weihnachtsfans, die mit Reisebussen nach Seiffen kutschiert worden waren. Vielleicht lag es am Schnee, oder an den überall flackernden Kerzen, aber man hatte den Eindruck, in eine Glasschüttelkugel hineingeraten zu sein und zwischen niedlichen Häuschen und Weihnachtsbäuumen zu spazieren. Seiffen war traditionelles Weihnachten pur, hier wurde geschnitzt und gebastelt, was das Zeug hielt, von hier kamen die Weihnachtspyramiden und Nussknacker jeder Art und Größe, in jedem Haus gab es Weihnachtliches zu bestaunen und zu kaufen. John stand mit Hellen, Doris, Thorsten und Ulf vor den Schaufenstern, knabberte steinharte Pfeffernüsse, die Hellen in ihrer Jackentasche gefunden hatte und fragte sich, was man wohl alles mit dem siebzig Zentimeter großen Nussknacker anstellen konnte. Dem mochte man ganz bestimmt nicht die Finger zwischen die Zähne schieben! Hellen kicherte.

"Oh, wozu sollen *die* denn gut sein? Guckt mal, was soll man denn mit denen knacken?" Sie tippte auf die Scheibe, hinter der Nussknäckerchen in Reih und Glied standen, die es höchstens auf drei Zentimeter brachten.
"Vielleicht Erdbeersamen", schlug Ulf vor, woraufhin sich Hellens Kichern schlagartig zu einem platzenden Lachen steigerte, sie warf den Kopf zurück und lachte wie verrückt. ("Das macht die Anspannung, der Weihnachtsstress...," raunte Thorsten John zu.) Zusammen mit Doris taumelte sie hin und her und hätte fast einen Herren mit Weihnachtspaketen über den Haufen geworfen.
"Obacht, Obacht!" rief der. "Können sie sich nicht benehmen, das sind Wertgegenstände, die ich hier transportiere! Wenn die runterfallen!"
"Ooops, Verzeihung", sagte Hellen, "ich bin auch schon wieder ruhig."
"Ja ist auch besser so", nölte der Herr mit den kunsthandwerklichen Wertgegenständen.
Hellen verdrehte die Augen. "Mann ist Seiffen langweilig..."
"Was die hier wohl im Sommer machen?" fragte John.
"Schnitzen natürlich", sagte Thorsten, "und Erdbeersamen sammeln."
Doris und Hellen fielen sich schon wieder lachend in die Arme. Ulf sah aus, als könnte er mit einer unvollständigen Trekkingausrüstung die Welt im Alleingang umrunden, und sie folgten ihm bereitwillig bis ans Dorfende, weil sie sonst auch nicht wussten, was man noch in Seiffen anstellen konnte. Ein letztes Haus, ein weiter, verschneiter

Stoppelacker, und ein paar Jugendliche, die wie aus dem Nichts auftauchten. Obwohl reichlich Platz war, drängelten sie sich an dem Leipziger Trupp vorbei und schupsten Thorsten mir nichts dir nichts in den Schnee.
"Ey was soll das!"
"Anarchistenschweine raus aus Seiffen!!!" Mehr hatten sie im ersten Überraschungsmoment nicht zu sagen und machten sich gemächlich aus dem Staub, als ob sie hier die Chefs im Dorf wären.
"Ignoranten!" schrie die kleine, blonde Doris ihnen nach und Hellen klopfte Thorsten den Schnee vom Rücken.
"Ach solche Spinner", meinte der bloß, "die sind halt frustriert, weil ihr Dorf so überrant wird und hier sonst nix läuft."
John war alldieweil beschäftigt. Er formte Schneebälle.
"Los, hier", er drückte Ulf zwei in die Hand, Hellen einen, Thorsten einen, Doris war selbst schon am Formen, und dann nahmen sie ein paar Schritte Anlauf, warfen, schossen, bombardierten, und jubelten über jeden Treffer wie die Schneekönige.
"Oijoijoi, jetzt aber nichts wie weg", lachte Thorsten, denn auf weitere Konfrontationen war keiner erpicht. Erst kichernd, dann keuchend, rannten sie mit ihren Rucksäcken unterm Arm davon, irgendwohin, irgendwie Richtung Kirche, und John erinnerte sich beim Laufen an früher, als es gegolten hatte, mit Steinen die Polizeischilde zu treffen. Das war genauso sinnlos gewesen wie diese Schupserei. Jugendliche Aggressionen, die eine Zielscheibe brauchten,

wobei sie allerdings genauso wenig zum besinnlich verschneiten Seiffen passten wie Palitücher und gestreifte Hosen. Vor der Kirche herrschte ein noch dichteres Treiben und Gedränge als vor den Schaufenstern, es war Chorgesang zu hören, dazu Orgeltöne, und wenn Burghard nicht so groß gewesen wäre, hätten die Wilma-Ausflügler nicht so leicht zueinander gefunden. Es traute sich auch niemand, laut zu rufen, um den Gesang nicht zu stören. Burghard zählte schweigend seine Schäfchen und gab das Zeichen zum Aufbruch. Während der kurzen Busfahrt schliefen einige ein; es war so ein schönes Gefühl, wenn man sich nach einer langen Winterwanderung in einen gepolsterten Sitz sinken lassen konnte, aber die unbequemere Regionalbahn nach Desden machte alle wieder munter. Jane durfte ihre kalten Füße unter Belas Jacke wärmen, die versifften Regionalbahntoiletten verursachten allgemeine Endzeitstimmung, man war jedoch entschlossen, trotzdem zu überleben, und dann holte Thorsten eine ganze Prinzenrolle aus seinem Rucksack. Ein Raunen ging durch den Waggon. "Ich lass sie rumgehen", sagte Thorsten großzügig und gab die Kekse an Hellen weiter.
"Ooch, du bist ja´n richtiger Weihnachtsengel!" seufzte sie. John prustete los, weil er sich Thorsten als Engel vorstellte, der gerade sagte: "Ich kauf immer bei Aldi. Die Aldikekse schmecken besser!"
"Und beim Araber", bemerkte John und war bemüht, beim Lachen keine wertvollen Aldikrümel zu

verlieren. Einerseits staunte er gerade darüber, was ihm in der kurzen Leipzigzeit alles passiert war, andererseits war es ihm auch ganz recht so. All die vielen netten Leute, Konzerte, Radtouren, Mohnschnecken...gut, all die Leute, die hier total fies drauf waren, es hatte solche *und* solche gegeben. John guckte zu Thorsten, dem Hellen etwas ins Ohr flüsterte und dem man nicht die Spur von Stress mit frustrierten Jugendlichen ansah.
Jo, dachte John, so solls sein, immer easy.

In den letzten Tagen vor Weihnachten kam der Thüringer Schnee nach Sachsen, wo er auf die Leipziger Winterkälte traf und sie es gemeinsam schafften, das große Wasserbecken vor dem Völkerschlachtdenkmal zufrieren zu lassen, sowie sämtliche Baggerseen und den nicht rechtzeitig abgelassenen Tellerspringbrunnen vor der Leipziger Oper. Ganz Leipzig begann zu schlittern und zu rutschen, dass es eine Freude war. Behauptete wenigstens Ines, die John zu Tee und Abendbrot in ihre Wohnung geholt hatte, damit sie nicht so allein war. Katja war mit ihrem Freund nach Berlin gefahren, und Ines war ebenfalls in Aufbruchstimmung: Sie packte ihren Rucksack, John durfte beim Teetrinken zugucken.
"Wir fahren nach Tschechien, in ein winziges, verlorenes Kaff, irgendwo inmitten von viel Schnee und Wäldern und Skipisten."
"Ich kann nicht Ski laufen", sagte John, und Ines lachte: "Na das hab ich mir *fast* gedacht!"
"Wieso, seh ich so unsportlich aus?"

"Na ja nee, aber wie´n Skihaserl siehst du *nicht* aus!" Ines kringelte sich vor Lachen und jappste nach Luft. "Aaah!"
"Skihaserl", murmelte John empört, musste aber auch grinsen. "Und wieso fahrt ihr nicht nach Österreich?"
Ines schnaubte entrüstet. "Pff, pah, Österreich - das ist was für die Bonzen. Nie wieder, sagt Alex, da wären sie letztes Jahr gewesen und statt Skilaufen hätts auf den Pisten bloß Modenshow gegeben. Alles wär wichtiger gewesen als Skilaufen, die Skibrillen, das Outfit, die Frisur. Jetzt fahren wir nach Tschechien, weils da genau anders herum ist: Dein Aussehen ist total unwichtig. Ich hoffe bloß, deren Lifte funktionieren, sonst wirds auch mit dem Skilaufen nichts!"
"Wer´sn Alex?" fragte John.
"Der Mitbewohner von Thorsten."
"Der hat aber viele Mitbewohner."
"Jeeeah", lachte Ines gutgelaunt, "warte mal - vier. Mit Thorsten fünf. Eine Fünfer-WG."
"Und die können alle Ski laufen?"
"Nee, bloß Alex, was die anderen Weihnachten machen, weiss ich nicht. Und dann kommt noch Franzi mit, aber den Rest von der Skitruppe kenn ich nicht. Noch nicht." Sie summte vor sich hin und stopfte Wollstrümpfe in freie Rucksackstellen. John war fast ein bisschen neidisch, oder eifersüchtig, was ihm gar nicht gefiel. Aber in ein verschneites, tschechisches Kaff wollte er nun wirklich nicht fahren. Stattdessen grinste er zufrieden. "Und ich fahr morgen nach Hamburg. Jawoll."
"Cool!" sagte Ines. "Nimmst du Ozzy mit?"

Oh Mann, dachte John, da hat man die schönsten spontanen Ein*fälle*, und Frauen kommen einem mit praktischen Ein*wänden*! Ich fahr aber trotzdem schon morgen, ätschibätsch.

Also zuckte er nur lässig mit den Schultern und meinte: "Logo, Ozzy kommt mit. Ich hab ja noch seinen Reisekarton."

"Du bist süß, John", stellte Ines fest und ihren Rucksack gerade hin. Der fiel sofort um.

"Falsch gepackt!" rief John schadenfroh.

Mit seinen eigenen Reisevorbereitungen war er in zehn Minuten fertig. Auf der Filippo-homepage mussten die Öffnungszeiten für die Feiertage aktualisiert werden, ein paar Klamotten wanderten in den Rucksack, und bei Angelo schnorrte er eine Mohrrübe als Reiseproviant für Ozzy, dessen alten Schuhkarton er mit Zeitungspapier auslegte. Dann suchte er im Internet die Bahnverbindungen nach Hamburg und ging schlafen.

John kam am 5.1. nach Leipzig zurück. Aus Hamburg brachte er eine mittelschwere Erkältung mit, denn an der Elbe war es ungesund nasskalt gewesen, in Leipzig dagegen herrschte Eiseskälte. "Da weiss man wenigstens, woran man ist", knurrte John und kraulte Ozzy das Nackenfell, als der Regionalexpress durch Sachsen-Anhalt rollte und draußen alles weiß verharscht war. Er verbrauchte das fünfzehnte Taschentuch dieses Tages und blätterte noch ein bisschen in dem Buch, dass er zu Weihnachten, Sylvester und überhaupt von Timo und den anderen bekommen hatte. "Die Satanischen Verse" von Salman

Rushdi.

John
Was die sich wohl dabei gedacht haben, ob der Titel Programm ist? Zu Sepp würde das glatt passen... mann ich les doch nie. Weiss gar nicht, wie das geht, höhö... Lustiger Name, Rushdi. Ach im Grunde wars auch in Hamburg lustig, aber immer dieses Schietwetter... was gibts Traurigeres als dreckigen Schneematsch! Äh! Oh und endlich keine Sofas mehr... bei Muttern hab ich´n ganz krummen Rücken gekriegt, das Ding ist aber auch *zu* durchgesessen, und bei Sepp wars zwar lang genug und auch gemütlich, aber es geht doch nichts über ein eigenes Bett, und wenns zwei Europaletten sind. Herrjeh der verdammte Schnupfen, der bringt mich nochmal um! Ob Ines schon wieder da ist? Vielleicht wird sie mir wieder eine ihrer Salben andrehen wollen, wenn sie mich so schnoddern und husten sieht... Na ja, Tee trinken und abwarten.

Leipzig empfing John in merkwürdiger Unruhe. Er war unruhig, aber die Stadt auch, als braute sich etwas über ihr zusammen, das ihr nicht behagte. Die Leute am Hauptbahnhof machten einen gehetzten Eindruck, und John beeilte sich, in die Straßenbahn Richtung Nordost zu kommen. Er erwischte eine der alten Linien: die schüttelten ihre Fahrgäste zwar durch, aber wenigstens wurde man dort nicht mit Bildschirmwerbung bombardiert, was John verabscheute. Überhaupt mochte er außer seinem Computermonitor nur

Open Air Kinoleinwände, alle anderen flimmernden Bildflächen waren ihm zuwider. Fernsehen war besonders schlimm, davon bekam er Kopfschmerzen. Ratternd und rumpelnd fuhr er also in sein Viertel und hörte nebenbei aus den Gesprächen der anderen Straßenbahnfahrer, was die Leipziger so nervös machte: der Euro. Erst hatte man ihnen die Ostmark genommen, und kaum hatten sie sich ans Westgeld gewöhnt, kam schon wieder eine neue Währung. John kratzte sich am Kopf und kam zu dem Entschluss, dass ihm der Euro egal war. Hauptsache, er hätte ihn. Und er würde noch einmal ausgiebig mit DM shoppen gehen, ja, das würde lustig werden.

Im Eckhaus tobte das normale Leben, was John äußerst angenehm und beruhigend fand. Gerade die erste Januarwoche war sonst immer tödlich gewesen. Unten im Bäcker kaufte er Schwarzbrot und die Bild-Zeitung, Frau Matthes drückte ihm herzerwärmend ein Glas eingemachten Kürbis in die Hand, im zweiten Stock krakeelte Simón, und Angelo war anscheinend auch zu Hause, denn es lag die aktuelle, ausgelesene "Zeit" auf der Fußmatte. John steckte sie zum Schwarzbrot und betrat endlich sein eigenes Reich. Der Rucksack landete gleich hinter der Tür, Ozzy durfte frei krabbeln, und in der Küche stellte John den Kürbis neben die Spillingemarmelade ins oberste Regal. Die Herrenkonfitüre hatten Timo und Sepp aufgegessen. Zwei Wochen Abwesenheit, und schon war es hier bitterkalt und staubig. John schüttelte sich.

Nä, kein Bock auf Hausarbeit, dachte er, stellte

Ölheizer und Wasserheizer an und ging Newet und Gloria besuchen. Dort durfte er im Warmen sitzen, Simón halten und Tee trinken.

"Ist Fermín gar nicht mehr da?" erkundigte er sich.

"Fermín ist ausgezogen", nickte Gloria zufrieden. "Hat ihn alles gestört seit paar Monaten und jetzt ist er weg, ja."

"Je, da habt ihr mehr Platz."

"Auch nicht. Newet ist gerade zum Bahnhof gefahren und holt er seine Tante ab. Tanten sind gut für Babysitten und sie bezahlt auch Teil von Miete."

"Ach so. Die Tante hat wohl keine Lust mehr auf Bulgarien."

"Hm. Vielleicht. Hoffe ich nur, sie ist nett."

"Wie wars denn hier Sylvester und so?"

"Sehr laut. Die ganze Straße war voll mit rotem Papier von die bombas. Ganze Straße! Und es schneite... Weihnachten in Chile ist besser. Und warst du auch weg?"

"Ja ich war zu Hause. Hamburg ist schön, und wahnsinnig groß, so im Vergleich zu Leipzig, aber jetzt bin ich hier, jetzt ist es hier gut. Ey Gloria, ich geh dann auch mal wieder, jetzt isses oben bestimmt auch warm geworden. Grüß deinen Mann von mir!"

"Sí sí." Gloria nahm John das Baby ab. "Bist du auch guter Babysitter, was?"

"Oh nee nee", wehrte John ab, "ich hab eigentlich gar keine Ahnung."

Nach zwei Tagen war die Wiederbelebung der Dachwohnung abgeschlossen. John hatte sich

überwunden und Staub gewischt, und weil er sowieso mit dem Treppenhaus an der Reihe war auch gleich bei sich gefegt und gefeudelt. Er hatte eingekauft und bei seinen homepage-Kunden angerufen, um Termine für Besprechungen zu vereinbaren. Und auch alle Leipziger Nummern gewählt, um sich bei Freunden und Bekannten zurück zu melden, hatte geklönt und zugehört, und jetzt war er bereit für das letzte große DM-Ausgeben.
"Was willst´n kaufen?" hatte Christian gefragt.
"Ooch, vielleicht ´n paar CDs, oder´n Toaster, und einen Kasten Bier, ich weiss noch nicht, mal sehen!" hatte John gesagt und befolgte jetzt Christians Rat, mit den CDs an zu fangen. Sie trafen sich am Hauptbahnhof, um in den Anker zu fahren, denn dort war heute Platten- und CD-Börse.
"Auf dem Rückweg können wir bei Enit und Hellen vorbei schauen", meinte John, als ihre Straßenbahn durch die Georg-Schumann-Straße gurkte. "Und´n Kumpel von mir wohnt neuerdings auch bei denen im Haus."
"*Die* beiden sind total verrückt", lautete Christians Urteil. "Hellen macht andauernd Party, lernt irgendwie nebenbei und schreibt dann glasklare Seminararbeiten. So in dem Stil, da muss irgendein Trick bei sein! Und Enit ist auch abgefahren. Warst du schonmal in der Reginenstraße, wenn sie da Oldie-Night veranstalten?"
John schüttelte interessiert den Kopf, und Christian schnaubte belustigt: "Kann ich nur empfehlen!"

"Na cool", meinte John, "dann besuchen wir die drei nachher."
Wenige Haltestellen später erreichten sie den Anker. Die Umgebung sah desolat und arg renovierungsbedürftig aus, und John bekam regelrecht Magendrücken bei der Vorstellung, dass es zu DDR-Zeiten möglicherweise überall so ausgesehen hatte. Der Anker, ein schwarzgestrichener Jugendclub, Billiardkneipe und Konzertsaal, war ebenfalls keine optische Aufheiterung, dafür aber voller Musikfans und Plattensammler, und darauf kam es schließlich an: auf das Innenleben. John hatte die Einteilertaschen voller Geld, denn gestern war eine Überweisung von Wolf gekommen, und im schnell eintretenden Kaufrausch hätte er beinahe sogar in Vinyl investiert, erinnerte sich aber gerade noch rechtzeitig daran, dass er keinen Plattenspieler besaß, und behielt lediglich eine picture disc von Cathedral, die er sich an die Wand hängen wollte.
"Haste was gefunden?" fragte Christian, als sie im Mittelgang der Verkaufsstände aufeinander trafen, sah dann jedoch, dass sich eine Antwort erübrigte: John trug außer der einen Schallplatte einen zwanzig Zentimeter hohen CD-Stapel und grinste nur von einem Ohr zum anderen.
"Ich glaube, den Toaster streiche ich von der Einkaufsliste. Oder das Bier."
Kurz darauf aßen sie Reis mit Gemüse bei dem China-Schnellimbiss der Reginenstraße und klingelten dann bei Hellen und Enit. Der kleine Kombi stand auf dem Bürgersteig und sah verfroren aus, es müsste also wenigstens die Reittherapeutin da

sein. Die Haustür war wie immer offen, und oben stand Hellen im Türrahmen.
"Oh! Hallo! Ihr seids!"
"Ja wir", sagte John, "stören wir?"
"Nein nein, nur hereinspaziert. Lasagne hab ich heute aber keine."
"Macht nix, wir ham grad gegessen."
"Solltet ihr nicht lieber unten abschließen?" fragte Christian. "Kann ja jeder reinkommen und dann habt ihr die Eindringlinge gleich in der Wohnung."
"Ach ja, wahrscheinlich, sollten wir wohl, aber dann kann der Briefträger nicht an die Briefkästen... und außerdem hat Torben keinen Haustürschlüssel. Der ist wohl *sehr* schwer nach zu machen, so´n altes, verschnörkeltes Ding."
"Was von Torben gehört?" erkundigte sich John, als sie in Hellens Zimmer auf dem Fußboden saßen und er seinen CD-Schatz ausbreitete.
"Ja deeer..." sagte Hellen und beguckte CD-Cover. "Doch, dem gehts wohl gut, da müsstest du Enit fragen, die hängt die ganze Zeit bei dem rum."
"Ach?"
"Ja echt, ich glaub, sie hat deinen Kumpel einer Gehirnwäsche unterzogen. Obwohl das gar nicht zu Enit passt! Sie ist ja eher zimperlich, aber anders kann ichs mir auch nicht erklären."
"Wieso was ist denn?" fragte Christian, der Hellens Bücherregal inspizierte.
"Torben macht eine Umschulung zum Sozialarbeiter."
"Was?!" John hätte sich fast an gar nichts verschluckt und hustete.

"Naja, ist doch cool, aber er*wartet* hätte ichs nicht! Und reiten kann er auch, stellt euch vor."
"Und Enit spannt ihn jetzt für ihr Pferdeprojekt ein oder was", schlussfolgerte John, und Hellen nickte.
"Aber wenn sie andauernd bei ihm rumhängt", warf Christian ein, "dann ist da bestimmt die Liebe mit im Spiel." Er lachte zufrieden in den untersten Oktaven und streckte die Beine aus.
"Tja wer weiss", meinte Hellen. "Wollt ihr Tee, Jungs?"
"Sure", dröhnte Christians Superstimme, "aber bitte nix mit Hagebutte."
John machte sich an dem CD-Player zu schaffen und dachte, dass die Welt doch voller Überraschungen steckte. Tee war die richtige Entscheidung gewesen, denn in Hellens Zimmer war es trotz des Ölofens nicht besonders warm, es gab sogar kleine Eisblumen an den Fenstern. Hellen bemerkte Johns Blick, als sie mit dem Tee zurück kam.
"Ich hasse die Fenster", murmelte sie. "Zugig, Einfachglas... und als ich hier eingezogen bin, klatscht mir erstmal eine verrückte Taube an die Scheibe! Die sah Licht und wollte rein, und ich dachte, ich werd nicht wieder, so hat die mich erschreckt." Hellen verteilte Becher. "Am nächsten Tag hab ich dann Nagelbretter fabriziert und auf die Fenstersimse gelegt. Auf die Simse. Simse, hehe, klingt lustig."
"Und jetzt werden die Tauben aufgespießt", sagte Christian und verzog den großen Mund in die Breite. "Zuviele Tauben kann auch ungesund

sein. Hast du nie von Taubenzecken gehört?"
"Doch, tüllich", nickte Hellen düster. "Nachdem ich einmal oben war und durch das Türfenster auf den Dachboden geguckt hab, weiss ich, dass das Haus bestimmt bald wegen Taubenzecken geschlossen wird. Aber bis dahin sind wir weg."
John gruselte sich im Geheimen. Ein schwacher Trost, dass zwischen ihnen und dem Dachboden noch ein ganzes Stockwerk lag und sie hoffentlich in Sicherheit waren. Man sollte Torben vorwarnen.
Sie verbrachten den ganzen Samstagnachmittag mit Hellen, CDs, Tee, Stollen und Salami. Später tauchten auch Enit und Torben mit einer Flasche Bailys auf ("Kakao!" schrie Hellen), und niemand störte sich mehr an der ungenügenden Leistung des Ölofens. Torben fand ihn sogar sehr angenehm: "Bei mir unten isses so knackewarm, kannste echt nur im T-shirt rumlaufen."
"Immer um den Ofen rum", korrigierte Enit die Aussage.
John beobachtete beide. Waren die jetzt zusammen oder nicht? *Noch* nicht, entschied er schließlich, aber auf dem besten Wege. Dann entdeckte er zwischen Hellens vielen Büchern einen bekannten Titel, allerdings auf Englisch. Er angelte nach dem Rushdi, aus welchem Lesezeichen und gelbe post-it Aufkleber hervorsahen wie ein fransiger Irokesenschnitt.
"Ey was hast´n mit dem Buch gemacht!?"
Hellen stieß Luft aus. "Pfff, meine mündliche Englischprüfung hab ich damit bestanden!"
John tauschte einen Blick mit Christian, ließ die Papierfransen hin und her schnellen und vermerk-

te in Gedanken: Uni-Trick Nummer eins.

"Und? Isses gut?" fragte er dann. "Ich les das nämlich auch gerade."

"Genial!" sagte Hellen. "Wahnsinnig! Obwohl ich nicht erkannt habe, dass es zweigeteilt ist wie das Alte und das Neue Testament."

"Wär ich auch nie drauf gekommen", tröstete John und stellte die "Satanic Verses" schnell wieder an ihren Platz. Neben die Bibel, wie passend.

"Kommt ihr morgen mit auf die Party von Mischa?" wollte Enit wissen.

"Am Sonntag?" staunte John. "Frühschoppen?"

"Nee, normal Party halt...", meinte Enit entschuldigend. "Bei Mischa gibts meistens Wodka und ansonsten mehr zu Essen als zu Trinken. Kommt doch mit! Mischa ist´n Freund von Thorsten."

Hellen blätterte in ihrem Taschenkalender. "Okeeey, Party morgen Abend geht, dann müsst ihr jetzt aber verschwinden."

"Weil?" fragte Christian, der mit Bailys und Stollen da saß und überhaupt nicht in Aufbruchstimmung war.

"Weil ich noch lesen muss. Gedächtnis auffrischen. Nächste Woche ist die Klausur über Paulus."

"Früh übt sich, wer ein Meister werden will", zitierte Christian und stand auf.

"Haaa..." Hellen lachte glucksend. "Wohl eher: Lange im Voraus lerne, wer keinen Prüfungsstress verträgt!"

"Trick Nummer zwei", bermerkte John, packte sei-

ne CDs in den Rucksack und suchte nach seiner Jacke.
"Na ja Trick..." Hellen zuckte mit den Schultern. "Wohl eher: Überlebensstrategie. Da brauche ich in der Klausur nur aufzuschreiben, was ich sowieso schon weiss, und außerdem will ich auf die Party."
"Kommst du auch?" fragte John Torben, doch der schüttelte den Kopf.
"Geht nicht. Wenn *ich* überleben will, muss ich Montag ausgeschlafen sein. Ich hab da so'n Kurs-"
"Ja weiss ich schon", grinste John. "Mach das man."

"Was kaufen wir jetzt?" fragte Christian, als sie draußen auf der Straße standen. Es war dunkel, aus allen Schornsteinen stieg weiß grauer Rauch in den Himmel, eingemummte Gestalten gingen an ihnen vorbei.
"Da vorne an der Kreuzung ist noch Licht", sagte John und zeigte Richtung Georg-Schumann-Straße. "Da hat noch'n Laden auf."
Ein Elektrofachgeschäft, wie sich beim Näherkommen herausstellte, das so aussah, als könnte man dort nur kaputte Geräte erwerben. Ein wenig Weihnachtsdeko umkränzte drei Mieleprodukte, alles andere im Schaufenster vegetierte eher lieblos vor sich hin. Aber das Geschäft hatte geöffnet, und Christian und John betraten es. Ein älterer, grau-brauner Mann erschien hinter dem Ladentisch.
"Ja bitte, Sie wünschen", sagte er höflich und

guckte dabei böse.
John störte das nicht. "Ja, äh, ′n Abend, ich würde gerne etwas kaufen." Christian lachte leise. Er hatte eine Ecke mit alten Kassettenrekordern entdeckt und ließ John mit dem Elektromann allein.
"Und an was dachten Sie dabei?"
"Hm, also, an etwas Nützliches. Für die Küche, genau." Quatsch Toaster, dachte John, mal sehen, was es noch alles gibt.
"So", sagte der Mann. "Dann hätte ich hier einen elektrischen Dosenöffner."
"Oh nein!" John hob abwehrend die Hände. "Bitte nicht!"
"Ein elektrisches Brotmesser."
"Nein, auch nicht..." War "nützlich" nicht klar verständlich gewesen? Wie sag ichs nur... überlegte John und ließ den Blick umherschweifen. Während der Verkäufer nach einer elektrischen Orangenpresse suchte, erspähte John auf den obersten Regalen die Mixer. Von Miele waren die nicht, auch ein bisschen eingestaubt, aber absolut nützlich, das erkannte er sofort und sah sich in Gedanken schon Bananen- und Erdbeermilchshakes produzieren. Ja, ein Mixer würde ihm Spaß machen.
"Und hier hätte ich eine vollautomatische -" begann der Verkäufer seine Presse anzupreisen, da unterbrach John ihn:
"Ich hätte gerne einen tüchtigen Mixer. Einen von da oben."
"Ach. Ach je, Sie machen es mir aber nicht leicht!" seufzte der Verkäufer freudestrahlend, was John nun doch irritierte, und kletterte flink eine Trittleiter

empor, um das Gewünschte zu holen, abzustauben und vorzuführen.
"Einwandfreier Mixer", nickte auch Christian anerkennend. "Der schafft was."
"Gut, dann solls dieser hier sein", verkündete John und bezahlte zum letzten Mal mit DM.
"Willst du nicht auch noch den elektrischen Aschenbecher nehmen? Sowas kriegst du nie wieder! Mit Batterien!"
"Ey spinnst du?" John guckte Christian entgeistert an.
"Och, war ja nur´n Vorschlag", meinte Christian. "Aber toll ist der! Hier, man drückt auf die Flügelklappen, sie schnappen auf, die Asche fällt, sie schnappen wieder zu, wenn man Glück hat, ohne einem die Fingerkuppen abzusäbeln, und wenn der Behälter voll ist, leuchtet ein rotes Lämpchen auf. Ist das geil oder nicht!"
"Beschissen ist das. Kannste dir selbst kaufen. Außerdem rauch ich in letzter Zeit viel weniger, ich weiss auch nicht, woran das nun wieder liegt!"
"Rauchen ist sehr ungesund", bemerkte der Verkäufer, emsig bemüht, den Mixer in den dazugehörigen Karton zu zwängen, was nicht gelang. "An Ihrem neuen elektrischen Küchengerät werden Sie sicher viel mehr Freude haben."
"Ich glaub, ich brauch den Karton gar nicht", sagte John, "ohne passt der Mixer viel besser in den Rucksack."
"Ach ja", sagte der Verkäufer erleichtert, "so ein Rucksack ist wirklich sehr nützlich."

"Ey der Tag ist zu Ende", wunderte sich John, als

sie kurz darauf an der Straßenbahnhaltestelle saßen. "Einkaufen macht mich immer völlig fertig, ich muss jetzt nach Hause, glaub ich."
"Mmm", brummte Christian, der vor Januarkälte schon ganz rote Ohren hatte, "und ich glaub, ich fahr noch bei Robin vorbei. Dessen neuer Mitbewohner fabriziert ständig Quiches und Torten und so´n Zeug, wahrscheinlich ist der überhaupt nur wegen Robins toller Küche da eingezogen. Na auf jeden Fall werde ich denen heute noch helfen, den Kram aufzuessen."
Als John endlich bei sich zu Hause ankam, hatte er mal wieder die Nase gestrichen voll von Straßenbahnen und nahm sich jetzt schon vor, mit dem Rad auf die Party von Mischa zu fahren, und wenn er dabei erfrieren oder ausrutschen sollte! In seiner Wohnung stellte er fest, dass er vergessen hatte, Ozzy vor der Einkaufstour in den Käfig zu setzen, denn der war nun leer und auf den ersten Blick kein Meerschweinchen zu entdecken... So, Samstagabend also, dachte John, dann woll´n wir mal. Er schaltete den Ölheizer ein, setzte sich mit dem Rucksack daneben und drehte sich einen Joint. Kaum zu fassen, er war direkt aus der Übung! Eine neue, alte Nick Cave CD wanderte in die Anlage, John rauchte und dachte an gar nichts. Nach einer Minute gar nichts bewegte sich etwas unter der Bettdecke, was John schlagartig in die Realität zurück holte. Die Ratte hatte sich in seinem Bett verkrochen?!
"Ozzy!" fluchte John und riss die Decke zur Seite. Wenn das Meerschweinchen ein Kind gewesen wäre, hätte es jetzt laut gekichert und vor Ver-

gnügen gequietscht, sich schnell ein neues Versteck gesucht und weiterspielen gewollt. Aber Ozzy guckte John nur groß an, machte vor Schreck ein Knickerchen und schnüffelte in der Luft. Dann rannte er weg, um einen anderen warmen Platz zu finden und ließ John mit der Bescherung allein.

"Du kleines Scheißvieh", knurrte der, "und´n Bettnässer biste auch noch! Oh wie ätzend, jetzt muss ich die Laken wechseln mein Gott. Mist. Nachlässigkeit wird bestraft..."

Nachdem er sein eigenes Bett neu gebaut und einen Sack für den Waschsalon vollgestopft hatte, legte er auch gleich den Ozzykäfig mit Zeitungspapier aus und lockte danach mit einer Mohrrübe, die er unerklärlicherweise im Kühlschrank gefunden hatte. Ob Angelo einen zweiten Wohnungsschlüssel besaß, um sich heimlich um Ozzy zu kümmern? Quatsch, dachte John, verkniff sich ein Lachen, als sein Haustier unter dem Wackelregal hervorgerobbt kam und die Mohrrübe mit sich zurück ziehen wollte, und als dann endlich alle und alles unter Dach und Fach waren, klopfte es viermal an die Tür. John erstarrte und tat so, als wäre er nicht da. Es vergingen ungezähhlte Sekunden.

"Jo-hon!" rief Ines von draußen. "Mach auf, ich weiss, dass du da bist, man kann die Musik hören!"

Ines, ach so, dachte John, na dann bin ich natürlich doch zu Hause. Er öffnete, sie schlängelte sich an ihm vorbei in die mittlerweile angewärmte Wohnung, er schloss.

"Haaaiii, schön, dass du da bist, John!" sagte Ines zur Begrüßung. "Gut ins neue Jahr gekommen?"
"Kann nicht klagen. Und selbst?"
"Auch, auch auch... Mann bei uns ist das so kalt in der Wohnung! Seit ´ner halben Stunde bin ich wieder in Leipzig. Katja ist noch in Berlin oder sonstwo, alles ist staubig und klamm, keine Milch im Kühlschrank..."
"Hehe, kenn ich, sah hier genauso aus", gab John zu. "Bis die Wohnung und das Duschwasser warm waren, bin ich erstmal zu Gloria und Familie gegangen."
"Hö, siehst du, sind wir beide gleich schlau."
"Kaffee? Tee? Tütensuppe?" fragte John.
"Ach echt? Du würdest mir eine Tütensuppe machen? Das wär jetzt genau das Richtige!"
"Ist schon in Arbeit." John war zutiefst befriedigt, dass er fur Ines erfolgreich den Gastgeber spielen konnte. Wann machte man schonmal jemanden, eine *Frau*, mit Maggi glücklich?
"Zu Gloria und Newet würde ich jetzt übriegens nicht gehen", meinte Ines, während sie Johns neuen Mixer hin und her drehte. "Mm, sehr *schick*. Darf man nur nicht die Hand reinstecken."
"Iiieh bist du eklig. Wieso was ist denn mit den beiden?" John rührte wie wild in dem Topf mit Suppenpulver und Wasser.
"Bevor ich zu dir hoch gestiegen bin, war bei denen Geschrei zu hören, richtig Zeter und Mordio, und die eine Stimme klang auch gar nicht wie Fermín."
"Der´s ausgezogen."
"Wer ist denn dann da? Klang schon wie´n Typ,

aber ob das jetzt Deutsch oder Spanisch war, könnt ich nicht sagen..."
John dachte nach. "Äh, Newet wollte neulich seine Tante vom Bahnhof abholen. Vielleicht ist die das."
"Seinen *Tante*? Das war aber´ne Männerstimme!"
"Vielleicht klingen die bulgarischen Fraün so?"
"Das glaubst du ja wohl selbst nicht! Haha, statt der Tante ist der Onkel gekommen! Woll´n wir wetten?"
"Na dann kann ich verstehen, wieso Gloria sich so aufregt, sie wollte die Tante doch zum Babysitten... ey ich hab die Klümpchen nicht aus der Suppe raus gekriegt."
"Egal, die Klümpchen sind super. Hauptsache heiß."
"Morgen Abend ist eine Party bei Mischa, kennst du den?"
Ines pustete in ihren Suppenbecher. "Klar, Jesus-Mischa. Darf ich auch mit?"
"Logo. Enit verbreitet die Einladungen. Warum denn Jesus?"
"Ach der Mischa ist so´n ganz süßer, oberlieber Kerl, der lernt Physiotherapeut und überlegt halt, ob er ins Kloster geht."
John lachte. "Echt? Sowas gibts?"
Ines zuckte mit den Schultern. "Also wenn du micht fragst, sieht er eher aus wie Johannes der Täufer. Die Mischa-WG ist am Zoo, fahren wir Fahrrad hin?"
"Jo", sagte John und freute sich, dass Ines wieder im Lande war. "Und wie wars in Tschechein?"
"Ömm, öh, rustikal! Aber verschneit. Mit´n paar

von den Leuten gabs´n bisschen Stress, aber ansonsten wars so besinnlich, dass ich sogar zum Lernen gekommen bin. Ich muss ja die eine Germanistik Klausur nachholen. Schön wars! Alles sehr schön. Ja. Bis auf die Neujahrssauna. Da hätt ich mir beinahe den Tod geholt!"
"Hä? Soll doch so gesund sein! Wars nicht?"
Ines schnaubte böse durch die Nase. "Na wahrscheinlich isses gesund, aber einfach so in den Schnee springen und sich da rumwälzen ist grausig. Hu, ich krieg jetzt noch Gänsehaut, wenn ich nur dran denke."
John versuchte, *nicht* daran zu denken, wie Ines und ihre Skitruppe sich nackt im Schnee wälzten und schnitt lieber ein anderes Thema an:
"Hast du schon Euro eingetauscht?"
"Wann denn? Ich bin doch grad erst wieder gekommen. Montag geh ich zur Bank. Und jetzt geh ich mal wieder runter, so langsam müsste es da wärmer geworden sein."

Es schneite. Kleine, harte Fizzelflocken versuchten, ganz Leipzig zu zu decken und Abgase und Stadtlärm zu ersticken, sie fielen so kontinuierlich vom Himmel, dass man wirklich von ihnen eingelullt und zum Winterschlaf überredet wurde. Doch dann rasselten die Leipziger Wecker, es war Montagmorgen und die allerersten Genossen machten sich eifrig ans Schneeschippen. Dass heißt, sie kratzten mit ihren Schneeschiebern über die Bürgersteige, dass es in den Straßenschluchten wiederhallte und alle Winterschlafpläne zunichte wurden. John war schon vorher wach gewesen. Hatte mit offenen Augen im Bett gelegen, an Sex mit Alexa gedacht, weil ihm nichts Besseres einfiel, was aber unbefriedigend war, und sich dann hochgequält, um aufs eiskalte Klo zu gehen. Der absolute Luxus, dachte er dabei, ist eine Fußbodenheizung im Bad. Die Dusche müsste natürlich auch im Bad sein... Er wischte die Fensterscheiben mit Klopapier sauber und trocken, sie waren leicht beschlagen, und guckte sich die grauen Hinterhöfe an, die immer noch weiß berieselt wurden. Wird schon weniger, dachte John, ziemlich trostlos das alles hier, wenn wir wenigstens einen Weihnachtsbaum mit Lichtern in der Mitte stehen hätten... ä Tännsche, hehe, aber halt, da ist ja sogar einer! Ein abgewrackter, *total* trostloser. Da wird man ja depressiv, wenn man hier zu lange rausguckt, und von unten wirds einem zu kalt. Schluss mit Klo.

Er machte sich einen starken Kaffee, frühstückte und ging an die Arbeit. Zwischendurch rief Diana vom Fußballclub an und reichte ihn an den Verwalter weiter, der Einzelheiten zur neuen Clubhomepage durchgeben wollte, und gegen Mittag hatte John keine Lust mehr auf den Computer. Und auch keine Konzentration, weil sich immer wieder Partyerinnerungen unter die html-Gedanken schummelten.

Mischas WG war beeindruckend gewesen, in einer dreistöckigen, wuchtigen Reihenhausvilla. In Hamburg wären solche Häuser für ganz andere Vermögensschichten reserviert gewesen. In Leipzig übernahmen Studenten eine der riesigen vier Zimmer Wohnungen mit Balkon, Wintergarten und Garten, und machten eine chaotische WG daraus, in der es selbst getöpfertes Geschirr und eine Uraltbadewanne gab, wo der Wodka kühl gestellt worden war. Einer der Mitbewohner hatte während der Party vergeblich nach seiner Katze gesucht, die bei den ersten Tönen aus dem Diskozimmer über ihre Katzenleiter in den Birnenbaum geflüchtet war - John hatte sie dort gesehen. Punker und Dreadlockmädchen, lang- und kurzhaarige Typen waren bei einer mexikanischen Band ausgeflippt, die John nicht kannte, aber bereitwillig die Lautstärke für die Tanzwilligen aufgedreht hatte. "Panteón Rococó!" hatte Thorsten ihm zugeschrien und sich von den Dreadlocks unterhaken lassen. John war von einem Zimmer ins andere geschlendert, hatte erstaunlich viele bekannte Gesichter gesehen (sogar Andy saß in einer Ecke, wo angestrengt geraucht und diskutiert wurde), mit Hellen, Enit und Ines die traurigen Überreste des so angepriesenen Buffets inspiziert und schließlich Käsebrot gegessen, während die Mädchen in der Schüssel mit Nudelsalat herumstocherten, und dann hatte er Alex kennen gelernt, den Bauingenieur, der auch mit in Tschechien gewesen war.

"Wie sieht eigentlich ein Skihaserl aus?" hatte John gefragt, nachdem sie vorher lange über Musik, den Ostblock und Rollenspiele geredet hatten. Alex hatte gelacht und überlegt. "Na ja, wie die Ines vielleicht. Allzu viele Skihasen gibts auf dieser Party leider nicht, fürchte ich..."

"Skihase", schnaubte John belustigt, als er sich

an die Party erinnerte, und ihm fiel auch gleich ein, was sich dieser "Hase" noch geleistet hatte:
Gegen Ende der Feierlichkeiten hatte Jesus-Mischa plötzlich mit einer Gitarre im Kreis seiner Jünger da gesessen, die langen, blonden Haare glatt gestrichen und nach vielen Liedern, von denen John kein einziges kannte, von dem Russland Projekt erzählt. Er organisierte zurzeit den Aufbau eines kirchlichen Kinderheimes in der Nähe von Moskau, hatte Mischa bekannt gegeben, Freiwillige melden... Ines hatte sofort Feuer gefangen und sich in die Liste all derer eingetragen, die ein Russlandvisum für fünfundzwanzig Euro haben wollten. "Juni passt mir super", hatte Ines gesagt, "dann sind die Prüfungen erstmal gelaufen, auch die mündlichen, da hab ich doch Zeit! Nastarowje!"
"Zufällig hast du im Juni Zeit, und willst deshalb gleich Hammer und Meissel schwingen und ein Kinderheim bauen, ja?" hatte John einzuwänden gewagt und sich damit einen bitterbösen Blick eingefangen.
"Du glaubst wohl, ich kann das nicht. Irrtum, kann ich wohl. Du glaubst wohl, man braucht nie was für andere zu tun?"
"Aber warum denn ausgerechnet in Russland..."
"Ist doch cool! Ich war noch nie in Russland."
"Ich glaub, ich fahr auch mit", hatte Thorsten gesagt, "bis Juni bin ich mit den Schmetterlingen fertig", und John hatte sich ganz schlecht und unsozial gefühlt.
Wieso war er nicht so lustig und unbeschwert wie diese blöden Studenten? Hey, gib die Wohnung

auf, fahr mal eben nach Russland, fang danach was neues an... Oh nein, das würde er nicht schaffen. Zuviele Veränderungen. Vielleicht bringe ich im Sommer ja die Matthsche Gartenlaube auf Vordermann, dachte John, dann kann ich mit dem Studentenpack Erfahrungen austauschen. Er reckte sich, um aus dem schrägen Dachfenster sehen zu können. "Yeah, hat aufgehört, zu schneien", sagte John zu Ozzy, der mal wieder abgelenkt war und erst reagierte, als John einen Ausfallschritt in seine Richtung machte. Wie eine schwarze Rakete schoss er unter die Bettpaletten. "Ey raus da", lockte John, "du musst in´n Käfig!" Er wollte spazieren gehen, mal eine Runde um den Block drehen, und unter den Paletten konnte man nur ganz schwer sauber machen... Mit einem Kochlöffel jagte er Ozzy schließlich heraus, steckte ihm eine Scheibe Gurke zwischen die Zähne und sperrte ihn ein.
Ich brauch Natur, dachte John, als er auf der Straße stand, und ging in den Park. Er hatte Glück, bisher war noch niemand auf dieselbe Idee gekommen, weshalb die große Rasenfläche völlig unberührt weiß war und blendete. "Hier fehlen noch´n paar Spuren", murmelte John vor sich hin und machte welche. Wie ein kleiner Junge knirschte er gutgelaunt um die Bäume in der Mitte der Parkwiese, lief eine Acht und war sogar versucht, einen Schnee-Engel zu machen, aber dann warf er doch lieber nur einen Schneeball an die Gedenktafel. Als er lange genug Trapper auf Winterjagd gespielt und angefangen hatte, zu frieren, trappelte er zufrieden nach Hause zu

seinem Ölheizer.

Ein paar Tage später meldete sich Thorsten bei John. Der Physiker brauchte Hilfe am Rechner beziehungsweise die Schmetterlinge mehr Klarheit, ob John sich nicht mal den Uniriesen von Innen anschauen wollte? Da säße er in seinem stillen Kämmerlein, klagte Thorsten, und wäre kurz davor, den Rechner aus dem Fenster zu werfen.

"Elfter Stock, hilfst du mir bitte?"

"Keine Panik", meinte John, "bin schon unterwegs."

Beim Bäcker in der Mariannenstraße besorgte er Nervennahrung, las im Vorbeifahren die Bild-Schlagzeile, dass Günter Strack gestorben war (Ständig sterben die Leute, dachte John, da war doch neulich erst einer... Falko! Genau, Falko war das, und Lady Di und Kurt Cobain sind auch schon tot...), und dann wäre er fast auf einer hundsgemeinen, dauergefrorenen Pfütze ausgerutscht, schlingerte kurz und konnte einen Sturz verhindern, und erreichte schließlich doch das Hochhaus am Augustusplatz. Wieder pfiff der Wind ganz erbärmlich um dessen Ecken, das musste eine thermostatische Eigenheit sein! Mit Hilfe des Pförtners fand John den Weg zu den Physikern im elften Stock und Thorsten verkrümmt an einem überladenen Schreibtisch sitzend. Ein graunvolles, gelblich-graues Licht nahm einem sofort jegliche Motivation, und im Gesicht sah Thorsten ebenfalls gelb aus. Das konnte aber auch an seinem ekligfarbigen T-shirt liegen, das nicht zu den braunen Hosen passte.

Auf seinem T-shirt Rücken stand "Auto-Meier, alter Geier", was John völlig sinnlos fand und begrüßend mit der flachen Hand darauf klopfte. "Die Rettung naht! Willste 'ne Cremeschnitte?"
In eineinhalb Stunden hatte John sowohl den Freund als auch das Programm wieder aufgebaut, und Thorsten lud ihn zum Dank ins Maga Pon ein.
"Was ist das und wo ist das?" fragte John.
"Kneipe", sagte Thorsten, "Café, in der Gottschedstraße. Jenny kocht da seit neuestem."
Das Maga Pon war angenehm stylisch und schlicht, voller Studenten und Nicht-Studenten, ein paar kleine Kinder saßen auch mit den den Tischen und ein Teil der zentralen Theke war ein DJ-Pult. Außerdem gab es drei Waschmaschinen, die tatsächlich in Gang waren, Regale mit Zeitschriften und in den großen Fenstern Topfpflanzen. Es roch gut, eine Mischung aus Tee, Basilikum und Waschpulver. John grüßte mit einem Kopfnicken Mike, der mit Tatjana da war, und bestellte ein Weizen. Thorsten wollte Tee.
"Ich habs manchmal mit der Leber", erklärte er achselzuckend. "Nachwirkungen meiner wilden Jugend."
"Ho, dumm gelaufen", meinte John und dachte, dass dann wohl nicht nur Deckenlicht und T-shirt an Thorstens Gesichtsfarbe Schuld waren - er betrachtete ihn verstohlen genauer, na ja *leicht* gelblich war sie vielleicht - und dass die wilde Jugend möglicherweise mit Thorstens schiefem linken Ohrläppchen zu tun hatte, das sah wie abgeschnitten aus. Mit Tee und Weizen fanden

sie einen Tisch beim Hinterhoffenster und ein angenehmer Maga Pon Nachmittag begann. Sein Ende nahte gegen 16 Uhr, als Thorsten meinte, er müsste gleich los, er wäre mit Mischa verabredet, sie wollten auf die Russische Botschaft gehen, um die Visa zu beantragen.
"Kannst du etwa Russisch?" wunderte sich John, und Thorsten tat bescheiden: "Na ja nur so Touristenrussisch. Ist bloß zum Eindruck schinden." Er verschwand in der Küche, um seiner Mitbewohnerin Jenny Hallo zu sagen. John streckte die Beine aus, lehnte sich zurück, guckte in den vollen Raum und hörte das Gespräch vom Nebentisch mit an. "Kutteln", sagte dort das hübsche, kurzhaarige Mädchen, "im Kitchen würde ich *sofort* wieder Kutteln bestellen, man denkt ja nicht, das sowas lecker ist, aber das waren super zarte Dinger!" Zeit, zu gehen, dachte John, aber bevor Thorsten wiederkam, hörte er auch noch die DDR-Geschichte vom Sylvesterkarpfen in der Badewanne des Kuttelmädchens. John grübelte darüber nach, ob er auch lustige Geschichten aus seinem Leben erzählen könnte und war richtig betroffen, als ihm keine einzige einfiel, aber dann erlöste Thorsten ihn aus dem Dilemma und sie konnten gehen. Thorsten Richtung Russische Botschaft, John Richtung Hauptbahnhof.
Auf dem Bürgersteig der Ringstraße kamen ihm drei hüpfende, herumalbernde Gestalten entgegen – Ines, ein Mädchen und ein Junge, die sich die Arme um die Schultern gelegt hatten und "Ein Hut, ein Stock, ein Regenschirm" spielten, bis sie

fast mit John zusammenprallten. "Und: Vorwärts, rückwärts, seitwärts, ran!" sangen sie,
"Hi Ines!" sagte John unterbrechend, und "Hi John!" rief Ines und löste sich aus der Dreierkette. Die anderen zwei blieben umschlungen.
"Das hier sind Nils und Sabine, Sabine und Nils, und das hier ist John, der wohnt bei mir im Haus, auch aus Hamburg." Aah, das ist also Frisbee-Nils, dachte John.
"Cooles bike", meinte der jetzt anerkennend und erzählte mit leuchtenden Augen, was er sich gestern für *sein* Fahrrad besorgt hätte: Mäntel mit spikes. "Sieht *total* abgefahren aus, und mein Weg zur Uni geht sowieso nur durch Wald und Wiesen, so durch den Park und an der Pleiße lang, da kommen die voll zum Einsatz und ich werde nie wieder ausrutschen!"
"Yeah, symphatische Idee", fand John. Dieser Nils war also mit dieser Sabine zusammen, aha.
"Kommt doch mal bei uns vorbei!" schlug sie vor, alle nickten unverbindlich und Ines meinte, jetzt gerade wäre sie auf dem Weg in die Staatsbibliothek.
"Dann trennen sich unsere Wege", sagte Nils.
"Chau", sagte Sabine, "Tschüß" sagten Ines und John, und ihr Grüppchen löste sich auf.
John beschloss, zur Abwechslung mal die Strecke über Anger-Crottendorf zu versuchen, hielt sich dabei aber zu weit rechts und landete orientierungslos in Reudnitz, wo es nach Braürei roch und die Häuser hoch und unsaniert waren. John fror. Bald würde es dunkel werden, der Hunger meldete sich, und er saß in Reudnitz. Lustlos

schob er sein Rad weiter in die falsche Richtung, alles wurde immer grauer, dann durchschnitten Eisenbahnschienen mindestens sechsgleisig auch dieses Viertel, und die Straße machte eine rasante Kurve bergauf, wonach John eine Verschaufpause einlegte. Wo bin ich, dachte er. Da fiel sein Blick auf einen Laden in einem der alten, graün Häuser: ein "Zeitkaufhaus". Ein Uhrmacher war es aber nicht, weshalb John sein Fahrrad neugierig näher schob, um mal zu gucken, was es dort so alles gab. Tastaturen, Teekannen, Hackbretter, Möbel, Geschirr, Puppen, Bilder, Bücher... Och bloß´n Trödelladen, dachte John enttäuscht, als ein blond zerzauster, dreitagebärtiger Typ in der Tür erschien, sich die Brille die Nase hochschob und John angrinste:
"Hi! Was gefunden?"
"Nö ich such auch gar nichts."
"Obwohl man nicht sucht, kann man trotzdem etwas finden! Drinnen hab ich noch mehr!"
"Ja nee Danke", hatte John noch Zeit, zu stammeln, da stand er auch schon samt Fahrrad im Laden drin und war sich ziemlich sicher, dass er hier weder suchen noch finden wollte; all dieser Trödel machte ihn grantig.
"Jetzt erzähl mir nicht, du hast schon einen Toaster, den gibts zusammen mit den fünf Schöpfkellen für nur eine Stunde Altenheim!"
"Hä?" Was geht ab, dachte John, ist der Kerl verrückt?
Der andere erklärte: "Im Zeitkaufhaus kannst du all diese wunderschönen Dinge erwerben, im Austausch für ein bisschen deiner Zeit in sozialen

Einrichtungen. Der Toaster kostet also eine Stunde Altenheim, bisschen mit den Senioren quatschen, was unternehmen, vorlesen und Karten spielen."

"Ey hör mir auf mit sozial, ich war Zivi, das muss reichen, und den Toaster brauch ich echt nicht, ich hab schon´n Mixer."

Jetzt brach der Ladeninhaber in ein keckerndes Lachen aus. "Yeeeah, ist schon ok, niemand will mehr was von seiner Zeit hergeben... ich mach den Laden bald dicht, ´s hat alles keinen Sinn mehr... "

Was tu ich hier, wunderte sich John, ich hab hier nichts verloren, bin ich der Reudnitzer Seelsorger oder was. Er wollte schnell wieder auf die Straße und gab als Verabschiedung den Rat, das Zeug doch einfach zu verkaufen.

"Ja, jaja, ich weiss", räumte der plötzlich wieder heitere Ladenbesitzer ein, "aber´s ist halt auch irgendwie ´n Projekt, verstehste... wenn ich´n Sponsor an Land ziehen könnte, ja dann sähe das hier ganz anders aus!"

"Tschüß, Wiedersehen", sagte John, "machs gut und so, ich geh dann mal."

"Ja!" hörte John noch in seinem Rücken, "Tod dem Kapitalismus!"

Schließlich gelangte John auf der Suche nach irgendetwas Schönem zum "Pilsner Urquell".

Spießerkneipe, dachte John, kleinbürgerlich. Ach egal. Man soll keine Vorurteile haben.

Außerdem war Reudnitz gerade etwas freundlicher geworden, etwas weniger räudig, also schloss er sein Rad an und stieg die Ein-

gansstufen zum Pilsner Urquell empor. Er öffnete, trat ein und fühlte sich sofort wohl. Das hier war keine Spießerkneipe, das war ein Kneipenrestaurant, erstaunlich leise, obwohl drei Tische besetzt waren, wie im Ratskeller mit Wappen an den Wänden und Deckenleuchtern aus schweren Wagenrädern. Solche gewölbten Decken musste man erstmal haben! John steuerte einen Ecktisch an, ließ seine Jacke an der Garderobe und sich selber erleichtert auf einen Stuhl plumpsen.
"N´Abend der Herr", begrüßte ihn ein sehr alter Kellner und überreichte die Speisekarte.
"Oh, ich glaube, die brauche ich gar nicht", sagte John mit seelig verklärtem Blick auf die Tageskarte, die neben der Theke hing, "ich hätte gerne das Tagesmenü und ein großes Bier."
"Sehr wohl der Herr."
Der Kellner eilte Richtung Küche, und John freute sich, dass er hier "der Herr" sein durfte. Wenig später stand ein perfekt gezapftes Pils auf seinem Tisch, mit Papierkrause und passendem Bierdeckel. Aah, dachte John, böhmische Braukunst! Und echte böhmische Küche - wo verdammt liegt denn nochmal Böhmen?
Er war eben dazu gekommen, sich den Schaum nach dem ersten Schluck abzuwischen, da betrat Hellen das Pilsner Urquell, gefolgt von einem genauso großen Mann mit Elbschiffermütze und einer kleineren Frau mit offenem Lächeln und dem rechten Arm in Gips.
"Hey John! Was machst du denn hier, was hat dich denn nach Reudnitz verschlagen?!" Hellen strahlte über das ganze Gesicht, es machte aber

auch einen Mordsspaß, zufällig auf Bekannte zu stoßen.
"Hi! Ich kam hier vorbei und hatte Hunger, und da sitze ich nun... Hiers noch Platz am Tisch." Er fegte einladend seinen Rucksack vom Stuhl.
"Ok", sagte Hellen. "Papi, Mami, das ist John, John, mein alter Herr, mein grau gewordener Vater, und meine kleine Mutter Lena."
"Na na", sagte der Vater. "Olaf", und schüttelte John die Hand.
"Moin", grinste John, schüttelte ebenfalls und drückte auch gleich die Hand, die aus dem Gips heraus guckte.
"Das Pilsner Urquell ist ein absoluter Geheimtip. Mit den Ausländern waren wir schonmal zum Kneipenabend hier, da ist der arme Kellner fast verrückt geworden, als ihm der Laden aus allen Nähten platzte..."
"Haben Sie schon bestellt?" unterbrach Lena ihre Tochter. "Äh, du, hast du schon bestellt?"
"Ja, das da", sagte John und zeigte auf die Tageskarte, "das Pfannengeschnetzelte mit Kraut und allem drum und dran."
"Böhmisch", sagte Olaf, "na denn man tau, das nehmen wir auch, was, Lenachen?"
Am Ende der gemütlichen Tafelrunde hatte John gelernt, dass Tschechien früher Böhmen hieß, dass ein Weißherbst nicht dasselbe ist wie ein Weißwein, und dass man für achter Dübel den sechser Bohrkopf wählt, weil man ja nie wissen kann, wie fest das Mauerwerk ist. Das Problem mit dem Erdungskabel war ihm bereits bekannt, was Olaf beeindruckte.

"Da hättest du ja die Klingel bei den Mädchen reparieren können!" sagte er. "Himmelsackzement, das war da vielleicht eine Konstruktion, die war ja vorsintflutlich, gefährlich geradezu!"
"Die Klingel hat Tino selbst gebastelt", maulte Hellen, "und wenn du sie nicht angefasst hättest, wär sie auch nicht kaputt gegangen."
"So, Kinders", Hellens Vater machte Anstalten, zu gehen, "ich darf nix mehr trinken, ich muss noch fahren. Brechen wir auf?"
"Ja, Olaf, lass uns aufbrechen, du musst morgen noch den Duschvorhang anbringen!"
"Jaja ich mach das schon! John, Sie, äh, du, bist eingeladen."
Vor dem Pilsner Urquell parkte ein Lieferwagen mit Kieler Kennzeichen. Den hatte Hellens Vater gemietet, um Freunde auf derem hessischen Weingut zu besuchen und danach zur Tochter nach Leipzig zu fahren, mal nach dem Rechten zu sehen, dies und das zu reparieren, diese und jene Weinflasche dort zu lassen, wie Hellen erzählte und anbot, John im Auto mitzunehmen.
"Mich und das Rad?"
"Na klar, zwischen den Weinkartons ist bestimmt genug Platz!"
Das war richtig, und John hoch zufrieden, dass er nicht in der Dunkelheit den Weg nach Hause zu suchen brauchte. Reudnitz ist gar nicht mal so schlecht, dachte er, hehe, fast schon "Freudnitz".
Er lehnte sich im Laderaum an die Wand und tastete mit den Händen nach einem Halt, falls Olaf so ähnlich fahren sollte wie Enit, und bekam links und rechts Holzkisten zu fassen, wie Gemü-

sekisten vom Markt. In der einen waren Weinflaschen ("Weißherbst", dachte John überlegen und kam sich vor wie der Obersommelier), aber in der anderen erfühlte er plötzlich etwas kaltes, glattes, großes, dass zu allem Schrecken auch noch piekte - angeekelt zuckte John zurück, was hatten die Kieler denn da in die Kiste gepackt! Na wenigstens schien es nichts Lebendes zu sein. John hielt sich an der Weinkiste fest. Hellens Vater fuhr zum Glück wie ein Profi, sanft und gleichmäßig, beinahe einschläfernd... aber da war immer noch dieses pieksende Dings!
Vor Frau Matthes Haus kletterte John ins Freie und hob sein Fahrrad auf den Bürgersteig.
"Moment, Moment!" rief Hellen, als er die Tür zum Laderaum schließen wollte. Sie verschwand im Inneren. John hörte, wie sie leise "Ay, tschsch" sagte, und dann drückte sie John eine Zucchini in die Arme. In die Hand nicht, dazu war dieses Gemüse nicht geeignet: Es maß gut und gerne sechzig Zentimeter und war so dick wie eine Fleischwurst, bevor sie in Scheiben geschnitten wurde.
"Da!" sagte Hellen und klang beinahe boshaft. "Weil du uns so nett Gesellschaft geleistet hast, bekommst du zum Dank eine Zucchini, frisch aus Hessen... Ich will mich nicht mit zweien von den Dingern in der Küche herumschlagen müssen, also nimm du mir mal eine ab, ja? Pass auf, an dem eine Ende piekt sie."
"Hab ich schon gemerkt", brummte John mit dem Riesengemüse im Arm wie ein ungewolltes, grünes Baby von Außerirdischen. "Danke fürs Mit-

nehmen", sagte er durch das heruntergekurbelte Fahrerfenster zu Lena und Olaf, der tippte sich grüßend an die Elbschiffermütze, sagte "Gern geschehn", Hellen setzte sich neben ihre Mutter, und dann brauste der Lieferwagen davon.
John blickte misstrauisch auf die Zucchini. Er hatte nicht die leiseste Ahnung, was er mit ihr anstellen sollte. Vielleicht Frau Matthes schenken? Dann hätte er demnächst ein Glas Zucchinimarmelade im Regal stehen, das konnte er sich an drei Fingern ausrechnern. Etwas unschlüssig klemmte er sich das Ding unter den Arm und schob sein Rad in die Hofeinfahrt. Michael und Anja kamen aus der Haustür.
"Hallo hallooo!" rief John. "Lust auf Zucchini?"
Anja lachte und Michael behaupete spontan, er äße noch nicht mal Gurken, vielen Dank also.
"Was hast du denn mit der gemacht?" fragte Anja belustigt. "Aufgeblasen?"
"Nee das ist wohl natürlich so, selbst gewachsen und ökologisch..."
"Na dann viel Spaß damit", grinste Michael und machte sich mit seiner Freundin an der Hand aus dem Staub.
Hm, die hams gut, dachte John, was is´n das jetzt schon wieder für´n Mist, steh ich da im Dunkeln mit bike und Riesengemüse, was mach ich bloß...
Er legte es auf die ersten Treppenstufen und brachte das Fahrrad in den Keller. Als er wieder rauf kam, stand vier Stufen höher ein junger Mann und starrte wie versteinert nach unten. John bewegte sich langsam, er kannte den anderen nicht, aber irgendwie hatte er wirklich den

Spaß, den Michael ihm gewünscht hatte. Jetzt griff er die Zucchini, mit einer Hand, was ein richtiger Kraftakt war, und ohne den Fremden aus den Augen zu lassen, machte er einen schnellen Sprung nach vorne und tat so, als ob er einen Gemüsetorpedo werfen oder einem Basketballspieler einen Pass zu werfen wollte, da! haste ihn, woraufhin ein komischer, spitzer Schrei erklang und der Fremde herumwirbelte, um nach oben zu flüchten. Abgeschwirrt, dachte John zufrieden und lachte vor sich hin, aber hoffentlich hab ich den Falter jetzt nicht bei mir auf der Matte stehen, wer war das überhaupt?
Letzten Endes verteilte John die Zucchini gerecht auf alle Wohnungen, als er das Treppenhaus putzen musste. Nur Anja und Michael gingen leer aus, denn gerade, als John vorsichtig ihre Fußmatte ausgeschüttelt hatte, hörte er, dass sie mal wieder auf ihrem Futon herumturnten, und dabei wollte er sie lieber nicht unterbrechen. Frau Matthes bedankte sich herzlich, ebenso Angelo, Katja fragte, ob er wahnsinnig sei, was solle sie denn mit einer ein Kilo Scheibe Zucchini?, aber Ines meinte "Gib her", sie würde die schon klein kriegen, und dann klopfte John bei Gloria und Newet. Das heißt, nur bei ihr, Newet war vorhin in seiner Bauarbeiterkluft durchs Treppenhaus gestiefelt, also machte Gloria die Tür auf. John merkte gleich, dass irgendetwas anders war, es roch auffällig nach Baby. Ist das Babyparfüm? überlegte John, erinnerte sich dann aber gleich an früher, an vor vier Jahren, und sagte: "Feuchte Tücher, was?"

"Hola John", sagte Gloria finster und steckte sich die Haare fest.

"Äh, Lust auf Zucchini?" bot John freundlich an und hielt Gloria ein zwanzig Zentimeter langes Stück hin.

"Sí....como no", seufzte Gloria, "gib, gib mir, ist alles egal, nehme ich alles."

John stockte in der Bewegung, aber Gloria nahm ihm die Zucchini ab. "Ist was los?" fragte er. "Sim krank? Wieso bist du so fertig? Ist der Frischhaltebehälter mit den Babytüchern ausgelaufen?"

Gloria begann, angestrengt zu kichern, endete aber Gottseidank mit einem gelösten Auflachen und erklärte John tief ausatmend und achselzuckend, dass anstelle der angekündigten Tante Newets Onkel Iwar aus Bulgarien gekommen war, der sich bisher leider als völlig untauglich zum Babysitten erwiesen habe, weder Deutsch noch Spanisch spreche und sie ihr Schulenglisch herauskramen müsse, wenn sie etwas von ihm wollte, und dass er außerdem alle feuchten Tücher verbrauche, um sein Zimmer und sich selbst zu reinigen.

"Habe ich bald Allergie gegen den Geruch!" beschwerte sich Gloria abschließend, und John fand, sie sei zu bedauern.

"Aber Babysitten lernt man doch", meinte er.

"In Englisch?" zweifelte Gloria.

"Na Newet ist ja auch noch da. Ok Gloria, ich mach dann mal das Treppenhaus fertig, nä."

"Nein, warte - kommst du Mittag essen? Eingeladen..." Sie schwenkte das Zucchinistück durch die Luft. "Und guckst du auch Iwar!"

John war alles recht. "Ok komm ich."
Gloria lächelte wohlwollend, schloss Augen und Tür, nur um eine Sekunde darauf schon wieder "No! Go away! Stop Baby!" zu schreien.
"Auweia", sagte John und schob die Fußmatte auf ihren Platz. Mann die Stiefel könnt ich auch mal wieder putzen, dachte er dabei, nichts als Arbeit...
Genau die beendete er gegen 13 Uhr, freute sich über den gelungenen Aufbau der homepage für den Tier-und Pflanzenladen, schrieb sich einen Zettel, dass er morgen bei denen vorbei fahren wollte, ließ Ozzy frei laufen, machte den Käfig sauber und sich selbst dann auf den Weg zu Gloria und dem Mittagessen. Und zu Iwar, was für ein furchterregender Name! Das klang wie "Iwar der Schreckliche", fand John, oder "Iwar der Grausame", so etwas in der Art. John klopfte, Gloria schrie "Open!", Iwar öffnete, John blieb die Spucke weg. Der fremde Typ, den er gestern mit der Zucchini verscheucht hatte, trug heute knallenge Jeans und ein knappes rosa T-shirt, zu dem der schmale Oberlippenbart völlig grotesk aussah, was auch der saubere Seitenscheitel in den gegelten Haaren optisch nicht verbessern konnte.
"Hello", sagte Iwar mit einer angedeuteten Grimasse und reichte John die Fingerspitzen, der sie automatisch schüttelte und sich vorstellte.
"Fertig?" rief Gloria und kam mit Baby Simón im Arm angerauscht. "Tür zu, wird kalt!" Dann rauschte sie weiter.
Iwar sah John mit hochgezogenen Schultern, eingezogenem Kopf und verdrehten Augen an, sollte heißen: "Frauen...", John zuckte auch mit

allem, was ging, Iwar kicherte und tänzelte durch die Wohnung in sein Zimmer. Die penetrante Babygeruchwolke verschwand mit ihm, und John marschierte zu Gloria in die Küche.
"Das´s ja man´n schräger Onkel!"
"Was?"
"Ein schwuler Onkel. Na ja, gibt schlimmeres." John grinste breit, nahm der energisch im Topf rührenden Gloria das Baby ab und setzte sich an den kleinen Küchentisch, der für drei gedeckt war. Gloria war wütend und John verstand nicht, was sie auf Spanisch vor sich hin murmelte.
"Riecht gut", meinte er versöhnlich. Simón lag auf seinen Oberschenkeln, den Kopf auf den Knien, und John machte mit ihm "Ärmchen auseinander, Ärmchen zusammen." Auseinander, zusammen. Simón guckte ihn groß an und lag da ganz vergnüglich.
"Wann kommt Newet wieder?" erkundigte er sich.
"Später. Weisst du, John, wollte ich Tante für Babysitten, so kann ich auch wieder raus gehen. Von meiner Arbeit habe ich drei Monate frei wegen Simón, und die sind jetzt fast vorbei. Gut ist, dass die Chefin ist wie Freundin von mir." Gloria stellte den Topf auf eine andere Herdplatte und begann, Baguettebrot mit Kräuterbutter zu bestreichen.
"Wo arbeitest du eigentlich?" fragte der John, der immer geglaubt hatte, Gloria wäre Hausfrau.
"Kennst du Natura? Bioladen. Es gibt Natura in Connewitz, und eine große Filiale im Hauptbahnhof, und da arbeite ich. Was mache ich jetzt mit Simón?"

"Nimm ihn mit?" schlug John vor. "Was is´n in dem Topf? Was hast du mit der Zucchini gemacht?"
"Sopa", sagte Gloria, "Suppe."
Sie schöpfte zwei Teller voll, stellte das Brot auf den Tisch und rief nach Iwar.
So ganz böse kann sie ja nicht auf ihn sein, wenn er sogar mitessen darf, dachte John, ist ja auch richtig so, was regt sie sich unnötig auf... statt Tante isses halt Tunte, hö, hä, auch kein großer Unterschied. Bloß ein Buchstabe anders.
Gloria nahm Simón hoch, erklärte, sie kämen gleich wieder, und ließ John und Iwar mit dem Essen allein.
"Skal", sagte John, sie stießen mit Sprudelwasser an und löffelten los, bis Iwar sich verschluckte und John ihm auf den Rücken klopfte.
"Ey Alter! Watt denn!" Er klopfte noch ein bisschen schneller, Iwar röchelte mit rotem Kopf, wedelte mit den Armen, um John abzuwehren, ein Wasserglas ging Bruch und beide lachten halb hysterisch halb beschämt, wohl wissend, dass jede Sekunde ein chilenisches Donnerwetter über sie hereinbrechen konnte. Rasch sammelten sie die Scherben ein und wischten das Wasser auf, und als Gloria mit dem gestillten Baby am Ort des Geschehens erschien, saßen John und Iwar friedlich auf ihren Plätzen und knabberten Baguette, verschwörerisch die Unschuldigen spielend.
"Was ist kaputt?" fragte sie misstrauisch.
"Ach das eine Glas ist ganz von alleine runtergefallen", gab John zu. "Die Suppe ist lecker."
Auch Iwar streckte lobend den Daumen hoch.

FRAU MATTHES

Also man kann nur staunen, was es alles gibt, und da sage einer, im Osten nichts los und im Westen nichts neues! Das mit dem Euro mag ja noch mit rechten Dingen zu gehen. Michael der liebe Junge hat mir einen Euro-Konwöter von der Arbeit mitgebracht, den kann ich auch bedienen, ich bin ja noch gar nicht so verkalkt, und es ist auch wichtig, die Umrechnung korrekt zu machen, sonst wird man beim Einkauf übers Ohr gehaün! Dass einfach die DM-Schilder gegen Euro-Schilder ausgetauscht wurden, hab ich auch schon gesehen. Richtig kriminell finde ich das. Ach je, ja. Und dann dieser Onkel vom Newet, was soll man dazu sagen? Ein wenig unglücklich sah der Newet schon aus, als er ihn mir vorgestellt hat. Mit der Kommunikation hapert es natürlich, ich kann ja kein Bulgarisch und Englisch auch nicht, aber höflich ist er ja, der junge Mann! Um solche Dinge wie Arbeits- und Aufenthaltsgenehmigung will ich mich nicht kümmern, das ist dene seine Angelegenheit, und auch die, die - na wie sag ichs nur - die privaten Vorlieben, die sind mir auch egal. Schön ist so ein rosa T-shirt ja nicht, aber man sieht ja heutzutage so vieles, was es früher nicht gab, und wenn ichs mir recht überlege, gabs in der DDR auch zu viel braun-grau-blau, doch das finde ich schon. Und nun kriegen wir halt rosa aus Bulgarien und Zucchini aus Hessen, sowas ist mir noch nicht vorgekommen! Sowas großes! Was die in Hessen wohl für einen Dünger nehmen? Und auf freiem Feld kann das auch nicht gewachsen sein, jetzt ist doch gar nicht die Zeit für so ein Gürkchen. Eine hessische Treibhauszucchini also. Aber ich will mich nicht beklagen, denn für was ist es schon die Zeit im Februar? Der Februar ist immer so matschig, und das war schon immer so.

IWAR
Diese südamerikanische Furie würde mich am liebsten wieder los werden. Hab ich was gegen Ausländer? Nein. Hab ich was gegen Mütter? Auch nein, Gott bewahre! Aber ausländische Mütter sind wohl eine Spezies für sich, mhm, und wenn es nach dieser meiner Schwägerin ginge, säße ich nicht hier, sondern auf der Straße. Meiner sogenannten Schwägerin, ich weiss die Bezeichnung gerade nicht... Nachdem der John zum Essen da war, hat sie sich auf jeden Fall etwas beruhigt. Also normalerweise kann ich ja nicht so gut mit so ganz andersfarbigen, völlig schwarz angezogen und gepiercht, und da waren auch Tattoos zu sehen, ist der jetzt ein Punker oder wie ist der geartet? Es gibt ja soviele Subgruppen und alternative Subkulturen, alles sehr undurchschaubar, bei mir ist das viel einfacher. Mhm mhm. Auf jeden Fall wars ja sehr nett mit dem John, und ich will auch versuchen, mich anzupassen, wenn ich nur nicht zurück nach Bulgarien muss! Oh! Ich kann auch auf die Babytücher verzichten. Mhm. Nun hat mein lieber Neffe mich dazu verdonnert, auf die Volkshochschule zu gehen, morgen beginnt mein Super Intensiv Deutschkurs, dafür gehen alle meine Ersparnisse drauf! Und anschließend darf

ich mit dem Babywagen durch den Hauptbahnhof flanieren, bis Gloria mit der Arbeit fertig ist... Mhmmm....Ja aber so wird es gehen, denke ich. Ach dieser John war ja doch ganz schnuckelig, und wenn der mit Babys umgehen kann, dann kann ich das auch.

Im jährlich matschigen, grauen Februar, in dem einige Tage auf Fizzelschnee und andere auf Nieselregen beharrten, flüchteten Leipziger wie Zugezogene in die Kneipen und Cafés auf der Suche nach Geselligkeit, einem trockenen Plätzchen und Kaffee, der hier in Massen getrunken wurde wie in Ostfriesland der Tee. Bevor John bei dieser Antimatschbewegung mitmachen konnte, stritt er sich am Telefon mit Wolf, um allen Krisengerüchten entgegen einen Programmierauftrag zu erhalten und seine Kasse aufzubessern, was nach langem hin und her schließlich glückte und John erschöpft ins Don Filippo wankte.
Hellen und Enit hatten ihre eigene Methode, den Februar zu bekämpfen. Einmal rief Freitag Abend Torben bei John an. Der verstand zunächst überhaupt nicht, wer dran war, denn es lief laute Musik im Hintergrund, und Torben hatte doch gar keinen eigenen Telefonanschluss? Er wars aber trotzdem: "Ey John! John, hörst du mich?"
"Äh, Torben? Was -"
"Du glaubst nicht, was hier ab geht!" Torben kicherte, dann gab es einen Knall, er fluchte und brüllte, dann war er wieder am Apparat:
"Aaargh, shit, die Mädels ham mich mit´m Sektkorken abgeschossen!"

"Rooootkäppchen!" kreischten Enit und Hellen und lachten begeistert.
"Was macht ihr da?" fragte John.
"Die feiern irgendwas", sagte Torben. "Geburtstag und Prüfungen und Fasching womöglich auch..."
"Und du bist eingeladen?"
"Mann, ich wollte eigentlich was mit der Tine machen -"
John grinste.
"- aber als ich hoch kam, da war´nse schon mit der ersten Flasche Sekt fertig und hören seitdem ihre alten Kassetten rauf und runter! Ey willste mal hören?"
John war ganz Ohr, lauschte in den Telefonhörer und bekam einwandfrei mit, wie Hellen und Enit "Poison! Your poison is running through my veins!" schrien, juchzten, und allem Anhör nach durch die Wohnung tanzten. John lachte lautlos, das war doch Alice Cooper, der alte Knacker! Was hatte Christian nochmal erzählt?
"Torben!" rief John in den Hörer.
"Jaaa, am Apparat", kam es zurück.
"Die machen Oldie-Night, deine beiden Damen."
"Ja kann sein, Geburtstag hat Hellen aber auch, die Tine hat extra ´ne Backmischung gekauft und da steckt´ne Kerze in dem Kuchen - Nein!! Ey lass mich bloß in Ruhe! Nix! Ich tanz doch nicht zu George Michael! Nein, nicht mal zu "Faith", ihr spinnt wohl! John, hör mal, Alter, kommst du eben her und stehst mir bei? Allein werd ich mit diesen Verrückten nicht fertig."
"Nä", wehrte John ab, "keine Lust. Und von Sekt krieg ich Kopfschmerzen."

"Dann verdrück ich mich jetzt auch. Oha!, da kommen noch mehr Leute - jajaja, kommt rein, hiers Party..." Die Verbindung brach ab, denn Torben war das Telefon herunter gefallen.
"So so, was mit der Tine machen", brummte John und war gut gelaunt.

Am Ende der nächsten Woche, die John mit Programmieren und Musikhören verbracht hatte, radelten er und Ines gegen 18 Uhr durch den Park Richtung Innenstadt. Es war ein angenehm trockener und kalter Abend, ihr Ziel war Plagwitz und dort die Schaubühne Lindenfels, wo sie mit Torben, Enit, Hellen, Doris und Andy verabredet waren. In der Schaubühne wurden Filme aus den 70ern gezeigt, heute: "The Great Escape" mit Steve McQueen. Ines trug verwaschene Jeans, Trekkingstiefel, Wollpullover und Windjacke, und John fand, dass sie trotz der neon-rosa Schirmmütze ziemlich gut aussah. Auf die anderen freute er sich auch, alles symphatische Typen, und obwohl ihm Steve McQueen egal war, würde es bestimmt ein lustiger Abend werden. Mit Freunden ins Kino - genau das richtige für Februar. Nach Plagwitz war es relativ weit, weshalb John so verfroren wie froh war, sich in der dunklen, warmen Schaubühne in einen Kinosessel setzen zu können, auch wenn er ungemütlich und durchgesessen war. Andy verteilte Schokolade, Doris bot Gummibärchen an, der Film konnte beginnen.
"Ich verdurste", klagte Ines, als sie eineinhalb Stunden später steif und blinzelnd ins Freie tra-

ten. Zum Kino gehörte zwar auch eine gleichnamige Kneipe, aber alle Tische waren besetzt, so dass Hellen ihre durstigen Freunde schnurstracks in die "Blechlampe" führte, die lag nur drei Ecken weiter an einer der spärlichen Stellen, wo in Plagwitz Straßenbäume wuchsen, fünf an der Zahl, mit Bänken darunter und der Blechlampe dahinter. John als letzter drehte sich nochmal um, nachdem alle ihre Räder angeschlossen hatten und in der Kneipe verschwunden waren. Graue, bedürftige Altbauten. Er wunderte sich wieder einmal darüber, dass es so viele Wohnungen gab, konnte sich beim besten Willen nicht vorstellen, dass dort überall jemand wohnte, und guckte hoch zum Mond. Dreistöckige Altbauten, zweistöckige! Soetwas gab es in Hamburg fast gar nicht.
"Plagwitz ist ein altes Arbeiterviertel", erzählte Hellen kurz darauf, als sie an zwei Tischen zusammen saßen. "Viel Industrie am Kanal, Textil und Chemie und sowas, na und die Arbeiter mussten doch irgendwo wohnen. Und wenn jetzt Lofts aus den alten Fabriken werden -"
"Ich kenne ein Mädchen", unterbrach Andy sie, "das hat hier eine 200 Quadratmeterwohnung. *Ein* Zimmer."
"Da würd ich mich ganz verloren fühlen", bekannte John.
"Ja", meinte Enit, "ich auch, aber eine WG kann man auch nicht draus machen, so´n Fabrikloft hat ja keine Türen..."
"Hallo Kinder", wurden sie in diesem Moment vom Barmann begrüßt, der ihnen Speisekarten auf

den Tisch legte. Es war ein junger Barmann, der eher den Eindruck eines verkannten Künstlers machte, und Hellen nannte ihn Krischan. John teilte sich eine Karte mit Doris, die feststellte:
"Selbstgemacht, kopiert und mit Liebe getackert. Was steht hier?"
John lachte über die kopierte Linda Evangelista, die Rotweinflecken hatte und in einer Sprechblase behauptete: "Ich will jetzt einen Cocktail, sonst stampf ich!" "Ich glaub, es soll GONZO heißen. Oh ich krieg Hunger, wenn ich das lese. Hier, ich nehm ROSI. Kartoffeln, Rosenkohl, Hack und Käse."
"Saft", murmelte Hellen speisekartenversunken. "Ich trink heute kein Jever... immer dieser Alkoholkonsum... jawoll: einmal den überbackenen Schafskäse und echten Thüringer Kirschsaft."
Die schon weichgelesenen DinA5 Karten verführten zum Lesen, und weil John fand, dass sein Exemplar besonders abgenutzt war, steckte er es heimlich in den Rucksack. Es trudelten ihre Bestellungen ein, es wurde spät und draußen sehr, sehr dunkel, Krischan zündete Kerzen an, an der Theke stritten sich zwei Nachbarn, jeder erzählte Schwanks aus seinem Leben, und Doris meinte, wenn jetzt die Welt unterginge, würden sie in der Blechlampe sicher überleben.
"Ich finds hier gar nicht so schlecht", sagte John zu Enit. "Ist doch´ne prima Stadtteilkneipe." Enit zuckte die Achseln. Überhaupt nicht schlecht, dachte er und streckte wohlig seufzend die Beine unter den Tisch. Schlecht wärs mit Gardinen und einer Kuchenvitrine, oder mit neuen Bildern an

der Wand und gepolsterten Stühlen. Er war stattdessen dankbar, dass es die Blechlampe gab und stellte sich vor, wie es wäre, selbst eine Kneipe zu eröffnen, ein eigenes inspiriertes Unternehmen zu starten, einem dunklen Stadtteil neues Leben einzuhauchen... Andy hatte auch schon ganz verträumte Augen, und John teilte seine Zigaretten mit ihm. Unerwartet drehte das Tischgespräch sich plötzlich um Fußball, was alle in die Realität zurück holte. Da röhrten auf der Straße vor ihrem Fenster mehrere Harley Davidson, dass die Gabeln auf den leeren Tellern zitterten. Hellen kicherte.
"Die fahren ins "Chopper". Am anderen Ende von der Straße ist noch´ne Kneipe. Die Chopper fahren ins Chopper."
"Und die - äh - die Blechdosen rollen zur Blechlampe?" zweifelte Torben.
"Das ist doch Blödsinn", meckerte John.
"Egal", meinte Torben wegwerfend, reckte sich und ließ den linken Arm wie zufällig auf der Bankrückenlehne liegen, so brauchte Enit nur einen Zentimeter mehr an ihn heran zu rutschen, und schon hätte er sie *im* Arm... wenn sie wollte.
"Also wenn ich eine Lampe wär - ", begann Enit, doch allgemeines Kichern, Lachen und Prusten unterbrach sie.
"Ach Tinchen, was is´n *das* für´ne Idee!" rief Hellen und tutete mit ihrer leeren Saftflasche. Enit war beleidigt.
"Na *du* wärst auf jeden Fall so´ne langweilige Altarkerze, viel zu groß und zu dick und oben bloß´n kleines Flämmchen."

"Das ist nicht wahr!" regte sich Hellen auf. "Sowas fieses! Da bin ich schon lieber´ne Taschenlampe!"
"Ja, Altarkerze ist echt gemein", nickte Ines düster, "und Andy wär vielleicht ´ne Straßenlaterne?"
So redeten sie noch eine ganze Weile Blödsinn, bekamen von Krischan Möwenschiss spendiert, Merretichklacks auf Hartwurstscheibe, und nur John hörte, wie Torben Enit zuraunte, *sie* wäre garantiert ein Kronleuchter.
"Wieso", raunte Enit amüsiert zurück.
"Ich find die Dinger super. Und außerdem funkelst du auch noch, wenn man dich ausgeknippst hat."
Enit sah Torben an, war verliebt in ihn und John sagte dem Kumpel, *er* wäre ganz bestimmt ein Armleuchter.
"Glühwürmchen", schnauzte Torben zurück, musste aber lachen, und irgendwann war es dann auch an der Zeit, zu gehen.

John hatte den Küchenklapptisch mit Angelos "Zeit" gedeckt und darauf sein Frühstück gestellt, nun saß er lesend da und schlürfte Kaffee, verschob ab und zu den Teller mit Brot und wunderte sich insgeheim, für was man sich nicht alles interessieren konnte, die Welt war ja so groß!
"Ganz schön mutig, alleine nach China zu fahren", überlegte er laut, "oder ob Torben jetzt mit fährt? Nee glaub ich nicht." Und Ines wollte nach Russland, Hellen nach Schottland, und Andy hatte in der Blechlampe angedeutet, er würde eventuell mal nach Bayern fahren.
"Vielleicht sollte ich auch mal in die Ferne ziehen?" fragte John Ozzy, der an seinem Wasser-

spender nuckelte. Das Telefon klingelte.
Eine halbe Stunde später, weil auch Jungs am Telefon quasseln können, hatte Thorsten John zu einer gratis Stadtführung überredet. Sein Mitbewohner Hans musste üben, studierte Geographie und Geschichte auf Lehramt, und einer der Seminarleiter hatte die Studenten nun auf Stadterkundungstour geschickt: "Erzälen Sie anderen, was Sie sehen und wissen!" Hans hatte sich den Nibelungenring ausgesucht, also schwang sich John eines nebligen Nachmittags aufs Rad und fuhr gen Süden, wo er sich mit Thorsten, Ines, Hellen (die direkt aus der Uni kamen) und ihrem Führer auf der Arno-Nitzsche-Brücke treffen wollte. Dem ödesten Treffpunkt weit und breit. Im Nebel waren lediglich einige Plattenbautehn und Lagerhallen zu sehen, dann die obligatorischen Gleise unter der Brücke und der Anfang einer grauen Häuserzeile.
"Schön!" freute sich Hans, "denn wommamma! Hier, in diesem Haus an den Gleisen wohnten die Geschwister Scholl."
Ein Weg führte an den Gleisen entlang. Sie schoben ihre Räder im Gänsemarsch und John merkte, dass er sich mal wieder erkältete. Leicht dröhnender Kopf und ein Kratzen im Hals. Aber egal, jetzt musste er vor allem durch diese Gegend schieben und sich Hans´ Ausführungen zur architektonischen und geschichtlichen Bedeutung des Nibelungenringes anhören. Was tu ich hier, dachte John, wieso sitze ich nicht zu Hause im Warmen? Hellen, die hinter ihm ging, dachte laut: "Uuuh, mir ist sooo kalt... aber nu´ sind wir hier,

auch schön..."
John drehte sich nach ihr um, sie nieste, beide lachten. "Könn´ wir nicht wieder fahren?" rief John nach vorne zu Hans.
"Gleich gleich", kam die Antwort, "da vorne kommt nur noch ´ne Treppe!"
Eine Stunde später, als sie alles gesehen hatten, vom Kriemhildweg bis zur Hagenstraße, und Hellen zehntausend mal, John fünf mal und Thorsten einmal geniest hatte, waren Hans und Ines die einzigen, die sich noch topfit fühlten. Hans hatte sich den Mund fusselig geredet und würde später bestimmt mal einen erstklassigen Lehrer abgeben, und Ines, die unter einer riesigen, eckigen Ledermütze mit Ohrenklappen, Fellfutteral und russischem Militärabzeichen verborgen war, klingelte fröhlich mit ihrer Fahrradklingel: "Drehn wir noch´ne Runde?"
Allgemeines Kopfschütteln. Hans grinste. "Na dann bedanke ich mich für die Aufmerksamkeit, der Unterricht ist für heute beendet."
"War interessant, Hans, echt", sagte Thorsten. John sah sich geistesabwesend um. In den Häusern gingen die Lichter an, Einkäufer eilten an ihnen vorbei, Hunde wurden ausgeführt und Kinderwagen geschoben, und trotzdem war es hier irgendwie einsam, weil alles so gleich aussah, fand John. Wohnsiedlung mit mittelalterlichem Touch, unsaniert, außer der Siegfriedecke... Sein Kopf fuhr herum, er kniff die Augen zusammen.
Yeah! Eine Bäckereifiliale! jubelte er in Gedanken und versuchte, den anderen seine Entdeckung zu zeigen, aber es kam nur ein heiseres Krächzen

aus seinem Hals, dazu fuchtelte er mit dem Arm - Ines und Hellen platzten los vor Lachen, das war das einzige, was er erreichte.
"Hiiii, hihi, wolltest du was sagen, John?" prustete Ines und John war beleidigt.
"Nibelungenschatz gefunden?" erkundigte sich Thorsten, was den Tatbestand relativ gut traf.
John räusperte sich, hustete, schniefte und meinte "Ja, jawohl, dahinten, ihr Holzköppe, das´n Bäcker, der hat noch auf!"
"Oh", sagte Ines und schob die Mütze zurück. "Nichts wie hin!"
Ein Stehtisch wurde zu ihrem Ankerplatz, von dem immer wieder einer von ihnen zur Heizung abdriftete, auf die man sich leider nicht setzen durfte, sie holten sich Kaffee von der Dame am Kuchentresen, und dort entdeckte Hans dann, was ihnen noch gefehlt hatte:
"Hey Leute, will jemand ´ne Fetttbemme?"
"Hä?" sagte John und verzog beunruhigt das Gesicht.
"Ä Fettbämmsche!" schallte es fünfstimmig zurück, die Mädchen lachten schon wieder, Thorsten grinste breit und John hatte eben noch Zeit für die absurde Vorstellung, sein kleiner Bruder würde mit den Händen in großen, gelben Fettpfützen herumbatschen, da hatte Hans ihren Stehtisch auch schon mit Schmalzbroten und sauren Gurken vollgestellt. Und das zu Kaffee. Wenn ich morgen nicht todkrank im Bett liege, bin ich bald´n echter Leipziger, dachte John und stellte laut fest, er hätte lange kein so abartiges Wort wie "Fettbemme" gehört, soetwas könne man eigentlich

gar nicht essen, aber seis drum, Prost Mahlzeit. Hans klopfte ihm gutmütig auf den Rücken, nannte ihn "Fischkopp" und damit ging Johns erster Leipziger Februar endlich zu Ende, jetzt konnte es endlich Frühling werden, alles erwachen und bis zum Mai alles neu machen...
was in Leipzig mit viel frischer Luft, Nagellack und Haarspray verbunden war.

JOHN 4

John saß mal wieder auf dem Dach. Er aß Schokoladenostereier und schnippte das Staniolpapier umweltunfreundlich auf den Bürgersteig. Ostern war noch lange hin, aber deshalb brauchte man nicht auf die Eier zu verzichten, die gab es schon seit einer Woche zu kaufen. Vielleicht ist das auch Sünde, dachte John, oder es bringt Unglück. Er schnippte das letzte Kügelchen weg. "Na mir egal." Er hörte, wie in seiner Wohnung unter ihm das Telefon klingelte und hielt sich die Ohren zu. Erstaunlicherweise schärfte das den Blick, liess alle optischen Wahrnehmungen stärker hervor treten, so dass John von seinem erhöhten Sitzplatz aus plötzlich bemerkte, wie hellgrün alle Baumkronen geworden waren. "Ach." Er nahm die Hände von den Ohren. Um ihn herum sprießte ja das Leben! Und er hockte hier trübsinnig herum und bekämpfte finstere Gedanken mit Ostereiern.

Er gab sich einen Ruck. "Na schön, dann wird der ganze Schokoscheiß jetzt wieder abgearbeitet!" sprachs und holte das Mountainbike aus dem Keller. Ziellos fuhr er sehr weit nach Norden, bis Leipzig und Abtnaundorf hinter und zart grünende Felder vor ihm lagen. Er pfiff ein Liedchen und war am Verdursten, denn die Märzsonne schien warm auf seine schwarzen Haare, ein Frühlingswind wehte in Gegenrichtung und fast wären die Finstergedanken wieder gekommen, da kündigte ein gelbes Ortsschild am rechten Straßenrand die Rettung an: Göbschelwitz. Dem Himmel sei Dank, dachte John und hatte auch schon den Dorfgasthof erspäht. Dessen Betreiber im Urlaub waren. Bevor John irgendeine Verzweiflungstat begehen konnte, verwies ihn ein so aufmerksamer wie mitleidiger Göbschelwitzer auf die Dea-Tankstelle am Ortsausgang. Dort konnte er sich auf der Bank vor den Zapfsäulen mit einer Flasche Apfelschorle und Müsliriegeln erholen. Sportlernahrung. Schon nach zwanzig Minuten hatte John aber genug vom sportlichen Banksitzen und machte sich wieder auf den Weg, diesmal ungefähr auf den südlichen, was schwierig war, denn allzu viele Strassen gab es hier draußen vor der Stadt nicht, oder sie führten zur Neuen Messe und nicht nach Süden. John driftete auf seinem Rückweg leicht ab und hatte keine Ahnung, wo er war, als er die ersten Leipziger Häuser erreichte. Reihenhäuser, Vorgärtchen und Einfamiliengiebelhäuser, die alle ziemlich gleich aussahen. Dann kam ein Park, und John hörte Musik. Gutes Zeichen, dachte er. Mitten im Arthur-Brettschneider-Park befand sich

eine kleine Freilichtbühne, die wie ein Abenteuerspielplatz für Jugendliche daherkam, und heute fand dort das 4. Leipziger Irish Folk Festival statt. Wer keinen Eintritt bezahlte, stand auf der Parkwiese oder saß an die Absperrbretterwand gelehnt; so auch Hellen und Christian. Sie nahmen John sofort in ihr zufälliges Gruppentreffen auf, Christian spendierte eine Runde Malzbier und Hellen hatte Brotchips dabei. John war glücklich. Leipzig war toll. Die Sonne schien, und die Musik in seinem Rücken klang lustig und schief.
"Cheers", dröhnte Christian leise.
"Cheerioh Miss Sofie!" lachte Hellen. Irgendwann kam sie auf die Idee, vielleicht doch mal einen Blick auf die Bühne zu werfen, und die Jungs mussten Räuberleiter für sie machen. Zum Glück war Hellen nicht schwer. John und Christian unterhielten sich an ihren langen Jeansbeinen vorbei, über den Sinn des Frühlings, über Frauen, über Musik und Irland, schielten auch kurz nach oben auf Hellens Po, als sie plötzlich zu strampeln begann und dann über dem Bretterzaun hing, weil John und Christian natürlich sofort los gelassen hatten. Hellen lachte mit dem Kopf nach unten, straffte sich aber und drückte sich hoch, damit sie wieder auf denBoden springen konnte.
"Kennt ihr das Lied nicht?" rief sie. "Das ist doch ´n Klassiker! Hört doch mal..." Sie lauschte verzückt und sang dann leise mit: "Our love was on the wing, we had dreams and songs to sing..."
"Stimmt, kenn ich", brummte Christian und sang auch. Zusammen klangen sie richtig gut, kümmerten sich nicht um die anderen Zaungäste und

John tat sein bestes, um wenigstens den Refrain zu summen. Zu dritt taten sie so, als wäre "Fields of Athenry" die irische Nationahymne.
"Eine *Stadion*hymne isses, oder?" fragte Hellen, als Applaus den Song und das Festival beendete.
"Wieso kennt ihr sowas?" fragte John.
"Anglistik", zuckte Hellen die Schultern, "Einführung in die Kulturstudien, 2. Semester."
"Ich fahr demnächst nach Irland, halbes Jahr oder so", erzählte Christian, "da muss ich doch im Fußballstadion mitsingen können."
Hellen sah auf ihre Uhr, die sie, wie so vieles, in ihrem Rucksack mit sich herumtrug. "Uh ich muss los, Eddie wartet nicht gerne."
"Hast du noch was vor?" fragte Christian, an John gewandt.
"Nö eigentlich nicht. Tschüß Hellen, Grüße an Torben und Enit."
"Diiiie...", sagte hellen, während sie ihr Rad aufschloss, "sind auf den Reiterhof gezogen. Flitterwochen oder sowas in der Art."
"Ach was." John verzog das Gesicht und Christian ging, um die leeren Dosen in den Mülleimer zu werfen.
"Ja die sind jetzt zusammen, die große Liebe und allen Ernstes. Aber nächsten Sonntag sind sie wieder da. Na denn tschüß Jungs!" Sie schwang sich in den Sattel und weg war sie.
"Was machen wir jetzt?" fragte John.
"Wir könnten die Zebras angucken", schlug Christian vor. "Die stehen immer so friedlich in ihrem Gehege und sind scheinbar ewig gut gelaunt - also ey weisste, das Liebesglück anderer macht

mich immer fertig. Total egoistisch. Ja, lass mal zu den Zebras fahren!"
"Ich will aber nicht in den Zoo, müssen wir -"
"Nee nee! Is´ viel cooler, man kann von außen ins Außengehege gucken, da stehen sogar Bänke vor!"
"Na wenn du meinst..." nölte John, dem alles recht war, solange er selbst keinen Plan hatte und sie nicht durch den ganzen Zoo zu wandern brauchten, und außerdem musste er sich eingestehen, dass es ihm genauso ging wie Christian. Wieso hatten andere eine Beziehung und er nicht? Das war so ungerecht, so unfair, er fühlte sich gleich doppelt so einsam wie heute morgen, bevor er aufs Dach geklettert war. Schweigend radelten sie in die Stadt, durchquerten Gohlis und kamen in den nächsten Park, einen sehr waldigen. "Das ist alles Leipzigs grüne Lunge", erklärte Christian. Auf einer Holzbrücke über einen Entwässerungsgraben stießen sie mit Frisbee-Nils zusammen.
"Hey hey!"
"Moin."
"John, das ist genial, dass ich dich treffe!" Nils sprudelte förmlich über vor guter Laune. "Ich versuch schon seit Tagen, bei Ines an zu rufen, aber das Telefon ist wohl kaputt? Wenn du sie siehst, sag ihr doch bitte, diesen Freitag ist Ansurfen am Kulki!"
"Okeeey...", sagte John, "surfen?"
"Jaja!" Nils kratzte sich am Nacken. "Ich leite dieses Jahr den Surfkurs vomUnisport! Ist das geil...sag Ines Bescheid, ja? Sie wollte mitma-

chen, Sabine auch..."
"Gut", sagte John achselzuckend, "denn man tau."
"Ok tschüß, ich will denn mal schnell nach Hause zu meiner Liebsten..."
Die Holzbrücke ächzte unter soviel geballter positiver Energie auf zwei Rädern, und Christian verdrehte die Augen. "Mann, noch jemand mit ´ner Freundin!"
"Wieso bist´n *du* so frustriert?" fragte John, als sie durch den Wald fuhren.
"Effi hat Schluss gemacht. Ist zurück nach Holland gezogen. Ich war ihr nicht ausgeschlafen genug, so in dem Stil. Nicht mal Zeitung lesen durfte ich beim Frühstück, ständig wollte sie reden und die volle Aufmerksamkeit - na, nu is´ sie weg. Scheiße."
"Ätzend", meinte John, und damit auch sein eigenes Single-Dasein.
"Und selber?" erkundigte sich Christian.
"Och, ich hätt schon gerne wieder ´ne Freundin, aber so verlieben geht ja nicht auf Knopfdruck."
"Nein...ja..."
Und dann saßen sie bei den Zebras und warteten auf die große Liebe, aber die kam leider nicht. Stattdessen meldete sich der Hunger. Schon bei der Vorstellung, jetzt nach Hause radeln zu müssen, um alleine den Kühlschrank zu durchstöbern, bekam John weiche Knie. Sogar zum Aufstehen fühlte er sich zu schwach. "Mein Magen knurrt", bekannte Christian, und John dachte: *Das* ist´n Freund! Der laut überlegte: "Robin ist leider nicht da, bei dem können wir

nicht einfallen und reste essen..."
Da hatte John einen Geistesblitz: "Mischa! Wir gehn zu Mischa! Der wohnt hier ganz in der Nähe, der hat bestimmt was zu Essen für uns."
"Ach der! Ja los, fahrn wir hin, wenn du dich an das Haus erinnerst..."
"Keine Sorge", sagte John.
Mischa stand mit nacktem Oberkörper im Garten und verschnaufte vom Holzhacken, als John und Christian zu Besuch kamen. Er war verschwitzt, hatte das Gesicht voller Bart und freute sich aufrichtig über die Ablenkung. Oder Ablösung!
"Hi! Hallo ihr! Lust auf Holzhacken?"
John fand, dass Mischas Stimme viel zu sanft für sein Aussehen klang, andererseits wäre es aber auch bescheuert gewesen, hier den markigen Farmer zu miemen, den männlichen Urtyp.
Christian war schlau: "Hi. Na ich würd schon hacken, aber ist nicht bald Abendbrotzeit?"
Und Mischa war sozial: "Wollt ihr bei uns mit essen? Wo ihr sowieso gerade da seid..."
John zuckte grinsend mit den Schultern: "Yeah, wir sind die Schmarotzer."
Der Tisch in Mischas WG-Küche stand voller gebrauchter Teetassen, eine Kerze hatte mit ihrem Wachs gekleckert, es roch nach Spühlmittel und Kakao, und die Katze hatte es sich auf gleich zwei Stühlen bequem gemacht, was John an das Wächter Comicbuch erinnerte, das bei Tim im Badezimmer herum lag. "Das ist die Katze, die so eine subtile Art hat, mich fertig zu machen", zitierte er und setzte sich auf einen der freien Stühle.

"Wir kochen Spaghetti", entschied Mischa und ging duschen, nachdem er Wasser aufgesetzt hatte. John und Christian sahen sich in der postkartenbeklebten Küche um. "Tja", meinte Christian, "lass mal was tun", und dann wuschen sie alle Teetassen ab und fegten den total verkrümelten Fußboden, was ihnen die Katze übel nahm aber das Lob der Mitbewohner einbrachte.

"Wunderschön", hänselte sie ein unsymphatischer Typ, der wie ein viel zu groß geratener Junge aussah, "und das Badezimmer ist um die Ecke, falls ihr euch noch weiter austoben wollt!" John biss sich auf die Zunge, um nicht zu sagen, was er dachte und war nur froh, dass dieser Mitbewohner das Haus verließ.

"Der macht Zivi", erklärte Mischa, während er frisch geduscht aber immer noch ohne Hemd in der Ökokiste nach den krummsten aller Gurken angelte. "Spätschicht im Pflegeheim."

"Wohlsein", nickte Christian, und dann dauerte es nicht mehr lange und sie saßen zu viert um eine Schüssel Spaghetti mit Öl und Parmesan. Mischas Mitbewohnerin Nadine war vom Essen angelockt und eingeladen worden; sie würde den Nachtisch spendieren, kündigte sie an. Nadine war klein und rundlich und sah ständig freundlich aus, was John verwunderte, denn sie jammerte beim Essen über Prüfungsstress und Abgabetermine, aber das schien sie nicht weiter zu belasten. Sie holte eine Familienpackung Schokopudding mit Sahnehäubchen aus dem Kühlschrank und verteilte die Becher gut gelaunt. "Boah genial, das hab ich ewig nicht gegessen!"

freute sich John und beschloss sofort, zu Hause auch so eine Familienpackung zu kaufen.
"Haste dich eigentlich schon für ein Kloster entschieden?" fragte Christian, der das dezente Kreuz über der Küchentür entdeckt hatte und sich an Mischas Besonderheit erinnerte.
"Nein", antwortete Mischa ganz ernst, "ich hab mir überlegt, dass ich kein Kloster brauche, um Gott nahe zu sein oder um wenigstens in christlicher Ordnung zu leben."
Mischa hatte kein Problem damit, über Gott und seinen Glauben zu reden; anderen wäre das womöglich peinlich gewesen, aber ihm bestimmt nicht.
"Vielleicht ziehe ich mit meiner Freundin auch auf einen Bio-Bauernhof hier bei Leipzig. Das käme dem Kloster schon ziemlich nahe."
"Aber erst fahrt ihr wohl nach Russland", warf John ein, der Mischa irgendwie lustig fand. So natürlich.
"Ja ja!" strahlte der jetzt. "Trinken wir einen Schluck Wodka! Auf Russland muss man anstoßen!"
Ich hätte nur ein Glässchen trinken dürfen, dachte John kopfschüttelnd. Er stand mit der Axt in der Hand in Mischas Garten und wusste gar nicht genau, wie er dahin gekommen war. Christian die Sau hatte sich verdrückt, plötzlich war ihm eingefallen, dass er noch die Radiosendung fürs Wochenende zuschneiden musste, und Mischa hatte allen Ernstes behauptet, die paar Scheite wären doch im Handumdrehen erledigt, so eine angebrochene Arbeit könne man doch nicht lie-

gen lassen, und ihm täten schon die Hände weh, das Parmesan Reiben wär auch so anstrengend gewesen... Und ich bin jetzt dran, dachte John, Arschkarte gezogen. Wie geht überhaupt Holzhacken? Er lernte es in der nächsten halben Stunde. Fuhr dann durch die einsetzende Dunkelheit nach Hause, fiel k.o. auf die Paletten und konnte sich bei Sonnenaufgang vor Muskelkater kaum bewegen.

Er stöhnte. "Au verdammter Mist, ich komm um! Au meine Schultern!" Mit angezogenen Beinen in Fötusstellung merkte er, dass er sogar ganzkörperzerschlagen war; bei der Fahrradtour gestern hatte er wohl etwas übertrieben, und dann diese Aktion bei Mischa... In seinem Käfig quiekte und fiepte Ozzy, beharrlich und laut, er machte Krach mit dem leeren Wasserspender und nieste. Volles Programm! dachte John und musste grinsen. "Well, die Pflicht ruft... was ist heute überhaupt für´n Tag? Donnerstag. Ein Misttag."

Er versuchte, sich schmerzfrei auszustrecken. Bah! Und das um 7 Uhr morgens! Wider Erwarten fühlte er sich dann doch ganz wohl in seiner Haut, denn schließlich war gestern ein schöner Tag gewesen und der Muskelkater kam von echter Arbeit - Gerri hatte schonmal Muskelkater in den Handgelenken gehabt, weil er ein Buch gelesen hatte, das war damals der Lacher des Sommers in Hamburg Bergedorf gewesen. Ja, dachte John, aber ich bin der Waldarbeiter, der Mann mit der Axt! Er quälte sich hoch, um Ozzy ruhig zu stellen und stieg anschließend unter die heiße Dusche.

John
"It´s friday I´m in love" - wenn Robert Smith es schafft, dermaßen fröhlich zu klingen, dann kann ich das auch sein. Morgen ist Freitag, der schönste Tag der Woche... Sepp hat immer Cure gehört, den rufe ich gleich mal an. Hab die Hamburger glatt vernachlässigt, aber die haben sich auch nicht oft bei mir gemeldet, oh nein mein Herr! No señor, wie Gloria sagen würde, hehe, die scheinen sich ja ganz gut mit Iwar arrangiert zu haben. Mann, was für ´ne schräge Nummer! Hoffentlich färbt das nicht aufs Baby ab. Wenn ich heute ordentlich ranklotze, könnte ich morgen alles easier angehen, da könnte ich Ines mal wieder einladen. Schöner Freitagabend. Ines ist auch schön. Muss mal gesagt werden. Ey warte, wartewarte, da war doch was... Ach Scheiße ja, ich sollte Ines doch ausrichten, dass Freitag Ansurfen ist! Dieser Nils-Typ! Yeah...

John stand halb abgetrocknet und nackt in seiner Küche, rubbelte sich mit dem Handtuch die Haare und wickelte es sich dann um die Hüften. Mitten aus den schönsten Ines-Gedanken musste er sich jetzt wieder der Wirklichkeit stellen, Kaffee kochen, Nutella Brote streichen, den Tag mit Muskelkater beginnen... Musik, dachte John, Musik hilft immer. NineInchNails wirkten relativ aufputschend, aber bevor sie auch noch agressiv machten, drehte John leiser und ging ein Stockwerk tiefer. Dort war alles still, und niemand öffnete auf sein Klopfen. John war genervt. Er hasste es, Botschaften zu überbringen. Sollte er Ines

einen Zettel unter der Tür durchschieben? Nach erneutem Klopfen erschien zum Glück eine völlig unzumutbare Katja im Türrahmen. Abstehende Haare, verschmierte Wimperntusche, Pickel am Kinn - "Nein", gab sie schlaftrunken Auskunft, Ines sei nicht da weil schon in die Uni gefahren, und "Ja", das Telefon wäre immer noch kaputt, ob er jetzt endlich zufrieden sei?
"N´Abend", sagte John und wackelte mit dem Kopf wie eine Hundewackelpuppe, ein Bullterrier vielleicht.
"Arschloch", murmelte Katja und machte die Tür zu.
"So", sagte John zu sich selbst, "was nun?"
Er ging einkaufen. Zum Konsum, zum Schlachter, zur vietnamesischen Gemüsefrau. Bekämpfte Muskelkater mit Muskelbewegung, ließ sich die Schultern von den schweren Plastiktüten lang ziehen und kam sich vor wie ein Kraftsportler, nachdem er alles die drei Treppen hoch geschleppt hatte. Dann rief er zur Entspannung bei Sepp an. Der behauptete, "Killing an Arab" wäre der beste Cure Song und Johns Duschlied eine ganz üble poppige Verfehlung. Wie zur Bekräftigung drehte er die Musik auf und John musste eine Minute lang "Death" hören, bevor Sepp sich wieder meldete: "Ich hasse den Frühling."
"Was ist los mit dir?" fragte John, der sich sofort Sorgen um den Freund machte, obwohl "Death" und "Killing die halbe Welt" total normal für Sepp waren. Der war immer so drauf und trotzdem ein angenehmer Zeitgenosse.
"Nichts. Mann der halbe Scheißpark ist voller

knutschender Pärchen, wohin man auch fährt, überall sitzen sie schon und lecken sich ab-"
"Äh", sagte John, Sepp war echt schlimm drauf heute.
"Und? Wie´s Leipzig so?" fragte Sepp.
"Gut, cool", erzählte John. "Ich war gestern Holzhacken und setze mich gleich vor den Rechner."
In Hamburg wurde gelacht. "Aaah, und Ines, was macht die so? Bäume fällen?"
John freute sich, dass er Sepp wieder gut gelaunt gemacht hatte. "Nö, ach die macht ihren Sport wie immer, und morgen fängt sie wohl mit ´nem Surfkurs an."
"Auf einem *Binnen*gewässer", meinte Sepp als gestandener Ostseesegler geringschätzig.
Zehn Minnuten später telefonierten die beiden immer noch. Sepp erzähltevon den traumhaften Jurastudentinnen, denen er in der Uni begegnete, und von dem Bandprojekt, das seine Kumpel gestartet hätten und für das er so täte, als könne er Bass spielen, und John berichtete von seinen homepage-Aufträgen und dem Irish Folk Festival, und Sepp überlegte, ob Hellen nicht vielleicht die richtige für ihn wäre. "Wer weiss", meinte John, aber in Hamburg müsste es doch eigentlich genug Frauen geben, auch schöne und nette, nur am Zebragehege würde er nicht nach ihnen suchen, er spräche da aus Erfahrung. Jetzt hatte er Sepp wieder zum Lachen gebracht und sie verabschiedeten sich fröhlich und bis auf weiteres. Jo, dachte John, was für ein erbauliches Telefonat, dann woll´n wir mal. Er knackte mit den Fingern,

zerstrubbelte sich die Frisur - und hatte keine Lust auf den Computer. Er sah Ozzy an, der friedlich und sorglos schlief - am hellichten Tag! - und beschloss, ein paar Kundenbesuche zu machen.

Don Filippo spendierte ihm einen Espresso, sie begutachteten Fotos auf ihre Scannertauglichkeit und John hielt sich extra lange am Thresen fest, weil er nicht wusste, was mit ihm los war und er ein bisschen Halt brauchte. Eigentlich schlug er hier die Zeit tot. Und zerfriemelte einen Moretti Bierdeckel. Eigentlich sollte er arbeiten und wahnsinnig viel Geld verdienen weil? Hier stockten seine Gedanken. Nee. "Sollte ich Nils den Gefallen tun und Ines rechtzeitig für Morgen Bescheid sagen?" überlegte er laut. Das könnte aber auch bis heute Abend warten, irgendwann würden diese Studenten ja wieder nach Hause kommen. Annnndererseits hätte er jetzt gar nichts dagegen, mit dem Rad zur Uni zu fahren und Ines zu treffen, der er natürlich sagen würde, er liefe ganz zufällig auf dem Campus herum und nicht ihretwegen. Mist, dachte John, ich denke zu oft an die Frau, das geht nicht gut. Die Ex von einem Freund, das ist irgendwie dumm...

Er lief zum Tier- und Pflanzenladen, kassierte ein Honorar und kaufte für Ozzy eine Packung Nagercracker, schaute bei Diana im Fußballclub vorbei, wo er ein Freibier dankend ablehnte und stattdessen Fotos der letzten Meisterschaft entgegennahm, und dann war er mit seiner Weisheit am Ende und gab sich geschlagen. Gut, würde er eben Mittagessen kochen und anschließend in die Uni fahren. Kaum war der Entschluss gefasst, fühlte John sich beschwingt und dem Frühlingswetter angemessen, nämlich leicht, luftig und warm.

Als er gegen 15 Uhr das Haus verließ, platzte er in die lustig anmutende Szene hinein, wie Frau Matthes versuchte, Iwar den Putzplan näher zu erklären, wobei Newet dolmetschte und Iwar lächelte, als sei er bekifft oder die Mensch gewordene Friedenstaube. Ihrer aller Vermieterin zuliebe schaffte John den nahtlosen Übergang von Grimasse zu Colgate-Strahlen, klopfte Newet auf die Schulter und sprang leichtfüßig in den Keller, um sein Fahrrad zu holen. Knapp dreißig Minuten später stand er ratlos am Uniriesen, ging dann aber zu Hellen in den Studenten Service.

"Haaa!" lachte die, als John sein Anliegen vorbrachte. "Zigtausend Studenten - pardon: Studierende, gibt es hier in Leipzig, und du glaubst, dass ich ausgerechnet weiss, wo eine einzige von denen gerade ist?"

"Na ja, kann doch sein...?"

Hellen sah ihn mit zusammengekniffenen Augen an und zerrte an dem großen Bernsteinanhänger, den sie um den Hals trug. "Dein Vertrauen wird belohnt. Ines sitzt mit Andreas in der Vegetarier Mensa."

"Wer- "

"Herrgottnochmal, alles kann ich nun wirklich nicht wissen! Wer wird das schon sein, ein Mitstudierender bestimmt!"

"Wo- "

Hellen kicherte unterbrechend. "Mann John! Die Vegetariermensa ist oben neben der Nichtraucher

Mensa. Unten sitzen die rauchenden Allesfressernormalos, und eine Treppe hoch die anderen, da, wo´s nach Körnerfutter riecht... Vielleicht solltest du doch noch anfangen, zu studieren, dann würdest du dich bald´n bisschen besser auskennen!"
"Jaja Danke, ich geh dann mal. Gibts eigentlich auch vegetarische Raucher?"
"Ooch hau bloß ab...", lachte Hellen.
Im Mensagebäude roch es überall gleich schlecht, oben wie unten, und John hielt mit gemischten Gefühlen nach Ines Ausschau. In der Vegetariermensa wurde ab 16 Uhr vor allem Kaffee getrunken. Sie schien seit den 70er Jahren nicht mehr modernisiert worden zu sein, aber daran störten sich die vielen Kaffeetrinker nicht, solange sie dort nur auf ihre nächste Vorlesung warten konnten. Ines und dieser Andreas hatten einen winzigen Tisch unter Fotokopien und Ringheften begraben und schreckten hoch, als John grüßend dazu trat.
"Hi! Hi John!" Ines freute sich, wie John zufrieden feststellte.
"Was macht ihr da?"
Sie zog die Nase hoch. "Wir suchen hier Isotopieketten."
"Bitte was?!"
"Auf Deutsch und auf Spanisch", nickte Andreas, ein freundlicher Typ, so dünn wie breitschultrig, und der so aussah, als würde sein Gesicht von seinem Lächeln in der Mitte eingeschnitten, einmal quer durch. "Setz dich doch. Willst du mitsuchen?"

"Kaffee würd ich wollen", meinte John, "gibts den hier auch für Nichtstudierende?"
"Klar, da vorne."
Als er zurück kam, hatte Ines ihm einen Stuhl besorgt und fragte: "Was machst du überhaupt hier? Lust auf Uni?"
"Nö nicht direkt", brummte John, "ich soll dir von Frisbee-Nils ausrichten, morgen wär Ansurfen. Er erreicht dich nicht, weil euer Telefon kaputt ist und du das uuuunbedingt wissen sollst." Der Kaffee war richtig gut. John grinste ein bisschen blöd für sich allein, Auftrag ausgeführt.
"Ach so? Oh toll!" Ines klatschte ihren Bleistift auf den Tisch. "Freitag ist ja morgen schon, und die Zeit ist knapp, ich weiss es!"
"Das klang ja richtig poetisch", lachte Andreas, "eine Art Jambus!"
"Mir auch recht", seufzte Ines, "aber wenn du es sagst, wird es stimmen... ohne Andreas wär ich hier schon längst verzweifelt. Diese modernen Gedichte haben einfach zu wenig Wörter!"
"Du hast Probleme... tu dir mal das hier an!" Andreas las laut eine Strophe von Octavio Paz.
"Klingt doch gut", meinte John, "klingt spanisch!"
"Sag du doch mal'n Gedicht auf, vielleicht wirkt das irgendwie inspirierend!" schlug Ines vor und legte den Kopf auf die Arme auf die Tischplatte.
"Keine Chance", wehrte John ab. "Obwohl... ich kann bloß'n Liedtext, von der Schlafuhr von meinem kleinen Bruder, zählt das auch?" Was red ich da, dachte John betroffen, diese Mensa macht einen ganz weich, wieso erzähl ich bloß von der beknackten Schlafuhr?

"Zählt", bestimmte Andreas, und John musste zitieren, ob er wollte oder nicht.
"Guten Abend, gut´ Nacht", leicht beschämt und in Richtung Kaffeebecher nuschelnd.
"Ooh, zehn Punkte!" urteilte Ines und lachte. Andreas unterstrich entschlossen bei Octavio Paz und Ruben Darío, Ines kritzelte letzte inspirierte Randnotizen auf ihre Kopien, und John fand, er hätte eine Belohnung verdient. "Und ihr, ihr könnt bestimmt ganze Bände auswendig?"
Ines kicherte leise. "Also auswendig auswendig, von Anfang bis Ende, kann ich nur sowas Uraltes, noch aus der Schulzeit!"
"Wir sind ganz Ohr", grinste Andreas.
"Na schön. Es geht los. Sie hören: Die Merseburger Zaubersprüche. Vorgetragen in altgermanischer Sprache von Ines Kessler." Sie räusperte sich. "Eiris sazun idisi, sazun hera duoder, suma hapt heptidun..." Bei "Vol ende Vuodan" fiel zwei Tische weiter jemand in den Vortrag ein und zitierte ein paar Zeilen mit, und Ines, für die "Auffallen", "Sich blamieren" oder "Im Hintergrund herumdrucksen" offenbar Fremdwörter waren, stand auf und rief laut und fröhlich in die Vegetarier Mensa: "Bluot zi bluoda! Lid zi gellden, sose gilimida sin!" Der Zauberspruchkundige vom anderen Tisch applaudierte, Ines verbeugte und setzte sich, hoch zufrieden mit sich selbst und nach Lob heischend. "Und?"
"Abgefahren", lobte John, und Andreas lachte: "Grandios!"
"Und womöglich absolut isotopiekettenfrei..." sinnierte Ines.

"Es ist gleich viertel vor", meinte Andreas mit Blick auf die Uhr.

"Ach je", sagte Ines, "John wir müssen los, Geschichte Spaniens, 16tes Jahrhundert, bei Andreas´ heißgeliebtem Professor Bach."

"Der Mann ist ein Genie!"

"Jaaa. Und was hast du noch vor?"

John dachte kurz nach und hatte eine tolle Idee: "Ich denke, ich organisiere mit Newet ein kleines Angrillen bei uns im Hof."

"Jau! das ist gut!" strahlte Andreas, der jetzt eine altmodische, vollgestopfte Tasche schleppte. "Da könnten Antje und ich vielleicht ein Ansitzen auf dem Balkon veranstalten..."

Ines lachte. "Die beiden haben einen abrissreifen Balkon an ihrem Haus, da passen genau zwei Personen und eine Weinflasche drauf, ohne dass er abfällt!"

"Ja! Wohl wahr! Das ist erprobt!"

John fand Andreas symphatisch. "Und du darfst ins kalte Wasser springen", hänselte er Ines, aber die meinte nur, der Nils hätte doch Neoprenanzüge für alle.

Der Nils der Nils, und Andreas, Andreas... dachte John böse, als er wenig später wieder auf seinem Rad saß. Die umgibt sich mit Männern , macht die das absichtlich? Hat sie keine Freundinnen? John radelte in Rekordzeit durch die hässliche Eisenbahnstraße, über sämtliche rote Ampeln und hielt erst wieder bei seinem Lieblingsdöner. Jetzt war er nicht mehr böse und schlecht drauf, sondern leicht verschwitzt. Das war sinnvoller. Bei Halloumi und Ayran dachte er weiter über sein Leben

nach. Schließlich hatte er einen Plan fertig: Er würde von nun an viele, viele Frauen kennen lernen und dann weniger an Ines denken. Die Ex von einem Freund, oh nein, das ging gar nicht. Na los, liebe Frauen, dachte John mit einem dämlichen Machogrinsen, kommt zu mir! Die Bank vor dem Döner war aber ein ebenso schlechter Flirtplatz wie die vor dem Zebragehege, und die Mädchen Handballmannschaft, die auf Fahrrädern vorbei fuhr, machte nur einen sehr schlechten Eindruck auf John. Doch dann erschien Angelo. Stieg aus der Straßenbahn und steuerte zielstrebig auf John zu. Angelo wollte auch Halloumi. "Mahlzeit!"
"Mahlzeit. Was gibts neues? fragte John, freundlich um smalltalk bemüht.
"Ooh", sagte Angelo mit vollem Mund, "die Buchmesse ist gerade vorbei, aber in der Bahn hab ich ein neues Plakat gesehen: Am Wochenende ist das Seifenkistenrennen am Fockeberg! Ein echter Leipzig Klassiker!"
"Gehst du da hin?" fragte John argwöhnisch, der noch nie eine Seifenkiste gesehen hatte; Seife war doch überhaupt nicht in Kisten?
"Nein, keine Zeit, ich krieg Besuch."
"Und wo ist dieser Berg?"
"Der Fockeberg. Unten in Connewitz."
Hm, dachte John, der Ausflug nach *Seiffen* war ja lustig, da könnte auch ein Seifenkisten*rennen* lustig werden. Sie gönnten sich noch eine Halloumiverdauungspause und machten sich dann in nachbarschaftlichem Schweigen auf den Nachhauseweg, obwohl John lieber Rad gefahren wä-

re. "Fahr doch", meinte Angelo auch prompt.
"Du hast wohl kein Fahrrad?" erkundigte sich John und war schon im Sattel.
"Oh doch natürlich, es steht im Keller... ich benutze es nur in Ausnahmefällen, viel zu selten, leider..." Angelo begann, in Erinnerungen zu schwelgen: "Wenn ich zum Beispiel zu einer Fahrradtour eingeladen werde oder es wie letztes Jahr erst einen Brunch im Maga Pon gibt und danach die große Kulki-Runde gemeistert wird... ach war das schön..."
"Was is´n der Kulki eigentlich?"
"Der Kulkwitzer See. Weil bei Kulkwitz gelegen, irgendwo hinter Grünau. Neben dem Auensee einer der ältesten Leipziger Seen, schon seit Ewigkeiten geflutet, ein Paradies für Wassersportler, großkotzige Camper und hartgesottene Nacktbader. Ich leih dir wieder meinen Stadtplan, dann kannst du dir mal ansehen, was für eine lange Strecke die Kulki-Runde ist!"
Also *er* würde nie im Leben nackt baden, soviel stand für John fest, aber neugierig hatte Angelo ihn schon gemacht. "Ja ok, gib noch mal den Stadtplan, und hast du zufällig auch einen Grill im Keller stehen?"
Was wäre ich ohne meine Nachbarn, dachte John liebevoll und setzte den kleinen runden Grill hinter der Wohnungstür ab. Aus den Einteilertaschen holte er zwei Gläschen Rumrosinen, die Frau Matthes ihm beim Hochsteigen zugesteckt hatte ("Falls nochmal kalte Tage kommen!"), die wanderten jetzt zu Kürbis und Spillingen ins Regal. Mit Newet hatte er auch schon gesprochen

und das Angrillen im Hof für Samstagabend ausgemacht. Michael hatte leuchtende Augen bekommen, als John ihn und Anja einlud, und sofort einen Sack Grillkohle in Aussicht gestellt. Und ich muss heute noch Würstchen besorgen. Wuast. Und was zu trinken... überlegte John, der sich verantwortlich fühlte als Initiator des Ganzen. "Also auf zu Penny!"

Am Ende dieses ungewöhnlich ereignisreichen Freitags lag John müde auf seinem Bett und kraulte Ozzy, der daneben lag und zufrieden gluckerte. John rauchte seinen allerletzten Joint und war sogar zu müde, um sich zu merken, dass er mal wieder bei Hecki anrufen und nachbestellen müsste. Er schlief mit ungeputzten Zähnen ein, und das sollte etwas heißen bei ihm. Mitten in der Nacht schreckte er hoch aus einem unangenehmen Albtraum, in dem ein Meer aus Kaninchenfutter ihn zu verschlingen drohte und Andreas ihm zuschrie, wenn er die Isotopiekette nicht erwischte, könnte er ihn auch nicht heraus ziehen. Unwohlig fuhr John sich mit der Zunge im Mund herum, zwang sich zum Aufstehen, putzte sich die Zähne und den schlechten Geschmack weg, steckte Ozzy in den Käfig, schälte sich bibbernd aus dem Eineiler und kroch endlich zurück ins Bett, diesmal unter die Decke, wo er bis 13 Uhr des nächsten Tages blieb.

Ab 14 Uhr klingelte das Telefon. Mike wollte, dass John mit in die mb kam. Hellen fragte, ob er Lust auf ein Jever in der Blechlampe hätte. Christian sagte, die Freundin seiner Mitbewohnerin könne Billiard spielen, ob sie mit der in die Neue Szene gehen sollten? "Nein nein nein", sagte John und kam sich vor wie Ekel Alfred. Er erteilte sämtlichen Freunden eine Abfuhr, machte sich rar, erklärte allen, er hätte schon was vor und freute sich wie ein Kind auf den Grillabend. Und auch darüber, dass er so gefragt war, man interessierte sich für ihn, hatte ihn nicht vergessen... Als das Telefon endlich still wurde, setzte er sich an den Rechner und programmierte, bis ihm die Finger weh taten, denn er wollte sich einen richtigen Feierabend auch richtig verdienen. Mit Würstchen und Dosenbier. Bisschen den zivilisierten Proll raushängen lassen.

Zunächst klappte das auch ganz gut. John hatte außer dem Grill noch einen der Stühle in den Hof getragen, und dort saß er nun und hatte seine leidliche Mühe damit, die Kohlen zum Brennen zu bringen. "Mit Anstarren wird das nichts", meinte Michael, der Kohlenspender, und holte eine "Mens Health" aus seiner Wohnung, die als Fächer ordentlich Schwung in die mickrige Glut brachte. "Jo." John lehnte den Kopf zurück und machte die erste Dose Reudnitzer auf, mit Krach und Druck und ohne viel Federlesens.

"Warum trinkst´n so´ne Plürre", hatte Michael zu beanstanden.

"Wieso, isses so schlimm?" wunderte sich John. Michal zuckte mit den Achseln und fächerte. "Na eigentlich trinken das nur die Reudnitzer."

"Gibt aber heute nichts anderes, ich hab ´ne ganze Palette oben im Kühlschrank."

"Reich mal eins rüber."

Als Newet, Gloria mit Simón und Iwar im Hof erschienen, wurde die Grillerei chaotisch. Als Anja in einem wahnsinnig engen Kleid und einer Schüssel scharfem Paprikasalat dazu kam, beruhigten sich alle wieder und John rannte nach oben, um noch mehr Bier zu holen, während Newet sich um die Würstchen kümmerte. Es dunkelte schon, als Angelo und sein Besuch die fröhliche Runde im Hinterhof begrüßten, wo Gloria zwei Kerzen angezündet hatte, um das Licht aus der Einfahrt zu unterstützen. Angelos Besuch, Nico aus Spanien, ein ehemaliger Mitbewohner, wollte unbedingt bleiben, und obwohl Angelo etwas leidend guckte und immer wieder Andeutungen Richtung Don Filippo machte, hatte er ziemlich bald drei Würstchen gegessen und ein viertes in der Hand, während sich Nico der Spanier in einem irrsinnigen Sprachgemisch mit Iwar und Gloria unterhielt und sie schnell einen gemeinsamen Nenner gefunden hatten: "From Dusk Till Dawn" mit Salma Hayek. John war sehr glücklich und angetrunken, wie er so da saß im Kreise seiner Nachbarn, von hinterhöflicher Nacht umgeben, aus irgendeiner Wohnung klang Musik, Elvis Presley, soweit er das erkennen konnte, denn der grillende Newet neben ihm summte und sang leise auf bulgarisch; just in diesem Moment fuhr Ines auf Old-school in den Hof und klingelte Sturm. Ein großes Hallo und Hola begrüßte ihre Ankunft, Simón wachte auf und schrie, und alle bekamen kurz ein schlechtes Gewissen, aber Gloria seufzte nur und trug ihn nach oben. John ging mit, denn die fröhlichen Griller brauchten mal wieder Bier-

nachschub, und als er zurückkehrte, war Ines schon mit Nico und Iwar bekannt geworden und teilte sich ein Reudnitzer mit Anja, die nicht soviel vertrug. Wenig später verabschiedeten sich sie, Michael und Newet, der Frau und Kind Gesellschaft leisten wollte. Angelo hatte das Don Filippo vollkommen vergessen, er saß beinahe andächtig genießend in seinem Klappstuhl und lachte leise über alles, Iwar hatte sich müde geredet und fummelte geistesabwesend an seinem Schnurrbart, und Nico spielte mit den Kohlen im Grill. Steckte dieses und jenes in Brand, pustete, verschmurgelte einen Wurstzipfel, kicherte und kommentierte sich selbst auf Spanisch-Englisch-Deutsch.
"Und wie war das Surfen?" erkundigte sich John, der Abend war so schön und Ines´ Geschichten waren meistens lustig.
"Ulkig", meinte Ines. "Die vom Unisport haben da eine super tolle Stelle, richtig mit Bootsschuppen und Steg und so, und der Nils hats echt drauf, also wirklich, wie der surfen kann... Und wir alle in den Neoprendingern, aber ohne wärs zu kalt gewesen! Sabine ist beim Ausziehen fast in die Brennesseln gefallen."
Nico pustete, die Funken sprühten, alle rückten unwillkürlich näher an die Feuerstelle heran. "Und jetzt kannst du das auch, ja?"
"Ja nee Mensch, surfen ist viel schwerer, als man denkt! Alleine das Auftakeln! Und dann den Mast mit Segel aus´m Wasser ziehen... morgen hab ich garantiert keine Schultern mehr." Willkommen im Club, dachte John.

"Nils sagt, das ist alles eine Frage der Hebeltechnik, aber einfach wars nicht, oh nee.. na irgendwann werd ichs nochmal probieren."
Sie gähnte hemmungslos. "Was´n Kraftakt – erstmal dahin fahren, bis hinter Grünau, und nach dem Surfen die ganze Strecke wieder zurück... bloß gut, das auf dem Weg ein MacDonalds liegt. Habt ihr schonmal Pommes mit Erdbeereismilchshake probiert? Der absolute Hammer. Puh jetzt bin ich aber echt fertig..."
John sah Ines an wie ein Kind, das sich schlecht benommen hat. Pommes mit Erdbeermilch war nicht kompatibel, das war ja so schlimm wie Reis mit Honig, oder Nutella zu Hackbraten - er trank schnell sein Bier aus, um einen würstchenkompatiblen Geschmack in den Mund zu bekommen. Einen Grillabend zu beenden war eine unliebsame Aufgabe, denn alle waren satt und müde und träge, aber einer musste noch aufräumen... der Initiator natürlich. Nachdem Ines mit Ihrem Gähnen Iwar angesteckt hatte, verschwanden auch Angelo und Nico schnell im Haus, und John blieb allein zurück. Er dachte eine Zeitlang gar nichts, doch schließlich fantasierte er mit offenen Augen über Ines im engen Neoprenanzug, und dass sie ihn um eine Schultermassage bat. "Verdammt verdammt", verurteilte er sich Sekunden später selbst, "so wird das nichts, so werde ich sie garantiert nicht aus dem Kopf kriegen."

Der folgende Morgen war herrlich sonnig, und John trödelte nach Herzenslust in seiner Woh-

nung herum, ohne wirklich etwas zu tun. Ein bisschen Staub wischen, ein bisschen Musik, dabei die Bettlaken wechseln, Zeitungspapierbälle nach Ozzy werfen, und ein bisschen telefonierte er auch. Mit Andy, den er zum Fockeberg lockte. "Soap-box-race", stellte der Australier lakonisch fest. Soetwas hätte er sich tatsächlich noch nie angesehen, ob das wohl interessant sei?
"Weiss ich auch nicht", sagte John leicht genervt, "aber man kann sich ja auch mal in was völlig Unbekanntes stürzen und dann das Beste draus machen, Hauptsache, da laufen ganz viele Leute rum und es ist mächtig was los. Na ja, so ungefähr, ich weiss es echt nicht, lass halt hinfahren!"
"Ok, ok", kam es beschwichtigend von Andy, "dann muss es an uns liegen, ob es interessant wird oder nicht."
Sie trafen sich Punkt 15 Uhr am Fuße des Fockebergs, und dort war es weder besonders interessant noch tummelten sich dort größere Menschenmassen, es war mächtig nichts los, denn das Rennen hatte vormittags statt gefunden und lediglich ein paar zerbrochene Leisten und schlappe Luftballons erinnerten noch an die morgendliche Sause. "Yeah", sagte Andy und kratzte sich am Kopf, "jetzt liegt wirklich alles an uns!" John wusste nicht, ob er ärgerlich oder belustigt sein sollte. War das jetzt Mist oder war es egal? "Mist", sagte er und lachte. "Wär wahrscheinlich sowieso blöd gewesen. Ich meine, welche Spinner wollen schon in einer Kiste diesen Berg runtersausen?"

"Yes it sounds silly", murmelte Andy, "maybe - also ich meine, vielleicht sollten wir nicht hier stehen bleiben wie zwei Volltrottel, vielleicht gehen wir besser auf den Berg hinauf? Am Ende gibt es noch mehr solche wie wir und die haben jetzt ein happening da oben..."
"Jaaa, genau, man muss das positiv betrachten", freute sich John, "am Ende haben wir Glück und oben auf dem Berg sitzen die schönsten Mädchen der Stadt, denen Seifenkistenrennengewinner total egal sind..."
"Das ist eine tolle Idee", nickte Andy entschlossen, "kaufen wir Proviant für den Aufstieg."
Sie schlossen die Räder an einen Laternenpfahl. In einem 24 Stunden Kiosk versorgten sie sich mit Orangensaft und Salzstangen, alles wanderte in Johns Rucksack und sie beide den Fockeberg in Serpentinen und Spiralen nach oben. Unterwegs sahen sie die Überreste einiger verunglückter Seifenkisten und wunderten sich ansonsten, dass der Fockeberg so hoch war, bis Andy sich daran erinnerte, dass er aus Kriegstrümmern bestand, und von da an schauderte John bei jedem Schritt leicht, denn es mussten ja gewaltige Mengen Trümmer gewesen sein, was da alles kaputt gegangen war! Bomben, Stahlhelm, Phosphor, Feuersbrünste, Bunker, Fliegeralarm.... er dachte Wörter, die er normalerweise nie dachte, und fragte Andy, wie man Granatsplitter auf Englisch sagte? "Grenade splinter", kam die Antwort ohne zu zögern. Mann, der kann wirklich unglaublich gut Deutsch! dachte John ehrfürchtig und gab den Rucksack ab. "Hallo Sprachgenie, du darfst auch

mal tragen!" Außer ihnen schien niemand unterwegs zu sein, was für das erhoffte happening schon mal ein ganz schlechtes Zeichen war, und John hatte auch längst keine Lust mehr auf die Bergsteigerei, da war der Weg plötzlich zu Ende, alle Büsche und Kleinbäume lagen sowohl hinter als auch unterhalb ihres jetzigen Standpunktes, und vor ihnen breitete sich eine ziemlich große Wiese aus, ein regelrechtes Hochplateau, auf welchem - John rieb sich die Augen, Andy guckte fassungslos - ein fröhlicher Reigen singender Mäddchen herum tanzte. "Äh." Mehr brachte John nicht zustande. Andy schaffte mehr: "Das sind ja mindestens zwanzig Mädchen! Was tun die hier?" John zuckte mit den Schultern. Er holte den Tetrapack Orangensaft aus dem Rucksack und legte sich längs ins Gras, wo er eben noch gestanden und belämmert geguckt hatte. "Das ist mir jetzt alles egal. Ich brauch erstmal ´ne Pause. Lass die Mädels doch tanzen..."
"Ja, sie machen das sehr schön. Es scheint aber anstrengend zu sein, sie fallen andauernd um." John begann zu kichern. Eine dubiose Situation jagde die nächste! Er lachte weiter und fühlte sich hervorragend, vergessen war der nervige Fußweg. "Laurentia, liebe Laurentia mein", klang es zu ihnen herüber, "wann werden wir wieder beisammen sein? Am So-hon-tag! Ach wenn es doch erst wieder..." und kurz darauf machte der gesamte Reigen mit eingehakten Armen sieben Kniebeugen, kam ins Taumeln, verlor einige Mitglieder und auch das Singen litt gewaltig; Gekreisch und Lachen schallte über die Focke-

bergwiese.

Ein Tetrapack beziehungsweise zehn Minuten darauf hatten Andy und John Denise, Michelle, Fabienne und Juliette kennen gelernt, und da war auch noch Cindy, der die vier gefolgt waren. "Na hallo, hallöchen, dich kenn ich doch, bist du nicht der Freund von der Freundin von Hellen?" hatte Cindy gerufen, und John hatte sich blitzschnell erinnert, "Ja" gesagt, und sie wäre doch die Freundin der Freundin von Hellen? Und dies hier wäre übriegens Andy, der könne perfekt Deutsch und Englisch und sicher noch einiges mehr, woraufhin Cindy sich begeistert dazu gesetzt hatte und sofort breitestes, amerikanisches Englisch sprach. Ihre französischen Freundinnen umlagerten John ("Everybody here is French", lachte Cindy, "I took the whole French group up to this mountin!"), was den sowohl amüsierte als auch beunruhigte, schließlich hatte er noch nie vier Französinnen allein unterhalten, doch das erwies sich dann als unnötig. Begierig auf Deutsche Sprachpraxis stellten sie John eine Frage nach der anderen, alberten herum und rissen französische Witze. Das ging eine halbe Stunde ganz gut, ihnen dann jedoch die Puste aus und John schon längst auf die Nerven, da konnten Fabienne & Co noch so schön und nett sein, er wäre doch lieber wieder alleine gewesen. Sich Zwecks kennen lernen mit schönen Frauen zu umgeben war anstrengender, als gedacht. John schielte zu Andy, der jedesmal zusammen zuckte, wenn unter Cindys Amerikanisch ihr sächsischer Akzent durchschimmerte, und machte Anstalten,

aufzustehen.
"Hey Andy." Der Australier verstand Johns Blick, schob sich die letzten Salzstangen in den Mund und begann, hektisch Theater zu spielen. "Oh, ja, es wird Zeit, oh wir müssen los, ich komme viel zu spät!" Er hantierte ungeschickt mit seinem Ärmel, schob ihn rauf und runter, guckte ohne zu sehen auf die Uhr, fingerte an Johns Rucksack herum und machte alle so kribbelig damit, dass die Mädchen schleunigst "Salut, chau" und "tschüß" riefen und John ihm den Rucksack aus der Hand riss. Andy hyperventilierte fast. "Sind sie weg, sind sie weg?" flüsterte er.
"Beruhig dich! Mann jetzt fahr wieder´n Gang runter!"
Wie auf Knopfdruck erstarrte Andy und war sofort wieder normal, Atmung inklusive.
"Hast du das geübt?" fragte John beeindruckt.
"Nein, ich übertreibe nur."
"Ach so. Na jetzt sind wir die Mädels wieder los... die war´n bisschen anstrengend, wenn du mich fragst."
"Ja, ich hatte auch schon bessere happenings..."
"Und was machen wir jetzt?"
"Der Weg führt nach unten."
"Also *jetzt* kann ich mir schon vorstellen, dass Runtersausen ganz lustig ist", bemerkte John, als sie um die erste Kurve bogen. Er war mächtig glücklich, unten sein bike wieder zu sehen und wollte gar nichts anderes mehr, als hinter Andy her durch Connewitz zu zockeln - der fuhr nämlich extrem unsportlich auf einem DDR-Damenrad. Sie fuhren hierhin und dorthin, aßen

Bratwurst mit den Punkern am Connewitz Kreuz, und als es dunkel geworden war, sagte Andy, er führe jetzt nach Hause, sonst müsste er den Dynamo anschalten und das erschwerte das Treten doch ungemein.
"Der Berg war gar nicht so verkehrt", meinte er noch.
"Jaa, ich fands auch ganz ok. Dann machs man gut."
"Bis die Tage."
"Jo." Baah, dachte John, *das* hat er bestimmt nicht in Australien gelernt.

Iwar
Der Hauptbahnhof ist ein toller Platz. Das findet Simón auch, da bin ich mir ganz sicher. Wir haben richtig Spaß, wenn wir dort unsere Runde drehen, mhm, ich meine, wenn er nicht gerade quängelt, der Süße, aber im Vergleich zu anderen Müttern habe ich ja einen wahren Schatz im Babywagen. Wir dürfen sogar auf den Bahnsteigen spazieren fahren, die Wärter kennen mich inzwischen alle und sind immer *ganz* freundlich. So wie ich. Man bekommt, was man gibt, mhm. Am Hauptbahnhof merkt man sofort, wenn etwas Besonderes in Leipzig los ist, und hier *ist* vielleicht was los, aber hallöchen! Hmm! Erst wurden wir überschwemmt von Christen jeder Art, das war am Kirchentag. Dann kamen zügeweise Intelektülle zur Buchmesse, und neulich war hier alles voller wahnsinnig gut aussehender, junger Menschen, die zum Turnfest wollten. Alle so muskulös und durchtrainiert, Männlein wie Weiblein,

dazu gute Laune im Gesicht und enganliegende Sportanzüge am Körper - ich wünschte direkt, ich wäre auch ein wenig sportlicher. Na vielleicht lässt sich da ja was machen! Es gibt in Leipzig ja fast alles, sogar ein Gay-Gym. Aber ich habe meinem lieben Neffen versprochen, mich - hm - zurückzuhalten, wie soll ich das sagen? Jeder andere Gym tuts genauso, oder Inlineskates, die würden mir auch gefallen. Oh jetzt wirds aber spät, fliegenden Schrittes eile ich zur wartenden Mutter, es erfolgt die glückliche Kindsübergabe, und dan eile ich weiter zu Radio Bulgaria, ja aber natürlich gibt es einen bulgarischen Sender in Leipzig! Ach ich hätte schon viel früher her kommen sollen, diese Stadt hat doch förmlich nach mir gelechzt hat sie ja! Hmm!

Frau Matthes
Herrlich, ganz herrlich finde ich die Großveranstaltungen, die wir jetzt in der Stadt haben. Ich sage jetzt, also nach der Wende natürlich. Vorher hatten wir auch groooße Veranstaltungen, so Aufmärsche und Festspiele, und Kundgebungen... und Messestadt war Leispzig ja sowieso schon immer! Ach war die Buchmesse dieses Jahr wieder schön... ich geh da richtig gerne hin. Und beim Kirchentag war ich in der Nikolaikirche auf einer Veranstaltung, na - also, bei einem Gottesdienst! Ich bin ja nicht so mit Religion beschlagen, aber eine gerammelt volle Kirche ist doch etwas Besonderes, und dann konnten auch alle die Lieder richtig mitsingen! Ich kann das nicht, bin gänzlich unmusikalisch, leider Gottes...

Der Herbert hat mir gestern erzählt, dass sein Neffe ihm alle Dosen Haarlack verbraucht hat, weil er sich auf ein anderes großes "äwännt" hier in Leipzig vorbereitet, irgend so ein Treffen mit Konzerten und Mode - ja, Mode muss das wohl sein? "Sah aus wie ä Scheindote, des Jüngsche", hat der Herbert von seinem Neffen gesagt, und da frage ich mich wirklich, welche Rolle dabei der Haarlack gespielt hat? Ich bin modisch einfach nicht auf der Höhe und meistens auch ganz froh darüber.

Der März ging gemächlich zu Ende und auch der April tröpfelte zunächst monoton vor sich hin, oft im wahrsten Sinne des Wortes, bis alle gelbgrünen Dekorationen weggepackt werden konnten und die Sonne merklich wärmer schien. John und Newet hatten noch ein paar Mal im Hof gegrillt, Ines war noch öfter zum Surfen gefahren und Torben und Enit waren noch immer nicht vom Reiterhof zurück gekehrt. Hellen hatte sich deswegen fast in eine selbstprovozierte Krise gestürzt, denn sie hatte keine Lust, sich alleine um die Wohnung zu kümmern, und war aus Protest zu einer Freundin nach Berlin gefahren, von wo sie mit einer todschicken Kurzhaarfrisur wieder kam und auf den ersten Blick kaum zu erkennen war. John traf sie zufällig mit Thorsten und ein paar anderen Stundenten im Maga Pon, wo er sich mit einem neuen homepage Kunden verabredet hatte.
"Ey das sieht gut aus!" entfuhr es ihm, als er sie entdeckt hatte.

"Hmm", brummte Hellen zufrieden und strich sich die übertrieben lange Tolle aus der Stirn. "Hat Alfons gemacht. Der kleene Punker in Berlin!" John prostete Thorsten mit seinem Kaffeebecher zu, der prostete mit Tee zurück.

Am 1. Mai sah John Thorsten wieder, der das komplett falscheste T-shirt trug, das er sich am 1. Mai hätte anziehen können. Es war knallgrün, vorne waren Ernie und Bert mit Glatzen und Kampfmontur zu sehen, das Sesamstraßenschild verkündete "Faschos sind Scheiße", und auf der Rückseite bekamen beide von Oskar und dem Krümelmonster die Köpfe eingeschlagen. Thorsten stand ziemlich unglücklich hinter den Telefonzellen an der Hauptpost und wurde von einer Gruppe Möchtegernskinheads herum geschupst, als John, aus Anger-Crottendorf kommend, um die Ecke bog.

"Hey John!!" schrie Thorsten.

"Hey Thorsten!" schrie John erschrocken und handelte unbewusst, machte mit viel Adrenalin im Blut eine Vollbremsung, die sein Hinterrad herumschleuderte und in bestiefelte, hochgekrempelte Hosenbeine krachen ließ, und als er wieder los fuhr, hatte Thorsten dieselbe Sekunde auch schon zur Flucht genutzt und rannte neben John her Richtung Augustusplatz. Die Ampel war grün, sie sprinteten weiter und versteckten sich hinter einem der großen Lichtelemente. Beide ameten schwer und sahen sich ungläubig kichernd an.

"Was geht denn hier ab", fragte John, "ist das jetzt erlaubt oder was."

"Erster Mai", murmelte Thorsten, "heute ist mal

wieder Demo, haste nichts davon gehört? Die NPD und all die anderen Rechten dürfen heute demonstrieren, machen sie immer am 1. Mai..."
"Wieso dürfen die?"
"Na wenn du deine Demo anmeldest, politische Meinungsfreiheit und so, dann hast du sogar Polizeischutz... hatte ich heute morgen ganz vergessen. Ich zieh das T-shirt besser linksrum an."
John linste vorsichtig um ihr Versteck herum. "Und wo ist die Polizei, hä?"
Thorsten lachte. "Die kommt spätestens in zehn Minuten, wenn die letzten Züge mit Gegendemonstranten eintreffen! Vor denen müssen sie die Glatzen dann beschützen, dass die auch ja ordnungsgemäß demonstrieren können!"
"Was für´ne Schose..."
"Ich muss hoch in mein Büro, mein Prof wartet auf mich, das is´so´n Arbeitstier", sagte Thorsten, "und an deiner Stelle würd ich nicht hier stehen bleiben, hier ist immer das Epizentrum!"
"Jo, ich geh dann mal. Hast du Lust auf Grillen am Wochenende?"
"Na ja Lust schon, aber ich hab keine Zeit, ich muss meine Arbeit fertig schreiben, ein für alle Mal, und ich werde erst wieder Spaß haben, wenn das vorbei ist! Ach und John, Danke auch für deinen tatkräftigen Einsatz!"
"Sehr gern geschehn." John lächelte geschmeichelt und schwang sich in den Sattel. Er wollte zur Deutschen Bank, ein Sparkonto eröffnen, und das ausgerechnet am Tag der Arbeit. Dort wimmelte es von Polizisten jeder Art und Ranges, ihre

Fahrzeuge parkten in den Grünanlagen und sie machten den Eindruck eines Hornissenschwarmes, der jede Sekunde losschnellen und sich ins Gefecht stürzen würde. Nervöse Polizisten. Ausserdem wurden sie bereits aus sicherer Entfernung von einigen Jugendlichen als rechte Schweine beschimpft, was der Stimmung nicht gerade zuträglich war. Die Sparkontoangelegenheit erledigte sich schnell, nämlich als John vor geschlossenen Banktüren stand und sich die Hand an die Stirn schlug. "Ich Hirnie!" Er ärgerte sich sehr und fühlte sich vor Nutzlosigkeit ganz schlapp, der totale Energieverlust, als er neben sich ein meckerndes Lachen hörte, das er irgendwoher kannte. Da stand der Typ aus Reudnitz, der aus dem zeitlosen Trödelladen, und lachte John gut gelaunt aus.
"Naaa? Auch so schlau gewesen?"
"Sieht ganz so aus", murmelte John finster.
"Da kann man nur eins machen", erklärte Martin aus dem Zeitkaufhaus, der, wenn er nicht redete, immer den Mund offen stehen hatte und dabei seine Schneidezähne zeigte, was John dämlich fand. "Mit den Rechten oder gegen die Rechten demonstrieren, das ist heute die große Frage in Leipzig, wenn wir schon nicht zur Bank gehen können..."
"Ich will überhaupt nicht demonstrieren, ich hatte heute schon einen Zusammenstoß, der hat mir gereicht."
"Brav", sagte Martin und tätschelte John die Schulter, "dann komm doch mit zum Campus, da findest du bestimmt noch ein paar andere De-

monstrationsverweigerer!"
"Na guuut", meinte John, "all diese Polizisten hier zerren auch zu sehr an meinen Nerven. Ja, lass mal gehen."
"Studierst du etwa?" fragte er. Sie waren zur Uni gekommen und Martin bog so zielstrebig um die Ecken, als wäre er hier zu Hause.
"Ja, seit dreißig Semestern, bald werd ich raus geschmissen", bekam John noch mit, dann übertönte der Trubel vor dem Studentenservice alles weitere. In der irrigen Hoffnung, er hätte am Tag der Arbeit geöffnet, hatten sich vor Eddis Büro viele Studenten versammelt, die nun bei geschlossenen Servicetüren diskutierten, was zu tun sei. Die Mehrheit war eindeutig auf Seiten der Gegendemonstranten und zog auf den Augustusplatz. Von dort hörte man erste Lautsprecheransagen und Gebelle durchs Megaphon, es galt also, zu handeln. "Die Pflicht ruft!" meinte Martin und lief mit, voller Vorfreude, als ginge er auf einen Kindergeburtstag. Hellen löste sich aus dem verbliebenen Grüppchen. "Hi! Hi John! Ich verdrück mich jetzt. Ich hab keine Lust auf den 1. Mai, den werde ich boykottieren. Was hast *du* vor?"
"Nichts. Aber ich stell mich nicht an'n Straßenrand und guck mir die Glatzen an."
"Es ist jedes Jahr dasselbe!" jammerte Hellen. "Wenn man sie komplett ignorieren würde, das wäre sinnvoll. So'ne Demo, ohne das jemand zuguckt, ist nur halb so aufsehenserregend, aber so läuft das nicht. Stattdessen sind überall die Fernsehleute."

"Ey dahinten ist Enit!" rief John überrascht. Er hatte Enit lange nicht gesehen, Torben auch nicht, aber jetzt war sie da und rannte durch die Fußgänngerzone. John hatte gar nicht gewusst, dass Enit rennen konnte.
"Ooh", sagte Hellen, "die macht mir'n schlechtes Gewissen. Pass auf, die steht gleich in der ersten Reihe und protestiert. Aber mich nervt dieser ganze Trubel wahnsinnig."
"Und Torben?"
Jetzt lachte Hellen. "Ach die beiden waren richtig verkracht wegen heute! Torben sitzt unten in der mb, bläst Trübsal und wartet, falls Enit ihn anruft, und dann kommt er raus und rettet sie. Falls sie Schwierigkeiten haben sollte. Der boykottiert auch. Und ich fahr jetzt zum Pferderennen."
"Wie bitte?!"
"Ja! Schön weit weg ins Grüne. Im Scheibenholz interessiert sich heute niemand für Politik, da will ich hin."
John schwankte kurz - traurig und nervös in der mb Kaffee trinken oder zu den politisch desinteressierten Pferden fahren - "Ich komm mit", meinte er, und als sie "Scheibenholz" hörten, schlossen sich ihnen noch drei weitere demonstrierunlustige Studenten an. Zwei kleine Spanierinnen und Freddy Mercury. Hellen sagte allerdings André zum ihm: "Heh André, Ulf kommt nachher auch noch, lässt er dir ausrichten, und du schuldest ihm noch zehn Euro."
Der schnurrbärtige André nickte, die Spanierinnen lachten, es ging los. Auf dem Augustusplatz ebenfalls.

Nach einer rasanten Durchquerung des Johannaparkes folgte der Albertpark, und schließlich landeten sie auf dem Pleissewanderweg, wo sie fröhlich gen Süden radelten. John wollte mal ein bisschen eklig sein und versuchte, mit André über Queen zu reden, so von Sattel zu Sattel, aber der verstand seine Andeutungen nicht oder wollte sie nicht verstehen, und John ließ sich gelangweilt zurück fallen. "Beelzebub has a devil put aside" sang er leise, da hörte er hinter sich die beiden Spanierinnen: "For meeee, for meeee, for meeeeee!" Stimmt, dachte John erfreut, Mädchen aus Spanien sind viel besser als komische Ostdeutsche mit Schnurrbärten! Bis zur Pferderennbahn Scheibenholz wurden die drei letzten der kleinen Antidemonstrierertruppe miteinander bekannt, Johns Wortschatz um fünf spanische und der der Mädchen um ein neüues deutsches Wort bereichert (Kugellager), "Bohemian Rhapsody" als Lieblings Queen Song identifiziert und John außerdem darüber aufgeklärt, dass Katalonien nicht dasselbe wie Spanien war, oh nein!
"No señor", sagte John und die Mädchen lachten.
"Wieso heißt das hier Scheibenholz?" erkundigte er sich bei Hellen, als sie ihre Räder am alten Rennbahngebäude anketteten.
"Keine Ahnung. Weil sie wohl alle Bäume in Scheiben schneiden mussten, bevor hier Platz für Pferde war? Watt weiss ich. Oh man muss Eintritt zahlen... na 2,50, das geht ja noch."
John wurde klar, dass er noch nie bei einem Pferderennen gewesen war, aber es gab so vieles, was man noch nicht gemacht hatte; Hunde-

rennen. Autorennen. Brieftauben züchten. Er schüttelte sich. *Alles* musste man nun wirklich nicht gemacht haben. Beinahe hätte er die anderen im Gedränge vor den Kassen verloren, da wurde er gefunden. "Hallo." John drehte sich um, was war das denn für eine verschluckte Stimme? Ach diesem Ulf-Typ, den er vom Seiffen-Ausflug kannte, dem gehörte sie.
"Hi! Hallo Ulf! Die anderen sind schon reingegangen."
"Ja."
Sie zahlten 2,50 für kleine, gelbe Pappschnipsel und durften das Scheibenholz betreten, zusammen mit vielen wettbegeisterten Leipzigern, die allesamt weder schick angezogen noch irgendwie behütet waren.
"Ich dachte immer, beim Pferderennen setzen sich die Frauen spezielle Hüte auf?" fragte John. Ulf kicherte und erwachte aus seiner Einsilbigkeit. "Es hat sicher damit zu tun, dass das alles keine Damen sind. Nur Damen tragen Hüte."
"Ach so."
John sah sich um. Na vielleicht ganz gut, dass heute kein dress-code ist, dachte er mit Blick auf Ulf. Der war zu faul zum Rasieren gewesen und das schon seit Tagen, seine Brille war verschmiert und das T-shirt verschwitzt. John fuhr sich mit der Hand übers Kinn. Ha! Einwandfrei! Er war tiptop. Der Einteiler fleckenfrei und er darunter nach Duschgel duftend. Sie erspähten André und Hellen, die ihnen von den Zuschauerrängen winkten. Jordina und Rocío aus Spanien hatten sich Sonnenbrillen aufgesetzt und gingen in der

Menge völlig unter.

Es wurde, alles in allem, ein amüsanter, harmonischer Nachmittag, an dem die Wettverluste gering und die Maisonne wärmend waren, weshalb nach dem vierten Rennen, bei dem Hellen unglaubliche achtzehn und Jordina zwei Euro gewonnen hatten, der Umzug auf den Rasen neben der Tribüne statt fand. Hellen, die jedesmal ihren Tipp nach der schönsten Trikotfarbe abgegeben hatte, packte auf dem Rasen ihren Rucksack aus: selbstgebackener Kuchen, Mandarinen, Salzbrezeln, eine Tupperdose Waldorfsalat... "Picknick!" freute sie sich und befahl: "Esst alles auf!"

"Und trinkt was dazu", sagte André, während er aus seinem Rucksack eine 2-Literflasche Sprudelwasser spendierte. Jetzt hatte es niemand mehr eilig, das Scheibenholz in absehbarer Zeit zu verlassen; nur die Pferde rauschten ab und zu eilend über die Rennstrecke. Eine Stunde später lagen Hellen und Konsorten faul im Gras, ob es nun rauschte oder nicht. Wie im Bergedorfer Park, dachte John, dessen Bauch für Rocíos stoppelhaarigen Kopf als Kissen diente, auf deren Bauch Jordinas Kopf lag, und André hätte dasselbe wohl gerne mit Hellen gemacht, die er schon den ganzen Nachmittag über anhimmelte, aber die Angebetete lag auf dem Bauch und es ging nicht. Später meinte John: "So jetzt hamma die Demos komplett verpasst." André als erfahrener Leipziger sah auf die Uhr: "Nein, noch fuenfunddreißig Minuten." Was wohl aus Enit und Torben geworden ist, überlegte John.

Den Rückweg Richtung Zentrum und nach Hause

trat er alleine an. Rocío, Jordina und Ulf wohnten in Lößnig im Studentenheim, André musste nach Lindenau und Hellens Fahrrad hatte überraschenderweise einen Platten, weshalb sie zur nächsten Straßenbahnhaltestelle schieben musste und schimpfte.

"Glück im Spiel, Pech mit den Reifen", meinte Ulf, und Hellen streckte ihm die Zunge raus, während Jordina ihrerseits eine Diagnose stellte: "Das Kugellager ist kaputt." John und Rocío grinsten und klopften ihr auf die Schulter.

"Selber Kugellager", murmelte Hellen nur, dann trennten sie sich. John war neugierig, wie es wohl am Augustusplatz aussah, hielt sich aber zu weit links und kam wieder durch den Johannapark, der an das neue Rathaus grenzte, die dicke, trutzige Pleissenburg. Davor befand sich ein Parkplatz an der Ringstraße, und dort parkte ein kleiner hässlicher Kombi, der John bekannt vorkam. Er bremste, weil er auch die Eigentümerin entdeckt hatte, die allerdings nicht hinter dem Steuer, sondern auf dem Asphalt hockte und schluchzte. Bei ihr waren Torben und Martina.

"Och nö", sagte John als Begrüßung, denn echte Tränen gingen ihm immer sehr nahe. "Was'n hier los."

"Heh Alter", grüßte Torben zurück und fuhr fort, Enit über die Haare zu streichen.

"Hallo John!" Martina sprach so, wie sie handelte: inbrünstig. John war sofort aufmerksam und wollte von ihr informiert werden, was sie auch tat, da Torben und Enit vollauf mit Trösten beschäftigt waren. Im allgemeinen Handgemenge hatte Enit

einen Ellenbogen allzu hart in die Rippen bekommen und sich prompt eine angeknackst, jetzt bekam sie nicht mehr richtig Luft, aber das würde sich schon wieder geben, sie müsste nur aufhören, zu schluchzen - "Fasst mich nicht an!!" schrie Enit dazwischen - oder sich vielleicht mal hinlegen? schlug Martina vor.
"Genau", sagte Torben, "leg dich hinten in den Wagen." Ohne viel Federlesens stellte er seine Freundin auf die Beine, die daraufhin erschrocken versuchte, ihm eine runter zu hauen, wenigstens ansatzweise, schließlich hatte Enit nicht den Schimmer einer Ahnung vom Fausteinsatz, und Torben lachte gutmütig. "Ey jetzt beruhig dich mal, na komm, Tintin, es geht doch!" Enit schniefte noch einmal, dann ließ sie sich zur Kombihintertür führen, die John bereits auf gemacht hatte. Er breitete auch gleich zwei der Pferdedecken für sie aus. "Hier guck, richtig gemütlich." Dann fragte er Martina: "Und du, habt ihr zusammen an der Front gekämpft?"
"Ich? Nee gar nicht", sie wurde rot und kratzte so besorgt wie besorgniserregend an den Handgelenken, "ich trau mich sowas irgendwie nicht, und dann war ich mit Thomas Kaffee trinken."
John zuckte mit den Schultern. "Ich war auch nicht dabei. Ey nicht kratzen, mein kleiner Bruder hat das auch, kannste echt nur eincremen."
"Jaaa, ich weiss." Sie guckte zu Enit und Torben in den Kombi. "Du hör mal, Enit, musst du auch ins Krankenhaus?"
"Ich weiss nicht", flüsterte Enit betroffen, und Torben nahm ihr die Entscheidung ab. "Jou, lass mal

lieber hinfahren! Am Ende machen wir noch was falsch. Aber - ich kann nicht fahren. Hab keinen Führerschein."
"Ich fahre", bot sich Martina an. "Passt mein Fahrrad mit hinten rein?"
"Logo", meinte Torben erleichtert, "ich kann hier beides festhalten, dein Fahrrad und meine angeschlagene Frau." Er grinste, Enit schnaufte und sagte "Aua", John half beim Verstauen und Martina kletterte behende vorne in den Kombi. Sie hupte zum Abschied, dann waren sie weg und John wieder alleine. Er schüttelte sich. Das war heute wohl einer dieser verdrehten Chaostage, von denen es in Leipzig soviele gab. Ständig passierte das Unvorhergesehene! Trotzdem kam er heil im Eckhaus an und wollte schon durch atmen- da klingelte das Telefon. Ich schmeiß das Scheißding weg! dachte John erbost. Was hatte das hier zu klingeln! Dazu bin ich da, schien ihm der Hörer zu sagen, na los, nimm mich ab! "Nein nein nein", murmelte John, drehte sich um und versteckte sich auf dem Klo. Ein total verdrehter Tag. Und er hatte gar nicht an Ines gedacht! Hey! John wurde gleich wieder froh, und das lag einerseits daran, dass er es geschafft hatte, einen ganzen Tag lang nicht an Ines zu denken, und andererseits machte es ihn froh, jetzt wieder an sie zu denken. Ach ja, fühlte sich schön an, und jetzt durfte es auch gerne klingeln. Das tat es aber erst wieder am darauf folgenden Vormittag.
John hatte bereits gefrühstückt und abgewaschen, hatte bei Frau Matthes Miete bezahlt und dafür ein Gläschen Apfelgelee eingeheimst, das

er nie essen würde, er hatte den Müll runter getragen und mit Angelo über Politik geredet, war also mehr als bereit, sich voller Tatendrang an den Rechner zu setzen, da wurde er am Apparat verlangt.
"Morgen!" meldete sich John vergnügt.
"Morgen?" wunderte sich jemand am anderen Ende der Leitung. "Echt isses immer noch morgens?"
"Hallo?" fragte John konsterniert und sah den Hörer an, bevor er ihn sich wieder ans Ohr hielt.
"Bist du das, John?"
"Jaaa?"
"Hallo wie gehts, hiers Jens, aus Delmenhorst."
"Eeeh, hi Jens! Jens the Lenz! Wie hast *du* mich denn ausfindig gemacht?"
"Johanna, ich hab neulich Johanna auf der Depeche Mode Party in der Markthalle getroffen, die hat dich verraten..."
"Na´s ist ja kein Geheimnis, dass ich umgezogen bin, wie gehts denn so?"
"Jöh, alles locker, und selber?"
"Kann nicht klagen! Ey dich hab ich echt´ne Ewigkeit nicht gesehen! Was läuft´n so in Delmenhorst?"
"Na nicht viel, wie immer... du hör mal, wo du´s gerade selber ansprichst: in Leipzig ist demnächst was los, weisste bestimmt schon."
"Ach ja?"
"Ja, das Wave-Gotik-Treffen! Das ist Kult! Sag bloß, davon hast du noch nichts mitgekriegt!"
"Also ehrlich gesagt nicht", gab John zu und versuchte, sich daran zu erinnern, wie Jens aus-

sah; hatte der was mit Gotik am Hut? Er war sich noch nicht mal sicher, was das überhaupt sein sollte, aber Jens war immer ganz in Ordnung gewesen. "Und du willst da hin fahren," schlussfolgerte er richtig.
"Jajaja, du hast es erfasst!" freute sich Jens in Delmenhorst. "Kann ich bei dir unterkommen? So für zwei drei Tage? Pfingsten!"
"Wann ist denn *Pfingsten*?!"
"Am 23., in drei Wochen, meine ich."
"Tja," John zuckte die Achseln, "von mir aus, musst aber ´ne Luftmatratze mitbringen, Gästebett hab ich keins."
"Ich besitze eine Isomatte, die tuts auch - ey John cool, dann sag mal deine Adresse!"
Später machte John sich im Internet schlau, anstatt zu programmieren, und kratzte sich am Kopf. So war Jens jetzt also drauf? Die Fotos vom Wave-Gotik-Treffen des Vorjahres waren mehr als aufschlussreich, und auch die Bands klangen interessant. Dieses Jahr spielten unter anderem Covenant, Cryptic Carnage, Diamanda Galas und Lore of Asmoday, alles Neulinge in Johns Ohren, aber Apocalyptica, die kannte er. Das ist ja ´ne richtige Großveranstaltung, du meine Güte! dachte John, ob ich da mit machen sollte? Nee, bin geizig, alter Schwede. Schotte. Schottlaaaand - da wollte Hellen doch hin, nach Schottland, na die wird sicher alles über die Waver und gothics wissen... aber Ines vielleicht auch, na genau, ich halt mal´n Klönschnack mit der Frau Kessler.
Ines saß an ihrem Schreibtisch und vervollständigte die bibliographischen Angaben für ihre Ma-

gisterarbeit, als John in der Mädchen-WG aufkreuzte wie der leibhaftige Frühlingsderwisch. Er wusste selbst nicht, wieso er so gut gelaunt war. Katja fand das auch verdächtig. "Fehlt nur noch, dass du uns Blumen mit bringst." Sie musterte ihn kritisch von unten bis oben. "Hast du was genommen?"
"Iwo", sagte John, "habsch gar nisch nötsch."
Ines kicherte. "Dass du nochmal sächseln würdest... hast du ´ne 1 in Fremdsprachen, ja?"
"Nee alles nur das nicht", winkte John ab.
"Na dann kriegst du Tee, ich brauch auch gerade welchen."
"Und ich verschwinde dann mal", grüßte Katja und schloss die Tür zu ihrem Zimmer. Bis Ines mit dem Tee zurück kam, sah John sich in ihren fünf Quadratmetern um. Viele Bücher hatte Ines, Deutsche Literatur, dicke Schinken neben Reclamheftchen, und an den Wänden Poster von Kunstausstellungen, aber an der Tür klebte mit blauem Isolierband ein uraltes Popcorn-Poster von James Hetfield, als er noch etwas faltenfreier und langhaariger war. John war fasziniert. "Was macht denn Hetfield an deiner Tür?"
"Ach der", sagte Ines fröhlich, "der´s noch von früher und kommt überall mit hin, sieht er nicht echt agressiv aus und dabei lustig? Voll der Heavy Metal Macho. Ich werd immer gut gelaunt, wenn ich den sehe."
"Na sowas. Du sag mal, was iss´n mit dem Wave-Gotik-Treffen in drei Wochen?" John setzte sich auf den Fußboden und rührte in seinem Teebecher. "´N Freund von mir kommt extra deswe-

gen her."
"Du kriegst aber oft Besuch!"
"Tja, ja, ich komm mir auch schon vor wie die Auffangstation von halb Norddeutschland... na ja aber was solls, soll er halt herkommen, der Jens."
"Und zum WGT gehen", bemerkte Ines. "Das ist immer lustig, die ganze Stadt ist dann voller Grufties und schwarzem Leder und auch so Mittelaltertypen, und - und solchen wie *dir*! Hihihi!"
"Hä?"
"Du wirst beim WGT überhaupt nicht auffallen!" lachte Ines. "Puder dir das Gesicht noch´n bisschen weißer, steck dir tausend Ringe an die Finger, dann gehst du in der gotischen Menge unter!"
"´N Deubel werd ich tun!" empörte sich John. "Oder stehn die Fraün auf sowas?"
"Och manche sicher, wirste ja sehen, was hier an Pfingsten abgeht!"
"Nee Danke", meinte John.
"Wir könnten abends mal zum Völkerschlachtdekmal fahren, da ist auch ´ne Bühne. Wir hören uns die Bands an, so von außen, au ja, das machen wir, John, ja?"
"Gut, klingt gut, aber nur, wenn ich mich nicht pudern muss."
"Für *mich* brauchst du dich nicht zu pudern."
"Nein?"
"Nein."
Schön, dachte John, sie mag mich so, wie ich bin.
"Hast du noch viel zu tun?" fragte er mit Blick auf den Schreibtisch.
"Willst du mir helfen? Hier, diktier mir die markier-

ten Abschnitte, dann gehts schneller." Ines hüpfte auf ihren Schreibtischstuhl und gab John ein aufgeschlagenes Buch.
"Mommsen", las John, "schreibt der so witzig, wie er heißt?"
"Allerdings, nu´ mal los, danach gehn wir Eis essen!" John begann, zu diktieren.
Bis pünktlich zu Pfingsten die große Gotikwelle Leipzig überrollte, tauchten in der Stadt bereits viele muntere, schwarz gekleidete Grüppchen auf, die durch die Altstadt schlenderten, abends in den Cafés und Bars gruftige Präsenz zeigten und sich mit den Skeletten fotografierten, die kürzlich im Zuge der Bauarbeiten am Citytunnel ausgegraben worden waren und dort immer noch in der Erde der Baugrube lagen. John sah sich die Skelette auch an und fand, das hatte was, so ein offener Friedhof zwischen Kirche und Rathaus. Dann ging er Mike besuchen. Der hatte sich beim letzten football-Spiel die Hand gebrochen und benötigte Aufmunterung. Später aßen sie beim Fischhändler um die Ecke Matjesbrötchen und Bratfisch mit Kartoffelsalat, weil Mike dafür nur eine Hand brauchte, und im großen Humana Laden gegenüber entdeckte John etwas, das er Ines schenken wollte: eine dunkelgraue Comandante Marcos Mütze. Mike fand sie scheußlich. "So´n schlaffes Ding! Meinst du sowas trägt die Ine?"
"Klar! Die sammelt doch Mützen!"
"Stimmt. Neulich in der Vorlesung hatte sie so´n grün-weiß gestreiftes Strickteil auf dem Kopf, das war genauso hässlich wie deins hier. Wer das mal auf hatte, irgendein kubanischer Dschungelkäm-

pfer vielleicht."
"Pfff du hast ja keine Ahnung Mensch!"
"Klar hab ich! Ey komm mir nicht so, ich hab im Erzgebirge gezeltet!"
"Ohoho, aber Comandante Marcos ist in Mexiko! Hier, steht auch drin, made in - nee halt, made in Ecuador." Mike kicherte blöde.
"Na ja auch egal, jetzt hab ichs gekauft."
Ines freute sich über den Comandante aus Ecuador. Sofort stopfte sie ihre Schirmmütze der Wisconsin Badgers in den Rucksack und setzte die neue Mütze auf, und John fand, dass die ihr auch viel besser stand. Beide saßen sie im Windschatten des Denkmals vor der Sportfakultät, wo John sie zufällig abgefangen hatte und wo sie jetzt auf Nils warteten, der hier irgendwo sein Büro hatte. "Störts, wenn ich mit warte?" fragte John, der gerade nichts Besseres zu tun hatte.
"Oh nein nein, bleib hier", meinte Ines, "willst du´n Müsliriegel?"
"Nee Danke."
"Nils schuldet mir noch Torte, weil ich die Wette gewonnen habe, aber die wird er jetzt sicher nicht dabei haben!"
"Was wettet ihr denn?"
"Wer am weitesten auf Händen laufen kann. Doch, guck nicht so! Ich kann das! Hab ja auch gewonnen."
"Da kommt er", meinte John und zeigte zum Fakultätseingang, "ohne Torte, aber mit Büchern."
"Ach die sind sicher auch für mich, ich hatte Sabine welche ausgeliehen."
Nils war wie immer blendender Laune, obwohl er

von seinen schludrigen, unselbstständigen Studenten berichtete, die ihm noch mal den letzten Nerv rauben würden, dann bewunderte er Ines´ neue Mütze, kündigte die Torte für Sonntag an und erzählte gleich weiter, was Sonntag außerdem statt finden würde: Eine Heißluftballonregatta. "Ach ja super!" rief Ines. "Die gucken wir uns an! Letztes Jahr war ich mit Hellen und Enit unten an den Tagebaugruben, da hat man weite Sicht, lasst uns da wieder hin fahren!"
"Ja aber nicht *in* die Gruben", warf Nils ein, "die werden demnächst geflutet."
So kam es, dass sie alle nach einer stadtdurchquerenden Fahrradtour am Hang eines gerölligen Deiches Halt machten und in den blauen Sonntagshimmel starrten, an dem noch kein Ballon zu sehen war. Es war nicht ganz so warm, wie man es sich gewünscht hätte, aber es war herrlich still, und die beeindruckend großen Rohre drohten nur damit, ab Juli gewaltige Mengen Wasser aus zu spucken und den Cospudener See entstehen zu lassen. Vor allem war die Gesellschaft gut: Hellen hatte noch Thorsten angerufen, Nils und Sabine waren da, und Enit und Torben waren zu Fuß aus Markkleeberg gekommen, wo Enit ihren Kombi geparkt hatte. Sie konnte zwar noch nicht wieder Rad fahren oder reiten, aber Kombi fahren konnte sie. Und eine Flasche Rotwein mitbringen.
"Oh wir sind ja richtig viele", seufzte sie, "da wird er gar nicht reichen..."
"Ach zum Anstoßen reichts immer", beruhigte sie Torben, "ich trink auch nur´n ganz kleinen Schluck. John du hast nicht zufällig Bier dabei?"

John verneinte. "Nur was zum Rauchen, ich dachte, das passt besser zu einer Ballonregatta."
"Wieso passt Bier *nicht* zu einer Ballonregatta?" erkundigte sich Torben, der keinen Rotwein mochte.
"Jetzt streitet euch nicht, Kinder", meinte Nils, "genießt lieber den Ausblick."
Und dann legten sie sich alle auf den Rücken und guckten in den Himmel, an dem irgendwo diese Ballons auftauchen mussten.
"Ich hab Hunger", bekannte Enit. Gleichzeitig packten Hellen und Thorsten ihre Rucksäcke aus und ließen zwei Aldi-Kekstüten zirkulieren. Sabine öffnete den Rotwein, John drehte einen Joint, Ines warf Steinchen in die Tagebaugrube und Thorsten gähnte zufrieden. Es war wahnsinnig peacig und abgeschieden an der zukünftigen Costa Cospuda. John fand es zwar ziemlich brutal, der Landschaft ein neues Aussehen zu verpassen und eben mal eine Seenplatte zu erschaffen, eine neue Natur, aber wenn man einmal angefangen hatte, in ihr herum zu wühlen und zu baggern, dann musste man danach den Schaden auch wieder beheben. Wenn das man keine Auswirkungen auf das Leipziger Klima hat, dachte John. Wenn plötzlich mehr Wasserflächen zum Verdunsten da sind, gibts dann auch mehr Wolken? Er fragte Thorsten. Der machte zunächst ein ratloses Gesicht, zog sich seinen farblich gestörten Rautenmusterpullover aus und kratzte sich am Bauch. Waschbrett! bemerkte John staunend.
"Na ja", meinte Thorsten, "da eröffnen sich ganz

neü Forschungsgebiete für - na für Diplomphysiker zum Beispiel! Oder für eine Doktorarbeit!"
Hellen lachte leise. "Die Schmetterlinge in Ufernähe und ihre Flugbahnverschiebung in der Hauptsaison..."
"Ja, jaja", nickte Thorsten verständnisvoll und stopfte sich den Mund voll mit Mikadostäbchenkeksen. Da sitze ich mit einem Haufen netter Leute inmitten dieser Mondlanschaft, dachte John, und kanns mit überhaupt nichts vergleichen, was ich früher gemacht hab - man braucht sich aber auch nicht immer so viele Gedanken zu machen. Er sah hoch ins unendliche Blaue und freute sich darüber, einfach nur gedankenlos zu sein. Eine Weile später meldete er aber Zweifel an: "Seid ihr sicher, dass die Regatta nicht am Vormittag war?" Einstimmiges Nicken.
"Jetzt oder nie", behauptete Sabine.
"Jetzt!!" schrie Ines da plötzlich und deutete Richtung Markkleeberg. Alle fuhren herum, und tatsächlich kamen dort die Ballons. Riesige Mengen bunter, aufgeblähter Stoff schoben sich über den Himmel, tauchten einfach auf (sie waren in den Lößniger Grünanlagen um den Müllkippenberg gestartet) und schwebten langsam über die zukünftige Seenplatte hinweg. Majestätisch, geräuschlos und farbenfroh. Alle Gespräche waren verstummt. Und nach wenigen Minuten war schon wieder alles vorbei, die Ballons hinter den Baumwipfeln verschwunden und der Bann gebrochen.
Nils räusperte sich. "Will jetzt jemand Torte?"
Langsam kamen alle wieder in Schwung, nur

John nicht, der lag da und träumte, und Ines und Hellen mussten ihn erst lange rütteln und hin und her rollen, bis er sich endlich aufrappelte. "Seid doch ein bisschen zarter zu mir! Ich bin doch kein Rasenmäher!"
Ines kicherte und rollte ihn noch einmal herum, nur so aus Spaß, und Hellen erinnerte sich an einen Deutschtest von vor vielen Jahren, in dem sie geschrieben hatte "gefühlvoll wie ein Presslufthammer".
"Ja! Genauso geht ihr mit mir um", jammerte John.
"Vamos!" rief Sabine, die schon auf ihrem Fahrrad saß. Vorher stellten sich Nils, Thorsten, John und Torben aber noch an den Rand der Böschung und begossen die leere Tagebaugrube, worüber die Mädchen nur die Köpfe schüttelten. "Oh Mann, die nun wieder. Das ist so´n Gruppenzwang."
Nur zwanzig Minuten später als Enit und Torben mit dem Kombi hatten sie es dann gegen 17 Uhr tatsächlich geschafft und standen versammelt, müde und hungrig vor Nils´ und Sabines Haustür in einer Straße ganz aus pastellfarbenen Gründerzeithäusern, drei Ecken von der Reginenstraße entfernt. Die beiden hatten eine erstklasige Torte gezaubert, und Ines als Wettsiegerin durfte sie anschneiden, nachdem sie im Flur das Händelaufen demonstriert hatte. Ihr Pullover verrutschte dabei, Peng! machte es bei John und er war in ihren Bauchnabel verliebt, wofür er sich Vorwürfe machte. Ich darf nicht so´n Schlaffi sein, beschloss er für sich. Sie aßen Torte, bis sie nicht mehr konnten. Tranken Sabines hervorragenden

Kaffee, hörten Musik, gingen über zu Wurst und Käse, und anschließend spielte Enit auf Nils' Stutzerflügel. Richtig gut spielte sie.
"An Tinos Klavier hast du dich noch nie gesetzt!" beschwerte sich Hellen. "Wieso bekommen wir keine Hausmusik?"
"Und wieso bekomme ich bei uns zu Hause nie Torte?"
"Ich kann keine Torte", brummte Hellen, "ich kann bloß Kekse."
"Und Lasagne", bemerkte John.
"Du könntest ja auch mal was kochen", regte Torben seine Freundin an und klimperte ein bisschen rechts auf den Tasten.
"Jetzt soll ich auch noch kochen! Ich hab doch Hellen!" Enit mimte die überforderte Künstlerin.
"Ich kann auch nicht kochen", gestand Ines, "ich mach mir bloß immer was zu Essen, wenn ich Hunger habe, aber sowas wie diese Torte würde ich nie im Leben hinkriegen."
"Na ja", Nils lächelte geschmeichelt, "wir sind ja auch zu zweit am Werk gewesen." Das leuchtete allen ein, zu zweit ging es natürlich leichter. In der Wohnung von Nils und Sabine fühlten sich alle sehr wohl und der Aufbruch verzögerte sich immer mehr, bis der Hausherr um 21 Uhr mit dem Abwasch begann, dem eindeutigen, diskreten Zeichen zum endgültigen Ende des Abends.
"Ich muss morgen früh raus", erklärte er noch.
John und Ines sahen sich an und schauderten bei dem Gedanken an eine lange, kalte Heimfahrt im Dunkeln, und Thorsten sah ebenfalls ziemlich unglücklich aus, als sie mit ihren Rädern unten auf

dem Bürgersteig waren. Hellen musterte prüfend ihre klapprigen Freunde.
"Ihr könntet bei uns übernachten", sagte sie dann, "ist ja hier gleich um die Ecke."
"Ich würde auch Tine bei mir aufnehmen, dann wird noch ein Bett frei", bot Torben großzügig an.
"Ach", sagte Enit.
"Ja, so gehts!" Hellen klatschte in die Hände. "John in Tinos Bett, Ines in das von Enit, und Thorsten aufs Sofa."
Doch das behagte dem Physiker gar nicht, er biss lieber die Zähne zusammen und radelte auf kürzestem Weg in die Nordstraße; im Vergleich zu Johns und Ines´ Viertel war die Entfernung ein Klacks. "Bisschen Nachtsport", murmelte Thorsten, als er los fuhr, und John dachte: Na irgendwoher muss der Waschbrettbauch ja kommen! Er und Ines wurden ruckzuck in der Reginenstraße einquartiert, obwohl Tinos klammes Bett alles andere als gemütlich war, aber John rollte sich in T-shirt und Boxershorts zusammen und atmete unter die Decke, und so ging es. Er konnte die Mädchen tuscheln und Ines lachen hören, und mit einem glücklichen Gedanken schlief er ein.
Wach wurde er erst wieder, als in Hellens Zimmer ein gemeiner Radiowecker ansprang, der den Montagmorgen mit Werbung einläutete. John räkelte sich und dachte, dass er gerne ein frisches T-shirt anziehen würde und gestern nicht Zähne geputzt hatte, aber beides spielte keine Rolle angesichts des wohligen Allgemeinszustandes, in dem er sich befand. Was war das gestern für ein schöner Tag gewesen! Auf dem Flur traf er

Hellen, die ungekämmt aussah wie ein Punker, der seinen Irokesenschnitt ohne die Hilfe von Haarspray fabrizieren wollte.
"Morgen! Willst du auch kalt duschen?"
"Nein!"
"Na dann geh ich ins Bad."
John starrte ihr entsetzt hinterher. Ines erschien in der Tür von Enits kleinem Zimmer.
"Hi John! Gut geschlafen?"
"Morgen! Ja, Danke, bestens..."
Ines war schon morgens sportlich und energiegeladen und guckte verdutzt bei Johns Anfrage, wieso sie eigentlich so früh aufstehen müssten?
"Hellen muss zu Eddie und dann in die Bibliothek, und ich auch! So ist das mit Studentinnen!"
"Ach so ja, die Bildung ruft..."
"Ich setz mal Wasser auf."
Zehn Minuten später saßen sie zu dritt am Küchentisch bei Tütenbrot, Käse und Marmelade, das Radio war an, und wenn die Fensterscheiben sauberer gewesen wären, hätte man erkennen können, wie frisch und frühlingshaft draußen alles war. John war schon zufrieden damit, dass er heute keine Bücher zu wälzen brauchte (nicht mal die Satanischen Verse hatte er ernsthaft angefangen), freute sich über die Mädchen und beschloss, anschließend Torben zu besuchen.

John
Ich bin ja so gerne mit Mädchen zusammen! Mädchen versorgen einen immer gut, die sind organisiert und tatkräftig... Ich wette, in einer Jungs-WG wäre der Käse vergammelt gewesen und der

Morgen verkatert. Wenn Mädchen im Pyjama rumlaufen, haben sie keinen Bh an, das sieht sehr nett aus. Man muss alles *positiv* sehen. Der Thorsten hat echt was verpasst.

Der Elster-Kanal in Plagwitz war, seit er nicht mehr mit Chemikalien und Industrieabwässern verseucht wurde, ein Lieblingskind der Leipziger Politiker. Seine Ufer waren befestigt und begrünt worden, es gab einen anständigen Kanalfahrrad- und fußweg, in die Fabrikhallen kamen Lofts, hässliche Wände unter den Kanalbrücken wurden für Grafitties frei gegeben und statt eines Spielplatzes gab es hydraulische Spielgeräte, mit denen man auf verschiedenste Art und Weise Kanalwasser pumpen und bewegen konnte. Geplant war außerdem der Anschluss an den noch auszubaünden Lindenauer Hafen, aber im Frühjahr 1999 lag in Lindenau noch fast alles brach und war Wildgelände für Crosscountry-Sportler und unermiedliche Angler.
John und Torben sassen auf dem Bootsanleger des Plagwitzer Kanalcafés und ließen die Beine baumeln. Nachdem die Mädchen zu Pferden, Jobs und Bibliotheken ausgeflogen waren und John ein sauberes T-shirt von Torben angezogen hatte, war der zu seinem Umschulungskurs gegangen. John hatte den Vormittag in diversen Computerläden verbracht, Döner gegessen und den Kumpel schließlich wie verabredet am Bootsanleger getroffen. Und jetzt machte er sich langsam Sorgen um Ozzy.
"Wenn ich ihm gestern Nachmittag eine ganze

Mohrrübe, einen vollen Futternapf und Wasser da gelassen habe, dann müsste er doch eigentlich klar gekommen sein?" fragte er.
"Hä?" Torben hatte nicht richtig zugehört.
"Ozzy!"
"Ach so, dein Kind."
"Das war eine richtig fette Mohrrübe. Er wirds schon überleben."
Die Sonne schien, hinter ihnen auf der Holzterrasse wurde gebruncht, vom anderen Ufer winkten neckische Fahrradfahrerinnen in kurzen Hosen... Es war noch zu früh, um nach Hause zu fahren, fand John.
"Ey da kommt er!" rief Torben und stieß John in die Rippen. "Wach auf Mann!"
"Wie, wer."
"Der Weltfrieden!"
Ein leises Motorengeräusch kündigte ihn an, dann eine Glocke, und um die Kanalecke tuckerte ein kleines Ausflugsboot, der Weltfrieden II.
"Aah, hahaha, wer hat den denn getauft - Ghandi?" John kippte vor Lachen auf den Rücken und kicherte weiter.
"Ja, cool, was?" freute sich Torben. "Und wir machen jetzt ´ne Fahrt mit, na los, lass mal Boot fahren."
John ächzte und kam wieder hoch. Mit ihnen stiegen noch zwei schulschwänzende Teenager, ein paar Touristen und Oma und Opa mit Enkel ein, es schwankte und schaukelte, John dachte, dass er in Hamburg noch nie eine Hafenrundfahrt mit gemacht hatte, und dann legte der Weltfrieden ab. Absolut friedlich, langsam und unaufdringlich.

John wartete vergebens darauf, dass ihnen jetzt alles über Plagwitz und den Kanal erzählt würde. Es wurde nur geschaut und genossen, ohne weitere Informationen. Vielleicht war die Sprechanlage kaputt. Torben hatte die Arme nach hinten über die Reeling gehängt und guckte seelig verklärt in den Himmel, wahrscheinlich dachte er an Enit, und auch John flezte sich ziemlich unmaritim auf der Seitenbank. Am liebsten hätte er geraucht, aber das war hier verboten. Wie angenehm, dachte er, dass man mit Torben auch schweigen kann!
Zurück am Kanalcafé und bei den Fahrrädern sagte Torben nachdenklich: "John ich bin dir wahrscheinlich ewig dankbar dafür, dass ich nach Leipzig kommen konnte... das war die Rettung!"
"Freut mich", sagte John. "Als nächstes muss ich Jens bei mir aufnehmen, ´n Freund aus Delmenhorst, der kommt für drei Tage."
"Und am Ende bleibt er für immer", lachte Torben. "Du bist echt so´ne Art Notanker."
"Und mich hat Ines irgendwie nach Leipzig geschleppt."
"Ach ja die Ines... die ist nett, ja... aber Tine! Ey weisst du, ich glaub, die heirate ich irgendwann."
"Holla!"
"Ja, ja doch, so eine find ich nie wieder!"
"Jo, cool, was es nicht alles gibt in Leipzig!"
"Yeeeahhh..." Torben fuhr sich mit den Fingern durch die Haare, die schon wieder vier Zentimeter lang waren. Jeans, T-shirt, Secondhand Lederjacke, Turnschuhe - rein äußerlich erinnerte nichts mehr an den Red Skin von früher, der jetzt mein-

te, er ginge noch schnell einkaufen und führe dann nach Hause zu seiner hoffentlich Zukünftigen. "Tschüß, machs gut", sagte John und war zufrieden mit seiner Ankerfunktion, er war der erfolgreiche Lebensretter, die freundliche Sozialhilfe... Obwohl, dachte er, eigentlich hat Torben sich ja selber´n Ruck gegeben. Die Idee mit der Umschulung kam nicht von mir. Aber egal, Hauptsache, er ist glücklich, lautete seine großzügige Schlussfolgerung. Und ich? fragte er sich dann.
Mittlerweile hatte er eine Brücke über die Elster gefunden und war aus dem Kulturpark in den Albert Park gelangt, von wo aus er sich neu orientierte. Bei einer Zigarettenpause. Ich bin auch glücklich, sinnierte John zwischen Rosenstöcken und Vergissmeinicht, weil mir die Dachwohnung gefällt, die Aufträge laufen gut, demnächst kaufe ich mir 4 Gigabyte dazu... Über die vielen netten Leute war er selbst erstaunt, so viele neue Freunde... jedoch! John pustete missmutig Qualm auf die Rose neben ihm. Da wäre wieder das alte Thema: wenn er jetzt noch eine Freun*din* hätte, wäre er obeglücklich. Was soll ich tun, überlegte er phantasielos und fuhr nach Hause.
Dort traf er beim Bäcker auf Newet, der Kuchen von gestern kaufte und bekümmert drein schaute. John wollte Mischbrot.
"Hallo John..."
"Hallo! Wie gehts!"
Newet wiege sich hin und her und sah aus, als ob er vor Sorgen betrunken wäre. "Simón ist krank. Nur ein bisschen krank, aber anstrengend. Und ich muss los und Gloria ist auch schon weg, und

Iwar bleibt mit Simón hier..."
"Na denn, wird schon wieder", beruhigte ihn John. Jetzt ist erstmal Schluss mit Fahrrad, dachte er, als er sein bike in den Keller brachte. Im Treppenhaus war leises Babygeschrei zu hören, und John atmete auf der Türschwelle zu seinem eigenen Reich erleichtert auf. Wo es nach Meerschweinkäfig stank und dringend gelüftet werden musste. Ozzy fiepte vorwurfsvoll, zumindest hörte es sich so für John an, deshalb setzte er ihn kurzerhand mit einem Stück Gurke in die Spühle und fing an, den Käfig sauber zu machen. Und danach die ganze Wohnung und schließlich sich selbst. Gerade wollte er erschöpft aufs Bett fallen, da klopfte es an der Tür. John hielt in der Fallbewegung inne und wollte spontan panisch werden, ging dann aber doch hin und öffnete. So gut wie panisch war derjenige, der dort stand: Iwar mit Simón auf dem Arm. "John, bitte du hilfst." Dazu ein schicksalergebenes Kopfschütteln, mehr schaffte Iwar nicht, aber mehr war auch nicht nötig. John konnte nicht anders, er musste lachen. "Scheiße... ok, ich komm mit."
Simón hatte Fieber, aber bloß 38,5 wie die beiden Babysitter fachgerecht maßen.
"Essen nein, Trinken nein, schlafen nein", erklärte Onkel Iwar verzweifelt.
"Ey du kannst ja schon richtig gut Deutsch!" lobte John.
"Nein, nein, nein", wiederholte Iwar, aber John war nicht bereit, sich wegen ein bisschen Babyfieber zu stressen, nicht nach einem Tag mit dem Weltfrieden.

"Windeln ok? Ja. Hemd ok? Nee ist durchgeschwitzt. Da kriegt er´n anderes an, hehe, genau wie ich heute morgen, wo hat er denn sein Zeug?" John zupfte fragend an Simóns Hemdchen und Iwar lief, ein frisches zu holen. Mit einigem Jammern und Strampeln schafften sie es, Simón umzuziehen, danach machte John den Fernseher an und das Sofa zur Pflegestation.
"Gloria sagt, TV nicht gut", bemerkte Iwar.
"Tja", sagte John, "kann ich nicht ändern."
Mit Baby oder ohne, er brauchte jetzt eine Ruhepause. Iwar setzte sich neben ihn, Simón saß bequem liegend auf Iwars Schoß und nuckelte an einem Wasserfläschchen, und fünf Minuten später waren beide eingeschlafen. Hm, dachte John, ob ich mir auch eine Flasche hole? Mal sehen, was Newet so alles im Kühlschrank hat. Bier hatte er keines, also kehrte John ebenfalls mit einer Flasche Wasser aufs Sofa zurück. Im Fernsehen lief "Verbotene Liebe", eine Wiederholung der besten Folgen. John erinnerte sich dunkel daran, dass Sepp das immer geguckt hatte, wohl aus Langeweile oder wegen der blonden Schauspielerin, und John, der weder Fernsehexperte noch Serienfan war, sah sich jetzt alle Folgen an, weil er zu faul war, um auf zu stehen. Die Fernbedienung lag unerreichbar weit weg auf der Fensterbank.
Als Gloria nach zwei Stunden von der Arbeit nach Hause kam und das Schlimmste befürchtete, bot sich ihr ein Bild des Friedens: John und Iwar saßen am Küchentisch und spielten Karten, Simón parkte in seinem Babywagen daneben und

bekam ab und zu ein Löffelchen Apfelbrei in den Mund, niemand war verletzt oder gestorben, und auch die Wohnung nicht im Choas versunken.
"Ach Fieber hat er immer noch´n bisschen", meinte John, "aber Zäpfchen geben ist Muttersache!"
"Graaacias", sagte Ioria erleichtert.
"Daaanke John", sagte Iwar, "hmm, bis dann", und strich sich den Schnurrbart und seinen Spielgewinn ein: zehn Kronkorken und fünfzig Cent.
Im Treppenhaus auf dem Weg nach oben dachte John, dass zwischen panisch und spanisch kaum ein Unterschied war, gerade mal ein Buchstabe, der alles veränderte. "Und jetzt will ich meine Ruhe haben", verkündete er Ozzy, der sich unter den Zeitungsschnipseln in seinem Käfig vergraben hatte und verschämt am Feuilleton knabberte. John machte es ihm nach: er putzte sich die Zähne, schob eine CD in die Anlage und verkroch sich im Bett.
Seine Ruhe hatte John dann auch wirklich bis Pfingsten, einzig unterbrochen von einem Wochenende in Hamburg. Ines hatte ihn an einem verregneten Freitagmittag gefragt, ob er den dritten Platz bei ihrer Mitfahrgelegenheit haben wollte, um 18 Uhr ginge es los, Sonntag wieder zurück, 25 Euro all inclusive. "Muss ich *jetzt* zusagen?" hatte John gezögert, obwohl er die Antwort schon ahnte, "Ja!" hatte Ines ihn gedrängt und John mal wieder nicht Nein sagen gekonnt. Punkt 18 Uhr saßen sie bei einem Stammkunden der Mitfahrzentrale im Opel Rekord, vorne stieg auch noch jemand ein und los ging die Fahrt. Es regnete immer noch und John fand, dass dieser

Ausflug eine gute Idee gewesen war. Auto fahren bei Regen machte richtig Spaß. Ozzy vergnügte sich bestimmt auch, denn Angelo hatte übers Wochenende die Heimtierpflege übernommen. John grinste bei dem Gedanken an Ozzys gieriges Gefiepe, als er in Angelos Wohnung die gut gefüllte Obstschale gesehen hatte. Fast ein bisschen peinlich war ihm das gewesen.
"Was ist so witzig?" fragte Ines, die sich die Schuhe aus zog, um es sich im Schneidersitz bequem zu machen. Sie öffnete eine Tüte Chips und hielt sie John hin. "Hier, greif zu, Reisefutter."
"Dankesehr... nee ich musste nur grad an Ozzy denken. Den hab ich bei Angelo gelassen. Die zwei werden sich schon amüsieren!"
Ines lachte. "Und du? Was hast du in Hamburg vor? Irgendein Amusement geplant?"
"Nä, bin völlig planlos. Wir könnten ja die ganze Bande von früher ins Max einladen."
"Ich kann nicht", seufzte Ines, "ich hab volles Programm. Verwandtenbesuche, Omas 80ster..."
"Dann musst du auf die anderen und auf mich verzichten."
"Ja das ist eigentlich doof."
Jo, find ich auch, dachte John, und dann aßen sie Chips, redeten über Hamburg, Familie, Afghanistan und den neuen Woody Allen Film, draußen rauschte der Regen, vorne wurde Radio gehört und Ines sagte, sie hätte lange keine so vergnügliche Autofahrt unternommen. Dann gähnte sie, und ab Salzwedel sagte sie gar nichts mehr und gähnte nur noch, schielte rüber auf Johns Beine und ließ sich fallen. "Pardon, ich bin so frei", mur-

melte sie noch, hatte die Augen aber schon geschlossen und schlief tatsächlich ein. John saß da wie versteinert, versuchte aber, sich weich zu machen, so als Kissen, und wusste nicht, wohin mit seiner rechten Hand. Die war unglücklich eingeklemmt zwischen Ines' Schulter und dem Anschnallgurt. Er zog den Arm vorsichtig hoch und legte ihn auf die Rückenlehne. Das ging ein paar Minuten lang gut, danach war ihm die Hand genauso wie Ines eingeschlafen. Hm, dachte John, es geht nicht anders... jetzt wirds interessant. Mit der Hand auf Ines Taille und Bauch saß es sich sehr viel angenehmer. Wenn ich'n Kater wäre, würde ich jetzt schnurren, dachte John und freute sich, dass es unter seiner Hand warm und weich war. Seufzend machte er die Augen zu. Als der Opel über die alten Elbbrücken fuhr, wurde er wieder wach. Ines schlief wie ein kleines Kind, mit den Haaren über dem Gesicht und angezogenen Beinen.
"Ey, Zeit zum Aufstehen!" sagte John leise. Er rüttelte ein bisschen an ihr und nahm die Haare weg. Und fühlte sich ganz krank, weil er nichts dagegen tun konnte, dass er sich immer mehr in sie verliebte. "Ey! Werd wach! Ines!"
Endlich reagierte sie. "Wah! Sind wir da?" Ihre linke Wange war rot vom Liegen und John rieb sich den Oberschenkel.
"Jo. Hansestadt Hamburg. Ihre Anschlüsse an S- und Fernbahnen entnehmen sie bitte dem Faltblatt Ihr Fahrplan. Reisende mit Weiterfahrt nach Bergedorf bitte rechts aussteigen."
"Oh, na prima. Ach du, John, auf dir kann man

aber wirklich gut schlafen! Dass du mich so ausgehalten hast... sehr nett."
John brummte und nickte. Jaaa, dachte er, *auf* mir kann man gut schlafen... er fühlte sich krank.
Zwei Tage Hamburg kurierten ihn wieder. An der Alster sitzen und Eis essen, durch Bergedorf schlendern, mit Sepp gepflegt ins Prinz & König gehen (wo an diesem Abend Madonna mit kleinem Gefolge erschienen war - eigentlich unfassbar, aber John und Sepp lachten nur), dem kleinen Bruder Playmobil kaufen und mit Tim über die Deiche nach Curslack fahren (auf Sepps Zweitrad), wo Tim sich dermaßen mit Johanna zankte, dass John danach mühselige Aufbauarbeit leisten musste. Seine Mutter hatte sich ebenfalls gefreut, ihn mal wieder auf dem Sofa zu haben, und als der Mitfahropel mit ihnen voll ausgelastet nach Leipzig zurück düste, fühlte sich John wie aufgepumpt mit positiver Energie.
"Was hast du mit deinen Haaren gemacht?" erkundigte sich Ines, die neben ihn auf die Rückbank geplumpst war und eine pralle Provianttasche in die Mitte gestellt hatte.
"Ooch, das war meine Mutter...", sagte John, tatsächlich etwas kurzhaariger.
"Ist ja´n richtiger Schnitt! Kann sie gut, deine Mutter!"
"Mm. Hattest du Spaß?"
"Ja, ging so. Aber irgendwie ist zu Hause auch anstrengend. Da - ach ich hab schon wieder Lust auf Leipzig!"
"Nächste Woche ist das Wave-Gotik-Treffen und Jens kommt", erinnerte sich John.

"Oha!" lachte Ines und wühlte in der Proviianttasche.
Fünf Tage später stand John mit Iwar und Simón am Hauptbahnhof, wo er Jens abholen sollte. Alle drei betrachteten sie das schwarze Treiben mit echtem Interesse. Simón spielte mit einer Stoff-Fledermaus, die vom Dach seines Babywagens baumelte.
"Sehr hübsch", kommentierte John, "sehr passend", und Iwar deutete einen Kuss Richtung Babywagen an. "Ja, ja, Onkel weiss was ist gut."
"Blödmann", brummte John.
"So, gehen wir jetzt wieder", flötete Onkel Iwar, löste die Fußbremse und schob los. Mit der Fledermaus und den knallengen Kunstlederhosen des Babysitters waren sie im Gedränge des Hauptbahnhofes absolut unauffällig. John hielt allein weiter Ausschau an Gleis 10. Er sah viel rosa auf den gestylten Köpfen der Bahnreisenden, viele Sonnenbrillen mit kleinen, runden Gläsern, Latexröcke auch bei Männern, Stiefel, Plateausohlen und aufwendig geschminkte Augen; halbe Kunstwerke hatten manche Gotik-Mädchen im Gesicht. John war sehr gespannt auf Jens. Er fuhr sich mit der Hand über den Kopf und brachte Mutters Frisur durcheinander. Wie seh ich bloß aus, dachte er leicht besorgt und wartete weiter. Auf Bahnsteig 10 fand jetzt ein großes Küsschen rechts, Küssechen links statt, eine fröhliche Gruppe Schwarzgekleideter trennte sich in drei, und ein Typ in langem Mantel schwenkte galant seinen Samtzylinder. Drei Mädchen in, wie John fand, wahnsinnig übertrieben rüschigen Spitzen-

kleidern knicksten dazu, dann lief der Zylindertyp auf John zu. Denn das war Jens.
"Trinkst du Kaffee?" erkundigte sich John. Sie waren eben aufgewacht aber noch nicht aufgestanden.
Jens reckte und streckte sich auf seiner Isomatte. "Hast du auch Tee?"
"Schwarzen oder was", grinste John.
"Ja logisch." Jens verdrehte die Augen, deren Lidstriche er sich gestern mühsam hatte abschminken müssen, und John seufzte. "Na schön, denn muss ich bei Angelo schnorren gehen." Zeit zum Aufstehen! Ein neuer, gruftiger Tag begann! Bereits gestern hatten sie viel Spaß gehabt. Als allererstes hatte Jens sich sein WGT-Armband besorgt, mit dem er freien Eintritt zu allen Veranstaltungen hatte, hatte John dann durch die neuen Gotik-Läden gezerrt, die pünktlich wie aus dem Boden geschossen waren, und schließlich waren sie im Biergarten der Moritzbastei hängen geblieben, von wo aus man einen guten Überblick auf das WGT-Publikum hatte. Nachmittags war John mit der Straßenbahn nach Hause gefahren, denn er hatte Hunger bekommen und wollte auch noch arbeiten, und Jens hatte gemeint, er äße einen Happen im Mittelalterdorf und ginge abends in die agra, aber keine Sorge, er fände Johns Haus auch alleine, und dann hatte er seinen Zylinder aufgesetzt, den Veranstaltungsstadtplan konsultiert und war losgestiefelt. John hatte noch gesehen, wie sein Gotik-Freund vor dem Uniriesen von einer Gruppe Vampire und Mädchen auf zwanzig Zentimeter hohen Plateau-

sohlenstiefeln angesprochen und mitgenommen wurde.
Bei Tee, Kaffee und Nutellabroten erzählte Jens munter drauf los, von den Konzerten in der agra, den bestiefelten Mädchen, von Dudelsäcken und Zungenpiercings. John kam sich direkt ein bisschen alt und spießig vor, aber dann drehte er an seinem eigenen Piercing in der Nase und erinnerte sich daran, dass er heute Abend mit Ines verabredet war, und fühlte sich sofort wieder wie sechsundzwanzig.
"Wer spielt denn heute vor dem Völkerschlachtdenkmal?" erkundigte er sich bei Jens.
Als Ines eine Stunde später an die Tür klopfte, saßen die beiden immer noch in der Küche. John hatte gerade von Jens´ Werdegang erfahren: Speditionslehre, nachgeholtes Abi, Studium, "Noch ein Jahr VWL, aber frag mich nicht, warum", und dass er immer noch bei seinen Eltern unter dem Dach wohnte, aber wohin das alles führte, wisse er selbst nicht.
"Klingt gar nicht so verkehrt", tröstete John und ging zur Tür. Ines trug Turnschuhe, die Knieschützer unten an den Knöcheln, kurze Sporthose und Kapuzensweatshirt, sie war auf dem Weg zu einem Volleyballspiel, spät dran und wie eine frische Brise in dem gemütlich schwarzen Jungssamstagmorgen.
"Hey John! Morgen!"
"Moin."
"Treffen wir uns heute? 20 Uhr? Wir wollten doch zum Völki, schon vergessen?"
"Nein nein nein, nicht vergessen. 20 Uhr geht klar.

Ich weiss sogar schon, wer da spielt."
"Ach?"
"Ja, ich hab hier so'n geheimen Informanten sitzen."
Jens lehnte sich auf seinem Küchenstuhl zurück, wurde sichtbar und grüßte. Ines grüßte zurück, boxte John leicht in den Bauch und verabschiedete sich. "Ok tschüß dann, ich muss jetzt rennen."
"Tschüß, bis dann." John begann, das Frühstück weg zu räumen.
Jens grinste vor sich hin. "Die Frau will was von dir."
John rutschte ein Becher über der Spühle aus den Fingern. "Wie erkennst du *das* denn?"
Jens kippelte und dozierte: "Wenn eine Frau dich in den Bauch boxt, so halb spielerisch halb provozierend, dann will sie eigentlich was von dir."
"Wieso eigentlich."
"Na eigentlich will sie dich nicht nur boxen, sondern was ganz anderes."
"Nicht *nur* boxen?"
"Mann jetzt stell dich doch nicht so blöd an, sei lieber froh, daß sich so'ne Süße für dich interessiert!"
"Du fandest Ines süß?"
Jens zuckte die Achseln und warf die langen Haare auf den Rücken. "Hatte doch was! Ist nicht ganz so mein Ding, so Sportskanone, aber doch, klar war die süß!"
"Aber sie's die Ex von 'nem Freund aus Hamburg."
Bei Jens sackte aller herunter, Haare, Kinn,

Achseln. "Na dann vergiß sie."
"Hast du Erfahrung auf dem Gebiet."
"Na auf *diesem* spezi*ellen* Gebiet vielleicht nicht, aber mich hat mal´ne Frau mitgenommen, die hat mich richtig gut ausgehalten, drei Tage lang, und das war, wie sich herausstellte, die Tante einer Kommilitonin, die ich mal angebaggert hatte, und eins kann ich dir sagen, John, sobald da mehr als zwei im Spiel sind, wird es zu kompliziert." Jens holte Luft für eine Fortsetzung des Vortrages, dem John so interessiert wie staunend zugehört hatte. "Am Ende wars dann auch nur gut, daß ich von der Tante weg gekommen bin, ich konnte schon gar nicht mehr richtig laufen nach drei Tagen Bettgymnastik, und du, wie würdest du denn in Hamburg auftauchen, deinen alten Freund besuchen und dessen Ex mitbringen."
"Also", setzte John an, der sich vom Staunen erholt hatte, "*noch* bin ich hier mit niemandem zusammen, zweitens mach *du* dir mal keine Sorgen um meine möglichen, zukünftigen Beziehungskisten, und dann finde *ich* außerdem, daß Zweierbeziehungen keine Dritten zu berücksichtigen brauchen."
Jens hob beschwichtigend die Hände. "Hey keine Panik! Aber du hattest gefragt, oder?"
"Jaja, na ja." Er runzelte die Stirn. "Kommen solche Tanten öfter in Delmenhorst vor?"
Jens lachte. "Nee in Bremen. Die Uni ist in Bremen."
Heiliger Strohsack, dachte John, was ist heutzutage los mit den Frauen? Zerren jemanden wie Jens für drei Tage in ihr Bett - oder halt, ich korri-

giere: Frauen sind *cool* drauf, die machen, was sie wollen, und außerdem sieht der Kerl auch ganz gut aus, und ich bin am Ende bloß neidisch. So dachte John und wusste bald gar nicht mehr, was mit ihm los war. Beim Zähne putzen fiel ihm dann aber wieder ein, dass die schnelle Liebe nichts für ihn war, und das war ein beruhigender Gedanke. Eben, dachte John, ich bin nämlich beständig, bin´n Dauerbrenner, höhö. So ließ sich der Tag und die Aussicht auf einen Abend mit Ines sehr viel angenehmer an.

Aus dem Viertel im Nordosten fuhr eine Strassenbahn direkt am Völkerschlachtdenkmal vorbei, und Ines erklärte, sie hätte nach ihrem gewonnenen Volleyballspiel schon genug Bewegung gehabt; also ließen sie die Räder im Keller und kauften zwei Fahrscheine. "Back in black", meinte John, als sie nebeneinander in der Bahn saßen und los rumpelten. "Jehe, Tarnfarbe", grinste Ines, deren Jeans, Converse und Kapuzenpullover so schwarz wie Johns Einteiler waren.

1813 war vor den Toren Leipzigs die Völkerschlacht ausgetragen und gegen Napoleon gewonnen worden, und zum Gedenken an das glorifizierte, scheußliche Geschehen hatte man 1913 aus Granit das Völkerschlachtdenkmal errichtet. Es war gewaltig, imposant und in seiner Steinernheit fast erdrückend. Eines der größten Denkmäler Europas ragte es 91 Meter hoch in den Nachthimmel. Linker Hand ein Friedhof, rechter ein sehr großes Wasserbecken, ein umschließender, abgestufter Rasenwall mit Bäumen, und vor dem Denkmal selbst die Bühne vom Wave-Gotik—

Treffen. John war sichtlich beeindruckt. Fröhliche Festivalbesucher schlichen aus allen Richtungen herbei zur Bühne, aber wer kein Eintrittsarmband vorweisen konnte, musste mit den Plätzen auf dem Wall oder sonstwo vorlieb nehmen. "Hauptsache, wir hören was", meinte Ines, und das taten sie. "Ist dein schicker gothic Freund gar nicht hier?"
"Doch, ich denke schon", antwortete John, "aber der wollte erst noch nach Connewitz. Ein sehr selbstständiger Besuch, sehr pflegeleicht... ich hab auch noch nie jemanden getroffen, der so schnell Leute kennen lernt wie Jens."
Ines zeigte zum anderen Ende des Wasserbeckens. "Guck, da isser. Der Zylinder da."
"Echt? Na Tatsache. Und in Begleitung, ich sags ja."
Das Mädchen an Jens´ Seite trug ein wallendes, schwarz-rotes kleid, und beide verschwanden sie schnell in der Dunkelheit vor der Festivalbühne, wo gerade Faun angekündigt wurde. Die Nacht war warm, schon die ganze letzte Woche war sommerlich gewesen, und das Gras auf dem Wall war grün und trocken. John legte sich auf den Rücken und verschränkte die Arme hinter dem Kopf.
"Ich komm gleich wieder", sagte Ines und lief zu einem der Verkaufszelte an der Straße. Mit zwei Dosen Bier und einer Laugenbrezel kam sie zurück.
"Aach, du bist zu gut zu mir", lobte John, als er die Hälfte von allem ab bekam.
"Du kannst dich ja irgendwann revanchieren",

sagte Ines und öffnete ihre Dose. "Prostata!" "Selber", muffelte John und stieß mit ihr an. Als Faun ihren letzten Song gespielt hatten, wurde Ines schläfrig. Nachwirkung des Volleyballspiels und Auswirkung des Biers. Die Luft war lau und golden erhellt von Laternen und Scheinwerfern, in ihr hingen Stimmengewirr und Musik, und Ines sank langsam aber sicher das Kinn auf die Brust. Einmal berappelte sie sich noch, um die Kapuze über den Kopf zu ziehen, dann legte sie ihn auf Johns Schulter und machte die Augen zu. Ey was geht ab! wunderte sich John, der von ihrer Müdigkeit nichts mit bekommen hatte. "Ey Ines!" Ines murmelte Unverständliches und blieb, wie sie war, denn sie hatte die bemerkenswerte Fähigkeit, überall und immer schlafen zu können. Ja was nun, fragte John sich selbst, wird das jetzt zur Gewohnheit? Wie oft will sie denn noch auf mir einschlafen? Ines schlief tatsächlich, so würde sie Apocalyptica verpassen. Die hatten in diesem Moment ihre Celli nachgestimmt, Applaus brandete auf, sie begannen mit Metallicas "One". John fand Apocalyptica richtig gut, die Jungs machten auch was her, aber er saß da mit Ines an der Schulter - "Nee Madamchen, jetzt pass mal auf", beschloss er, und mit seinem Arm um ihre Schultern legte er sich und sie rücklings ins Gras, wovon sie keine Notiz zu nehmen schien, stattdessen lächelte sie im Schlaf. Jetzt lagen sie beide, Ines mit dem Kopf in Johns Armbeuge. Er angelte sich noch seinen Rucksack als Kopfkissen, und so ließ sich das Konzert unterm schwülen Sternenhimmel auch richtig genießen.

Vor allem, als neben ihnen auf dem Graswall geraucht wurde, John den Qualm in die Nase bekam, er nieste, Ines zusammen zuckte, sich zu ihm umdrehte und ihr Arm auf seinem Bauch zu liegen kam. "Ayayay, gefährlich", stöhnte John, hielt aber aus und überlegte, wie er selber an seine Zigaretten kommen könnte. Aus dieser Bedrängnis erlösten ihn nach zehn Minuten Apocalyptica Andy und Christian, die es überraschenderweise zum Völki verschlagen hatte. Von John und Ines waren aber auch sie überrascht.
"Oh! Hey John! Habt ihr noch Platz in eurer Loge? Was macht´n Ines, schläft die?!"
"Ja", seufzte John, "ja sie schläft, ja hiers noch Platz - hör mal Andy, steck mir doch mal ´ne Kippe in´n Mund, bitte!" Er bekam das Gewünschte und hatte keine Probleme, im Liegen mit Zigarette im Mundwinkel zu reden. "Was macht ihr hier?"
Christian lachte. "Im Gras sitzen und Musik hören, aber leider sind uns unsere Damen abhanden gekommen..."
"Dumm gelaufen", gluckste John, "sind sie von hier oben nicht zu sehen?"
"Es ist alles so dunkel und die Leute alle so schwarz", stellte Andy fest, "wir hätten ihnen rote Blinklichter anstecken sollen."
John kicherte und aschte sich aufs Hemd.
"Was is´n mit Ines", fragte Christian leise und andeutend, "seid ihr -"
"Nee, gar nichts sind wir, gar nichts..." meinte John, "sie´s bloß eingeschlafen."
"Du bist eine Schlaftablette", urteilte Andy nüch-

tern.
"Ha wie komisch."
"Hey Mister", rief Christian, "ich glaub ich seh sie, da vorne, da bei der Laterne!"
"Chau John, viel Spaß noch!"
"Chau ihr Blindfische."
Kaum, dass Andy und Christian weg waren, fuhr Ines plötzlich hoch. Guckte erschrocken um sich, wusste wieder, wo sie war, und sah John ernst aus großen Augen an. John lag bloß da und wartete gespannt ab. Und atmete erleichtert aus, als Ines sich wieder genauso hinlegte, wie sie vorher gelegen hatte, nur dass sie jetzt wach war.
"Du John", sagte sie.
"Jaa?" sagte John leise.
"Gut, dass du da bist." Hm, dachte John, na das ist doch mal´n Anfang.

Anfang Juni hatte Ines es dann geschafft: Vorbei und bestanden waren ihre schriftlichen und mündlichen Prüfungen, die Magisterarbeit hatte sie abgegeben und Hellen saß ihr ehrfürchtig im Biergarten der Sportfakultät gegenueber.
"Mit der Uni fertig... hast du´n gutes Gefühl?"
Ines blickte bewegungslos in ihren Humpen mit Apfelschorle, aber dann drehte sie ihren ausgefransten Cowboystrohhut quer und meinte: "Ja, ach ja, irgendwie schon", ohne rechte Überzeugung. Hellen wollte, dass sie begeistert und euphorisch wäre, drückte etwa irgendwo der Schuh?
"Na weil die nächste Frage immer ist: Und was machst du jetzt?"

"Och", Hellen zuckte die Schultern. "Genieß doch erstmal den Sommer, bis du die Arbeit wieder hast! Warte erstmal die Note ab! Dann haste wieder Lust auf alles."
"Wahrscheinlich hast du Recht. Wenn *du* nächstes Jahr abgibst, werd ich dir dasselbe sagen, pass mal auf!"
"Ich bitte darum."
Ines trank ihre Schorle aus und hatte eine erste Idee für den Sommer: "Wir könnten ja zur Feier des Tages brunchen gehen! Ins Maga Pon!"
"Gut! Rufen wir nochn paar Leute an?"
"Ja, ja sicher! Mal sehen, wer Zeit hat. John ist garantiert da."
"Mm! Immer wieder John - sag mal wieso seid ihr eigentlich nicht zusammen? Sieht doch´n Blinder, dass er dich mehr als mag."
Hellen grinste, und Ines schnappte zurueck: "Mm! Und Thorsten der Thorsten!"
Jetzt kicherten beide gut gelaunt.
"Ich weiß nicht", lenkte Ines dann ein, "John ist mit Sepp befreundet und ist das nicht irgendwie doof?"
"Dein Ex mein Gott, der ist doch nicht hier!"
Ines kniff die Lippen zusammen. Kein Wort mehr. Hellen stippte Kekskrümel mit dem Zeigefinger von der Tischplatte auf. "Und was machst du da*nach,* so fertig mit der Uni und so?"
"Frag mich nicht!" knurrte Ines. "Vielleicht fällt mir ja in Russland was ein."

"Nee Danke, brunchen ist nichts fuer mich, ich bin immer so schnell satt", erklärte John, als Ines für

Samstag seine Zusage haben wollte. Sie guckte so enttäuscht, dass er schnell anbot, sie danach zu einer Fahrradtour abzuholen. "Iss dich erst satt, und dann drehn wir 'ne Runde, ok?"
"Eine *große* Runde."
"Ganz wie belieben."
Fast unbemerkt war es Sommer geworden in Leipzig, zumindest, was die Temperaturen betraf. Ein äußerliches und optisch ansprechendes Zeichen setzte eines Tages die Stadtverwaltung und ließ praktisch über Nacht alle öffentlichen Blumenbeete bepflanzen: Stiefmütterchen auf den Mittelstreifen, Gelb-Blaues um die Denkmäler und verschwenderisches Kunterbunt in die Grünanlagen. "Oh es ist Sommer geworden!" freuten sich Leipziger wie Zugezogene und bildeten Schlangen vor den Eiscafés. Und sie brunchten, was das Zeug hielt, vor allem die Studenten. "Een Scheelchen Heeßes", brummten die Alteingesessenen, aber bis Hellen, Ines, Enit, Alex und Thorsten um 14 Uhr mit dem Brunchen fertig waren, war es doch etwas mehr geworden und Ines schwang sich vollen Bauches und etwas schwerfällig auf ihr Fahrrad.
"Keine Lust?" grinste John, der mit dem Fuß auf der Bordkante neben dem Maga Pon Bürgersteigtischchen parkte. "Wo ist Torben?"
"Krank", sagte Enit, "Sommergrippe oder sowas."
"Lieb, wie sie ist, hat Enit für zwei gegessen", kicherte Ines und schob sich die Bügel ihrer Sonnenbrille unter das Piratenkopftuch, dass sie umgebunden hatte.
"O-ha, wie siehst'n *du* aus!" Alex schlürfte Ver-

dauungskaffee und lachte. "Spielt ihr Tour de France?"

"Pfff", machte Ines, "Banause."

"Will sonst niemand mit?" fragte John in die Runde, aber alle winkten dankend ab und Hellen seufzte, sie hätte mal wieder einen Platten. John hatte gar nichts dagegen, alleine mit Ines Rad zu fahren.

"Hast du ein bestimmtes Ziel?" erkundigte sich Ines, nachdem sie sich durch Plagwitz und die unaussprechliche Zschochersche Straße gekämpft hatten, in der es nicht wirklich schön war.

"Jo", verkündete John fröhlich, "ich will nach Knauthain-Knautkleeberg."

"Ach du meine Güte!"

"Wieso, kennst du das da etwa?"

"Nein nein!"

"Na denn?"

"Halt eben mal an, mir ist schon ganz warm geworden, ich muss was ausziehen."

Sie hielten am Straßenrand. John las: "Albert-Vollsack-Straße."

Ines, mitten im Ausziehen und der Jacke über dem Kopf, fing an zu lachen und verlor fast das Gleichgewicht.

"Ist doch nett hier!" meinte John. "Wenn man die Augen zu macht."

"Na die Hauptstraße ist echt nicht so der Hammer, aber wir sind ja schon fast aus der Stadt raus... und dann wirds grüner."

Sie folgten den Straßenbahnschienen der Linie 4, ließen das Naturbad Südwest und den Stetson Country Club rechts liegen, und als Leipzig außer grüner auch wieder dörflich wurde, bogen sie links in den Krummen Graben ein. Plötzlich radelten sie mitten in der Natur, konnten durchatmen und sich den Schweiß von der Stirn wischen.

"Schön hier", sagte Ines und lächelte John glücklich an. Nach der langen Straßenfahrt machten die uralten Eichen und der abgeschiedene Waldweg glücklich. Wenn man ohne Fahrräder zwischen den Bäumen und dem anschließenden Gebüsch herumstrolchte, konnte man eine praktische Brücke über einen Entwässerungsgraben finden und dann nach wenigen Metern im Paradies stehen. Eine Sommerwiese breitete sich vor John und Ines aus, mit ganz hohem, wilden Gras, umsäumt von der Weißen Elster und ihren Uferbäumen, mit Bienen, Käfern und Schmetterlingen. Hier war niemand sonst, die Wiese gehörte ihnen allein, und sie waren sprachlos glücklich unter dem blauen Himmel und der warmen Sonne. Ines nahm John an der Hand und zog ihn mit sich, bis sie von Gras umgeben waren.

"Pause", bestimmte Ines, "hier machen wir Pause." John fühlte sich wahnsinnig entspannt und heiter, obwohl er heute schon etliche Kilometer gefahren war und eigentlich kaputt sein könnte, aber es lag so viel Sommerenergie in der Luft, dass er sich einfach nur hin setzte, den Einteiler nach unten schälte und wohlig brummend ein bisschen Sonne an die Haut ließ.

"Männer habens gut", sagte Ines, "die können sich einfach ausziehen und halbnackt rumlaufen." Zieh dich ruhig aus, dachte John, und sagte: "Tja,

Pech gehabt."

"Tja, mal sehen..." sagte Ines. Sie streifte sich die Schuhe und das Kopftuch ab, krempelte ihre Caprihose um, so weit es ging, und rollte sich das Oberteil hoch bis unter den Bh. Dann legte sie sich auf ihre Jacke und meinte: "Aaah, na so gehts doch."

Dann waren sie beide lange still und kosteten die verdiente Pause richtig aus. Als es John definitiv zu heiß wurde, zog er sich den Einteiler wieder ganz an und fand, es wäre eine geniale Idee, Ines mit einem Grashalm am Bauch zu kitzeln. Wie von der Tarantel gestochen schreckte sie hoch und schlug nach John, aber der lachte und rollte sich weg. Trotzdem erwischte ihn Ines noch am Hosenbein und zerrte und ließ nicht locker, und zwei Sekunden später balgten und rangelten sie auf der Sommerwiese, dass sie ganz zerpiekt und zerkratzt wurden vom hohen, wilden Gras. John war nicht wirklich stärker als Ines, aber er war drahtig und zäh, weshalb Ines sich schließlich ergeben musste. Rangeln und dabei lachen erschöpfte mehr als eine Fahrradtour einmal quer durch die Stadt.

"Ich ergebe mich", quakte Ines, "und ich verdurste."

"Hä", sagte John und ließ ihre Oberarme los, die er auf den Boden gedrückt hatte. "In meinem Rucksack ist 'ne Flasche Orangensaft. Piewarm sicherlich."

"Macht nix, her damit."

Außerdem fand John noch eine angebrochene Tüte Fishermens Friends, die kam ebenfalls wie gerufen. Zufrieden gluckernd und lutschend sassen sie danach noch eine Weile auf ihrer Paradieswiese. Dann streckte Ines die Hand aus.

"Ich wollte schon immer mal deine Haare anfassen."

"Schon immer?" John erschauerte unter ihrer Berührung, sein ganzer Rücken kribbelte und er musste sich schütteln.

"Grasallergie?" summte Ines.

"Nein", sagte John bestimmt und streckte seinerseits die Hand aus. "Und ich wollte immer mal diese Narbe anfassen." Er strich Ines mit den Fingerspitzen über die Stirn. Und wollte wissen: "Hast du eigentlich noch Kontakt zu Sepp?"

Ines sah aus, als hätte Johns Frage sie schockgefroren. "Was soll denn *die* Frage jetzt?"

"Nur so."

"Nur so ist doof."

John haderte mit sich selbst. Er wollte schon gerne wissen, was Ines von ihrem Exfreund dachte, und was sie anscheinend nicht erzählen wollte, andererseits hatte er ja beschlossen, dass ihm dritte Personen für eine Zweierbeziehung egal waren. Auf jeden Fall hatte er gerade die schöne Stimmung zerstört, so viel stand fest.

"Dann sags mir halt nicht, ist ja auch wurscht", entschuldigte er die Störung.

"Gut", nickte Ines, "ich hab nämlich keine Lust, über Sepp zu reden, wenn ich - na wenn ich bei dir bin. Wenn wir gerade zusammen sind."

Das klingt schön, seufzte John in Gedanken.

Später seufzte er nochmal, laut und deutlich, als sie auf ihrem Fahrradtourrueckweg, den sie ir-

gendwann widerwillig angetreten hatten, an der Vereinsgaststätte der Kleingärten Lauescher Weg Halt machten und es Bockwurst mit Kartoffelsalat für ihn gab. Ines schaffte lediglich ein Maracuya Split, sie war immer noch satt vom Brunchen und kleckerte sich Eis auf die Hose.
"Das ist das Dumme am Sommer", nuschelte sie beleidigt, "alles schmilzt schneller."
"Bockwurst nicht!" grinste John, wedelte mit derselben vor Ines Nase herum und bekam Mayonnaisetropfen auf den Ärmel.
"Haa!" jubelte Ines nur. "Steck bloß deinen Dödel ein!"
"Und fahr nach Rödelheim", knurrte John, musste aber doch kichern. Es war fast unmöglich, mit Ines keinen Spaß zu haben.
Danach erforderte die Strecke bis zum Eckhaus in Nordost ihren gesamten sportlichen Ehrgeiz. Beide mussten sie sich gewaltig anstrengen, um sie zu bewältigen, und waren dementsprechend k.o., als sie sich am frühen Abend im Treppenhaus verabschiedeten. Duschen, dachte John, Bett! Und dort lag er dann und dachte an Ines.
Ines hatte ebenfalls ausgiebig geduscht, ihr Fenster sperrangelweit aufgerissen und sich auch aufs Bett gelegt. Und dachte an John.

Mit jedem Tag, an dem eine klare Junisonne aufging, gerieten die Leipziger mehr und mehr in den Sommertaumel. Sie bevölkerten Badeseen und Biergärten, fuhren im Schneckentempo mit ihren neuen Cabriolés durch die Innenstadt und lagen der Bräunung wegen halbnackt in den Parks. Ne-

wet schwitzte wie verrückt unter seinem Bauarbeiterhelm und schuftete am Zentralstadion, und Hellen hatte sich Trekkingsandalen gekauft. Sie lief viele anstrengende Male zwischen Wohnung und Mikes Lieferwagen hin und her, denn das Datum der Abreise rückte näher und die Wohnung sollte aufgegeben werden. Enit schleppte natürlich auch einige Habseligkeiten runter und zwar zu Torben, aber sie hatte Flip-Flops an den Füßen und schaffte behutsam nur wenige Kilo pro Strecke. Ines bekam im Juni braune Arme und Beine und Sommersprossen, weil sie andauernd zwischen der Windsurfschule und einer Volleyball- AG hin und her pendelte, zu der auch Thorsten ging und ihr nebenbei Russischbrocken eintrichterte. Es wurde wärmer und wärmer in Sachsen, und eines unglaublich heißen Tages verpasste John einen Wilma-Ausflug von und mit Hellen nach Quedlinburg nur deshalb, weil er sich schon mit Newet verabredet hatte, um Frau Matthes´ Gartenlaube aufzumöbeln. Hellen, die ihr Trekking - Outfit mit knappen schwarzen Jeans-Shorts und einem grauen T-shirt komplettiert hatte, auf dem sich kreuz und quer ein rosa Drache schlängelte, verzieh John die Absage.
"Na gut, Gartenlaube reparieren lass ich gelten. Aber du verpasst was!"
"Und das wäre?" John war aufgeräumter Stimmung und für einen Klönschnack bereit. Beide waren sich vor dem Baumarkt begegnet und standen am Fahrradständer.
"Wir klettern auf einen Berg, der Blocksberg isses zwar nicht, aber irgendwas mit Hexen war da

auch... wir gucken uns Quedlinburg an, ein Weltkulturerbe! Und übernachten dürfen wir in einer Turnhalle!" Turnhalle war in Hellens Augen gleichbedeutend mit 5-Sterne-Hotel und sie strahlte John begeistert an.
"Tja", sagte der, "vielleicht nächstes Jahr, ich muss jetzt erstmal Draht und Isolierband kaufen."
"Na dann viel Spaß."
"Sag mal, was ich dich schon immer fragen wollte, warum studierst du eigentlich Theologie?"
Hellen schraubte ihre Fahrradklingel auf und zu.
"Ich brauch das zum Ausgleich. Meine Kommillitonen in Theo sind alle wahnsinnig locker drauf und so freundlich, das ist richtig, richtig toll in unserer Fakultät. Na, und wo ich angefangen habe, bring ich es jetzt auch zu Ende."
"Sehr vernünftig", nickte John, "also dann viel Spaß."
Hellen lachte und trat in die Pedale, und sämtliche Baumarktparkplatzbenutzer schauten ihrer kurzen Hose hinterher, aber nur John bemerkte das, sie selbst in hundert Jahren nicht.

JOHN 4

John
Das ist das Ende. Ich weiss nicht, was ich jetzt machen soll. Jetzt hat alles keinen Sinn mehr. Entschuldigung, wo gehts denn hier zum Ab-

grund? Einfach immer weiter, können Sie gar nicht verfehlen... Jens wusste, woher die Frage kommt. Von Janosch. Kleiner Bär und kleiner Tiger. Wo gehts denn hier nach Panama? Ha. Ha. Mir ist sogar das Lachen vergangen. Eigentlich schade, sonst könnte ich mich immer noch über die Erklärung beölen, was ein Swinger-Club ist, das wusste Jens nämlich auch. Hätte ich ihn man gleich nach dem Sinn des Lebens gefragt, vielleicht säße ich dann nicht so trübsinnig da! Scheiße, echt, ich könnt mich tot ärgern, wenn ich nicht auch noch traurig wäre. Jawoll, bin traurig. Ozzy heul doch mal für mich! Und dabei waren die letzten vierzehn Tage mit die schönsten überhaupt hier in Leipzig! Ach so ein Elend. Mit Ines war ich in dem Café in der Prinz-Eugen-Straße, ich wollte mich ja revanchieren. Hatte ich kurz vorher entdeckt, das ist so eine von Leipzigs Ecken, wo man denkt, man wär in einer anderen Zeit gelandet oder wenigstens wie losgelöst vom Rest der Stadt. Und dann die Aktion im Ratsholz... Sagt Hellen: Ein paar Freunde von Alex und Thorsten machen ein Lagerfeuer - und wir natürlich alle hin, als gäbs nichts dringenderes auf der Welt. Wie die Lemminge: springt einer zuerst, hüpfen alle anderen hinterher. Na ja, Lemminge auf Fahrrädern. Als wir ankamen, wurds gerade dunkel, bloß gut, dass das Feuer schon an war. Grillen konnte man da nix, war viel zu groß, und auch die Folienkartoffeln sind denen ruckzuck verschmurgelt. Was man nicht alles redet in so einer Lagerfeuernacht! Und dann hatten wir vom Sitzen irgendwann ganz krumme Rücken, und

Enit der Pechvogel ist die erste, die sich mit den Händen nach hinten im Gras abstützt, na und dann ging das Geschreie los, da waren nämlich Nacktschnecken unterwegs, so große braune! Bei manchen war´n die Biester schon auf den Isomatten drauf - das kommt davon, wenn man immer nur in die Flammen starrt. Ein Ekelkram. Und das Signal zum Aufbruch. Mitten im Wald waren die Mädels so schlau, einfach mal anzuhalten, da gingen natürlich die Dynamos aus, fanden ´se gar nicht witzig, war wahnsinnig dunkel dieser Wald! Plötzlich hatte ich die ganze Bande an mir kleben und durfte mit dem Vorderlicht den Weg suchen. Mädchen lachen aber auch immer, wenn sie eigentlich ernst sein sollen. Und ich die ganze Zeit happy wie so´n beknacktes Honigkuchenpferd, weil ich denke, dass es mit Ines was wird. Beim Autoscooter ist Lachen natürlich erlaubt.

Nach einem späten Kinoabend in der Schaubühne waren Ines und John Autoscooter fahren gegangen. Auf dem Kleinmesse Gelände, das lag auf ihrem Rückweg. Ines hatte einen Heidenspaß, es war ihr erstes Mal im Autoscooter, und sie knallte lachend und völlig unberechenbar in alle Mitfahrenden hinein, aber das war ja auch der Sinn der Sache. John ließ sich von ihr anstecken und bekam direkt Seitenstiche vom vielen Lachen. Richtig erschöpft torkelten sie nach acht Fahrten zurück zu ihren Rädern. Ines hatte sich bei John untergehakt. "Zur Sicherheit", sagte sie. "Na sicher", sagte John.

"Guck mal, den Weg bin ich noch nie gefahren!" rief Ines nach wenigen Metern und bog rechts ab. Es ging an der Elster entlang und wurde dunkler, je weiter sie sich von den Straßenlaternen entfernten. Der Dynamo von Old-school surrte, der Wald rechterhand war still. Und dann kamen sie an das Elsterwehr am Ruderclub. Mitten auf dem Wehr hielten sie an. Hier war es um diese Uhrzeit menschenleer. Ines war abgestiegen und beugte sich über die Brüstung. Sie guckte ins Wasser, schob sich die Haare hinter die Ohren und guckte in die Sterne und zu John, und John, der sein Fahrrad ebenfalls angelehnt hatte, guckte Ines an und fühlte, dass sich in ihm alles zusammenkrampfte und hin und her zerrte, es tat richtig weh, in Ines verliebt zu sein. Es gab nichts zu sagen, nur ein Vogel sang irgendwo im Wald, und von weiter her waren die Autos auf der Brücke der Jahn-Allee zu hören. Und dann stießen John und Ines gleichzeitig die unsichtbare Tür zwischen ihnen auf, gingen hindurch und aufeinander zu, konnten den Atem des anderen spüren und wussten es. John hatte Ineshunger und Ines hatte Johnhunger. Er nahm ihren Kopf zwischen seine Hände und küsste sie. Beide merkten, dass sie es genau richtig machten, weiter und immer weiter. Auf dem Rückweg waren sie hungrig, zu Hause auch und auf Johns Paletten sowieso.

Als John am nächsten Morgen aufwachte, lag er allein im Bett. Er fand das spontan sehr unerfreulich, wusste er doch genau, dass eine nackte Ines die ganze Nacht bei ihm gelegen hatte. Wo war sie hin? John war trotz ihrer Abwesenheit blindlings glücklich, stellte die Frage nur ein einziges Mal und blieb den ganzen Freitag über in einem seeligen Schwebezustand, als hätte er mit einem Mal überhaupt keine Wünsche mehr, und hatte selbstverständlich nicht begriffen, dass Ines heute mit ihren Leuten zum Kinderheimprojekt nach Russland aufbrechen würde. Punkt 13 Uhr stiegen sie in den Zug Richtung Warschau.

John
Und jetzt ist sie weg, ist zu den Russen gefahren, ich seh sie vielleicht nie wieder... Sie lernt da jemand anderen kennen und russisch womöglich auch, und dann verstehe ich sie nicht mehr, wenn sie wieder kommt, *falls* sie wieder kommt... ich möchte sterben. Das geht aber nicht, weil ich wütend bin. Nicht nur traurig, auch wütend! Denn wieso tut sie mir das an?! Soviel Gefühl, das kam ja wohl von beiden! Und danach kann sie sich einfach umdrehen und weg fahren? Ich *fass* es gar nicht! Verdammte Scheiße ist das - sie wird mich ja wohl nicht ausgenutzt haben, so kaltblütig ist sie nicht, so heiß wie´s herging... ach ist das ätzend.
Pause.
Was soll ich jetzt bloß machen.... Jammern in Endlosschleife. Na Prost Mahlzeit. Dann doch lieber sterben... allein und verlassen. Die anderen sind ja auch alle weg. Christian ist in Irland, Hellen in Glasgow, Torben auf dem Reiterhof, Enit ist in China, Thorsten jetzt ebenfalls in Russland... Wieso bin *ich hier*? Eine echte Abschiedsparty war das vorgestern bei Thorsten. Abschied und

Auszug, deren Haus wird renoviert... Lange nicht so bekifft gewesen. Wenn ich mich recht entsinne, hab ich sogar getanzt. Ja. Mit den Spanierinnen vom Scheibenholz. Und wache in aller Herrgottsfrühe auf dem Flursofa auf, und das erste, was ich sehe, sind Hellen und Thorsten, wie sie da engumschlungen stehen, innig sagt man wohl. Wusste ich gar nicht, dass die zusammen sind oder zusammen sein wollten. Na man weiss so vieles nicht. Die werden sich also irgendwann in Leipzig wieder treffen. Sollte ich einfach warten, bis Ines wieder kommt? Aber *ich* hab *keine* innige Abschiedsumarmung gekriegt! Viel klüger wärs, ich würde auf alles pfeiffen und mich einen Dreck um alles kümmern. Wie die Punker morgens auf dem Partybalkon. Stopfen sich mit Smacks zum Frühstück voll und spielen mit den Tellern Frisbeewerfen in den Hinterhof. He. Haha. Oder so wie die Typen vom WGT, denen es in schwarz irgendwann zu heiß war und die dann im Springbrunnen badeten... Vielleicht muss ich überhaupt alles anders machen, alles! Vielleicht muss *ich* anders sein.
Ozzy hör auf, zu nerven. Ok ich lass dich raus. Du bist echt der einzige, der noch zu mir hält...

Das Telefon klingelte. John sah den Apparat hasserfüllt an. Seit einem Dreivierteljahr schien hier ein technischer Vorgang sein Leben bestimmen zu wollen. Obgleich menschlichen und sozialen Ursprungs war diese Telefonangelegenheit immer noch ein Ergebnis der Technik, das ihn nach Leipzig gebracht hatte, das Torben und Jens

angekündigt und auch so manches andere geregelt hatte, und nun wollte es wieder einen neuen Schritt in seinem geplagten Leben einläuten?
Hoffentlich Sepp mit richtig sauschlechten Nachrichten, dachte John und nahm ab, denn er wollte sich doch seinem Schicksal stellen, ob nun mit Freundin oder ohne. Ihm wurde kurz schwindlig, als er hörte, wer ihn da angerufen hatte.
"John es tut mir so leid!" Ines weinte am Telefon und zog die Nase hoch. "Es tut mir leid!"
"Was tut dir leid."
"Dass ich einfach so abgehauen bin."
"Ist - ist ok. Nee!! Ist gar nicht ok, gar nicht, aber – ach ist egal." Johns Verteidigung brach zusammen, seine Angriffsstrategie auch, falls Jammern und Ärgern überhaupt zum Angreifen getaugt hätten.
Ines kicherte gequält. "Du -"
"Wo bist du?"
"In Berlin. Ich musste zurück fahren, mir hamse im Nachtzug nach Littauen die Tasche mit Pass und Geld und so geklaut. In Warschau hab ich mir ´n neuen Pass besorgt, aber ohne Visum gings natürlich nicht weiter, und jetzt sitz ich hier am Bahnhof Zoo in einem Hühnchendöner, aber nach Hause will ich auch nicht, und, und, und dann vermisse ich dich auch, John. Sehr."
John atmete tief durch und vergaß allen Ärger. "Ines, weisst du was, ich hol dich jetzt ab. Wir treffen uns in drei Stunden an der Turisteninfo. Bis dahin müsste ich es nach Berlin schaffen."
"Ja", schniefte Ines, "bitte rette mich."
"Ozzy", sagte John zu seinem Meerschwein, "jetzt

weiss ich wieder, was ich machen soll."
Ozzy fiepte laut und nagte an den Obstkisten.

Ines und John trafen sich in Berlin. Sie entschlossen sich ohne nachzudenken für eine Weiterfahrt nach Kühlungsborn. Bevor sie sich um 17 Uhr in den Zug setzten, durchstöberten sie den Second Hand Laden in der Nähe des Bahnhofes. Aus Spaß (an der Veränderung) kaufte John sich ein weißes 70er Jahre Hemd, schwarze, spitze Schuhe und eine schwarze Anzughose, und Ines investierte in ein geblümtes Hippie Sommerkleid. Dann fuhren sie an die Ostsee. Fanden eine bezahlbare Pension. Zogen sich um und liefen an die Strandpromenade, denn dorthin gingen bei Sonnenuntergang alle. Eine Kurkapelle spielte, das Klaus Schubert Trio "Die Kometen", und zwar keinen Schmus, sondern richtig, richtig gut. Jazzige Elvis Songs spielten sie. Und John tanzte mit Ines auf der Kühlungsborner Strandpromenade zu "Love me tender".